DANS L'ÉCHO LOINTAIN DE NOS VOIX

BRANDON HOBSON

DANS L'ÉCHO LOINTAIN DE NOS VOIX

roman

Traduit de l'américain
par Stéphane Roques

TERRES D'AMÉRIQUE

ALBIN MICHEL

« Terres d'Amérique »

Collection dirigée par Francis Geffard

Retrouvez toute l'actualité de Terres d'Amérique et de ses auteurs sur Facebook (Terres.Amerique) et Instagram (terres_amérique).

Édition originale américaine parue sous le titre :
THE REMOVED
Publiée aux États-Unis par Ecco.

« Nos lamentations étaient comme des vers de terre nocturnes écrasés sous le poids du déplacement. »

Diane Glancy, *Pushing the Bear*

PROLOGUE

RAY-RAY ECHOTA

5 septembre

Quah, Oklahoma

La veille de sa mort, dans la petite ville reculée de Quah, Ray-Ray Echota lança sa moto sur la portion déserte de la voie rapide, fonçant le long des flaques d'eau et des arbres, arc-bouté contre la force du vent. Il avait quinze ans. Des ouvriers de la voirie travaillaient en gilet orange et casque blanc. Ils ne firent pas attention à lui quand il passa en trombe, couché sur le guidon. Il roulait pour la pureté du frisson, pour le plaisir que lui procurait cette chevauchée solitaire à un endroit où les patrouilles de police étaient rares. Il rentra chez lui sous des nuages bas et pâles, longea des champs et de vieilles bâtisses en direction de l'est et de ses collines, la terre et le ciel se fondant à l'horizon.

Ce soir-là, à la maison, il se livra à quelques imitations pour amuser ses parents. Ernest et Maria regardaient leur série policière préférée à la télé quand Ray-Ray entra dans le salon à tâtons, lunettes de soleil sur le nez et canne à la main comme s'il était aveugle. Il se posta devant eux, leur bouchant la vue sur l'écran, et prit son meilleur accent français : « Vous voulez bien aider un vieil aveugle, *monsieur** ? J'ai besoin d'assistance.

– Très drôle, dit Maria. Pas vrai qu'il est drôle, Ernest ?

– J'aimerais pouvoir regarder mon feuilleton, dit celui-ci.

– Mais *monsieur* », dit Ray-Ray.

Ernest se pencha en avant et regarda son fils retirer ses lunettes et se livrer à ses imitations habituelles : Pee-wee Herman, Marlon Brando dans le rôle de Vito Corleone et Otto, l'ami de son père qui racontait de vieilles histoires cherokees quand il était soûl :

« Écoute, Chooch », dit Ray-Ray, prenant la voix grave et avinée d'Otto. Il faisait mine de fumer une cigarette imaginaire. « Tu connais l'histoire de Tsala, qu'on a tué parce qu'il refusait de quitter sa terre ? Allez, on boit un autre whisky.

– Pas mal, dit Ernest. On le verra sans doute demain pour la Fête nationale. »

Le lendemain, 6 septembre, marquait l'anniversaire de la ratification de la Constitution de la Nation cherokee en 1839, dans l'Oklahoma. Ernest parla de l'importance de cette date avec une exaltation inhabituelle dans la voix. « C'est une journée très importante pour nous, puisqu'elle célèbre aussi la Piste des larmes, alors il faut l'honorer. » En importance elle ressemblait un peu à la Fête du Travail, et attirait des gens venus de tout le pays. Les Echota avaient prévu d'assister tout le week-end à des parties de stickball, des pow-wows, des reconstitutions historiques et aussi de visiter les stands des artisans.

* En français dans le texte (*Toutes les notes sont du traducteur*).

Dehors, un orage arrivait de l'est et non de l'ouest, comme attendu, et une pluie fine crépitait déjà contre la fenêtre, annonçant l'orage. La soirée était fraîche. La maison sentait la friture de barbue ; ils en avaient mangé sur des plateaux-télé dans le salon.

« Tu as fait tes devoirs ? demanda Maria à son fils.

– J'ai fini ma rédac. A+ et un grand smiley en prime. Je vous souhaite une bonne nuit. *Ave atque vale.*

– Quoi ?

– C'est du latin, ça veut dire "salut et adieu".

– Oui, oui, dit Maria. Allez, va t'amuser avec ton petit frère. »

Edgar, le benjamin, était assis dans un coin de la pièce sur une couverture où il jouait en silence, comme souvent. Ray-Ray s'approcha de lui en boitant, traînant la patte comme un soldat blessé, et s'effondra. Puis il l'aida à empiler ses Lego.

Quand Ray-Ray était plus jeune, il était tombé de l'arbre du jardin, se brisant la jambe en trois endroits. Il avait passé quelques jours à l'hôpital, où il raconta à l'infirmière qu'il avait appris à léviter comme le faux prophète Simon Magus.

« Je me suis élevé jusqu'à dix ou quinze mètres et je suis tombé, lui avait-il dit. C'est comme ça que je me suis fait ces fractures. »

L'infirmière avait lancé un regard perplexe à ses parents.

« Mon fils a une imagination débordante », ne cessait de dire Ernest, ce qui était vrai. Ray-Ray avait toujours sur lui un cahier dans lequel il notait des paroles de chansons et dessinait d'étranges créatures, des monstres à la langue pendante dont les yeux crachaient du feu, des vieillards grassouillets avec un groin à la place du nez, et puis Uktena et Tlanuwa, les faucons de la mythologie, qui enlevaient les nourrissons. Ernest et Maria encourageaient le talent du garçon, ses dessins et ses imitations, et ils adoraient le fait qu'il aime se promener autour du lac à la recherche d'ossements d'animaux, d'oiseaux et de plumes pour fabriquer des colliers. Qu'il porte des chemises dotées selon lui d'un pouvoir de guérison. Qu'il soit fasciné par l'observation du ciel et aime s'allonger dehors la nuit pour observer les étoiles. Qu'il ait tondu des pelouses et nettoyé des gouttières pendant deux ans pour économiser de quoi se payer une Nighthawk 250, la moto qu'il prendrait pour aller au centre commercial de Tulsa le 6 septembre, le jour où il serait abattu par un policier.

Sonja, l'aînée, qui avait seize ans, était tout aussi excentrique, à sa façon. Elle se retirait dans sa chambre chaque jour après le lycée et y passait la soirée, n'en sortant que rarement. Sensible à l'étrange intimité des conversations familiales, elle préférait la solitude. Ce soir-là, elle était dans sa chambre et écrivait de longues lettres à des garçons en écoutant Joy Division. Elle se demanderait plus tard pourquoi elle n'était pas allée dans le salon passer un peu de temps avec ses frangins. Si seulement j'avais été une meilleure sœur, se disait-elle souvent.

Le soir du 5 septembre, le dernier de sa courte vie, Ray-Ray s'allongea par terre à côté d'Edgar pour jouer aux Lego. « On devrait construire un château, lui dit-il. On pourrait en faire un beau, petit frère.

– Je construis un monstre », lui répondit Edgar tout excité. Il brandit sa créature et rugit.

« Petit frère, lui dit Ray-Ray, il y en a déjà assez comme ça dans ce monde. »

DE NOS JOURS

MARIA ECHOTA

1er septembre

Près de Quah, Oklahoma

Au crépuscule, les sauterelles s'envolent par nuées et disparaissent dans le ciel assombri. Elles stridulent tous les soirs, déferlent dans le vent et les arbres, dévorant les récoltes et détruisant les jardins. Le ciel est rose et bleu à l'horizon. Une nouvelle saison anormalement pluvieuse a fait pousser l'herbe partout, attirant toujours plus de sauterelles et d'insectes.

« Quand est-ce qu'il a neigé pour la dernière fois ? » demande Ernest.

Mon mari manifeste les premiers signes de la maladie d'Alzheimer. Il a soixante-quatorze ans mais fait plus jeune que son âge. Il continue d'attacher ses longs cheveux gris en queue-de-cheval, a toujours le même rire et le même sens de l'humour, même s'il perd de plus en plus souvent la tête. Cela fait bientôt un an qu'on sait pour Alzheimer, et bien sûr ces choses-là ne vont jamais en s'arrangeant. Il est facilement irritable. Oublie de petites choses, comme la raison pour laquelle il est entré dans une pièce. Chaque fois que ça lui arrive, il regarde par terre et semble avoir du mal à comprendre. Je le retrouve au garage en train de remuer ciel et terre, et quand je lui demande ce qu'il cherche, il est incapable de me répondre. Il va de plus en plus mal.

«Je me transforme en *tawodi*, me dit-il. Ça signifie "faucon" en cherokee.»

On est assis sur la terrasse en bois derrière la maison, où Ernest aime observer le vol des oies au-dessus du lac. Je le regarde se pencher en avant, les yeux plissés.

«Je me nourrirai de sauterelles et de miel, comme Jean-Baptiste.

– Arrête, Ernest, dis-je à voix basse.

– Je vois un bateau à voile, là-bas. Je vois de la fumée ou du brouillard, peut-être un esprit.

– Il n'y a pas d'esprit, là-bas.»

Il s'est bien calé dans son fauteuil, sans pour autant cesser de regarder.

«Ernest, c'est demain que Wyatt arrive. Tu t'en souviens?»

Il réfléchit.

«Le petit en famille d'accueil, je précise. Je lui ai préparé la chambre de Ray-Ray.

– Tu me l'as déjà dit.

– Il arrive demain. Tu t'en souviens?

– Évidemment. Arrête de me demander si je me souviens.

– Je voulais juste en être sûre.

– J'ai compris.»

On a reçu un appel quelques jours auparavant des services sociaux indiens. C'était Bernice, l'une de mes anciennes collègues. J'ai pris ma retraite il y a un an. Elle m'a dit qu'ils avaient besoin en urgence d'un placement en famille d'accueil pour un garçon de douze ans. Est-ce qu'Ernest et moi pouvions le prendre provisoirement?

« Vous êtes notre seule famille cherokee disponible, a-t-elle ajouté. Son père est en prison, la mère a quitté l'État. En ce moment, il est chez une tante, mais elle a des soucis de santé. On essaie d'entrer en contact avec les grands-parents. »

Quand j'en ai parlé à Ernest, ça m'a surprise qu'il accepte. Jusqu'alors, on n'avait jamais été famille d'accueil. « Il pourra tondre la pelouse, a-t-il dit. Il pourra jouer aux dames. Attraper du poisson. »

On a vue sur le lac depuis l'arrière de la maison, et on aperçoit aussi un petit étang couleur d'ambre là où la route se termine. La plupart des gens aiment aller pêcher sur le lac, mais Ernest préfère l'étang, qui est d'après lui propice à la pêche, car plein de barbues et d'achigans à grande bouche. Il y a moins de monde, et on y trouve des grenouilles-taureaux et de minces couleuvres à rayures jaunes. Depuis peu, il parle beaucoup plus souvent de pêche.

Ernest frissonne dans son pull, même s'il fait encore chaud. « Il est temps de rentrer, dit-il, en se levant de son fauteuil.

– J'arrive. »

Il ouvre la porte-moustiquaire et pénètre à l'intérieur. Je me penche en avant pour observer le champ. Des feuilles rouges et jaunes jonchent le sol en pente. Les soirées sont silencieuses et tranquilles. Parfois, le matin, je m'assieds sur cette terrasse, et je regarde une buse à queue rousse retourner dans l'arbre où elle a fait son nid, tandis que les carouges à épaulettes se regroupent dans le nichoir. De temps à autre, quelques jaseurs d'Amérique se posent sur une branche, des pétales de fleurs de pommier dans le bec, et ils me regardent depuis leur perchoir.

Au loin, ce soir, un brouillard se lève sur l'eau, et je sens comme une présence se matérialiser.

Nous habitons au bord d'une route de terre sinueuse près de Tenkiller Lake, dans une forêt de plaqueminiers, de chênes et de pacaniers, non loin des Cookson Hills. Il y a des années, notre peuple, les Cherokees, a été exilé dans cette région après avoir emprunté la Piste des larmes. Un gouvernement tribal a été formé, on a construit des bâtiments et des écoles, et même inventé un syllabaire. Ernest et moi, on a grandi à Quah. Juste après notre mariage, il a construit une terrasse en bois derrière notre maison, avec vue sur les arbres en pente jusqu'au rivage.

C'est là que nous avons élevé nos trois enfants. Là, dans notre maison de pierre et de brique, avec son toit en pente et sa cheminée pleine d'esprits. Là que nous avons dormi sous la lueur bleue de la lune dans le ciel nocturne, nous réveillant parfois pour apercevoir un chevreuil à la lisière du champ. Je me souviens d'en avoir vu toute une famille en bas de la colline, au bord de l'eau. Et combien notre fille Sonja avait été triste qu'ils ne reviennent plus, même si Ray-Ray lui avait promis qu'un jour ils seraient de retour. Elle n'était alors qu'une adolescente. Après la mort de son frère, elle a passé tout l'hiver à les guetter, mais nous ne les avons plus jamais revus. « C'est pourtant la saison, avait-elle dit. Ils sont peut-être morts, eux aussi. Quelqu'un les a peut-être abattus et traînés à l'arrière d'un pick-up. » J'imaginais leurs carcasses suspendues se vider de leur sang. Nous étions sur la terrasse, et j'ai prié pour que les chevreuils reviennent et que Sonja aille mieux. Nous en avons vu d'autres par la suite au bord de la route, mais elle était toujours aussi malheureuse. « Ce n'est pas la même famille, disait-elle. Ça se voit. Celui-là, c'en est un autre. Ceux qui sont venus chez nous sont morts. »

Quinze ans plus tôt, le 6 septembre, Ray-Ray était allé à moto jusqu'à un centre commercial où il avait apparemment eu une altercation avec deux hommes. L'un d'eux avait tiré un coup de feu, et notre fils avait été abattu d'une balle en pleine poitrine par un policier. Après avoir entendu une détonation, celui-ci avait instinctivement tiré sur le jeune Indien. Par la suite, quand il fit une déclaration à la presse, il jura avoir cru que Ray-Ray était l'auteur du tir, mais c'était un jeune Blanc en réalité. L'agent fut suspendu temporairement de ses fonctions. Après plusieurs mois d'enquête, les services de police déclarèrent que son comportement au cours de la fusillade était légitime, et finalement il bénéficia d'un non-lieu.

Tout a changé en moi, après ça.

Comment peut-on perdre un enfant lors d'une fusillade et espérer reprendre une vie normale ? Voilà la question qui me taraude le plus. Mon fils était une victime. Le policier qui l'a tué – désormais à la retraite – habite la même ville que nous, et pendant plus d'une nuit sans sommeil j'ai voulu aller chez lui le tuer de mes propres mains. Je voulais le frapper de toutes mes forces, le faire souffrir. Oui, oui, j'ai toujours su que le deuil est une épreuve difficile et qu'il faut des années pour pardonner. Je n'ai toujours pas appris. Je ne peux que m'en remettre au Grand Esprit. Ernest a mieux géré la situation que moi ; il est parvenu à se ressaisir et à reprendre le travail aux chemins de fer au bout d'un mois environ. Un médecin m'a prescrit du Xanax, après quoi je n'ai fait que dormir, longtemps.

Je passais mes journées assise sur un fauteuil, près de la fenêtre.

Ma sœur Irene passait nous donner un coup de main, surtout avec Sonja et Edgar. Un dimanche, au plus fort de ma dépression, elle m'a traînée à l'office d'une église méthodiste, où j'ai entendu la doxologie pour la première fois. Après quoi n'a cessé de résonner dans ma tête la phrase suivante : «Béni soit Dieu, source de toute bénédiction», encore et encore. Une fois rentrée à la maison, je l'ai écrite dans mon cahier. Mon thérapeute m'encourageait à tenir un journal le plus régulièrement possible. Une fois, j'ai écrit, *Je n'ai plus peur de mourir. Si je meurs dans mon sommeil, ça me va.* Un autre jour : *Je me sens si coupable de vouloir mourir alors que Sonja et Edgar ont désespérément besoin de moi. J'ai l'impression d'être une personne horrible.* Mais je n'arrêtais pas de penser à la doxologie. Ce fut si réconfortant pour moi que je n'ai plus jamais eu d'idées aussi noires dans mon journal.

Ernest gardait l'esprit occupé en prenant soin de Sonja et Edgar, en étant un bon père. Il les emmenait au cinéma, au parc ou ailleurs, tant que ça les faisait sortir de la maison, où je restais prostrée dans un fauteuil. Ce n'est que depuis quelques années que nous fêtons l'anniversaire de la disparition de Ray-Ray. Désormais, le 6 septembre, nous faisons un petit feu de joie, et chacun de nous partage un souvenir. Ernest et moi, on a décidé que c'était un bon moyen de réunir la famille, vu que nous ne sommes plus jamais ensemble.

Vers dix-huit heures, je réchauffe un reste de ragoût pour le dîner. Avec Ernest on mange devant un plateau-télé, et on regarde une émission sur des crimes non élucidés. Ernest n'arrête pas de pointer la télécommande pour monter et baisser le volume.

« Peut-être que le môme en famille d'accueil peut la réparer, dit-il.

– Elle marche très bien, cette télé.

– Je crois qu'il y a un problème avec le volume.

– Mais non, pas du tout.

– Qu'est-ce qu'on fait ? On va rester là, à supporter ça ? »

Je lis la frustration sur son visage. Il est obsédé par les boutons colorés et leur fonction, les menus sur l'écran. La télécommande le rend nerveux. Je repense aux années où on s'asseyait dans les fauteuils jumeaux pour dîner devant la télé. Qu'est-ce qu'il a changé, et son regard perdu confirme que son état décline rapidement. Tandis qu'il continue de scruter la télécommande, j'entends Sonja entrer. Elle habite une petite maison au bout de la rue et passe plus souvent depuis que son père va mal.

Il lève les yeux sur elle à son entrée dans la pièce, et l'espace d'un instant, je me demande même s'il l'a reconnue. Elle s'approche de lui et pose une main sur son dos, le caressant par petits mouvements circulaires.

« Comment ça va, papa ?

– J'en sais rien. Foutue télécommande. »

Le visage de Sonja prend une expression solennelle, comme si elle réalisait tout à coup la gravité de sa maladie. Nous restons sans voix, et pendant un bref laps de temps je la dévisage. Sonja, trente et un ans, ressemble beaucoup à ma sœur Irene quand elle était plus jeune, même si elles n'ont pas du tout le même caractère. Ma sœur a toujours été timide, réservée, voire discrète. Sonja, elle, sort tous les soirs. Je me fais du souci pour elle à cause des hommes qu'elle fréquente, dont certains sont encore étudiants à la fac. Je voudrais qu'elle se range ; c'est notre souhait à Ernest et moi, mais plus on aborde le sujet, plus elle prend ses distances.

« Y a un garçon dont j'ai envie de faire la connaissance, finit-elle par dire.

– Un nouveau ? je demande. Qu'est-ce qu'il fait ?

– Il est musicien. Je vais le voir jouer ce soir dans un bar près du campus. J'irai lui parler, je vais enfin faire sa connaissance. Ça fait des semaines que j'y pense.

– Un musicien ? C'est quoi son vrai boulot ?

– On ne se connaît pas encore.

– Et il a quel âge ?

– Je ne sais pas. Vingt-trois ans, peut-être. »

Je ne dis rien. Je me lève, et Sonja me suit à la cuisine pour m'aider à débarrasser la table. J'ouvre le robinet et rince les assiettes, puis je les tends à Sonja qui s'occupe de remplir le lave-vaisselle.

« Tu as parlé à Edgar de l'anniversaire de Ray-Ray la semaine prochaine ? me demande-t-elle.

– J'ai donné un coup de main à Irene tout le week-end pour le pow-wow, mais hier j'ai essayé de le joindre, et il ne m'a pas rappelée.

– Moi non plus. Ça m'inquiète.

– Moi aussi. Ça fait trop longtemps. Des semaines.

– Peut-être qu'il a honte », me dit-elle.

Nous sommes intervenus auprès d'Edgar six mois plus tôt. Il habitait alors chez sa petite amie, Desiree, au Nouveau-Mexique, et était devenu accro à la méthamphétamine.

Il lui avait volé de l'argent, comme à nous. Un jour, en effet, il nous a rendu visite et dit qu'il lui fallait de quoi changer l'alternateur de sa voiture, faire réparer une fuite d'huile. Ernest lui a prêté plus de quatre cents dollars en liquide. Il avait déjà perdu vingt kilos, alors on était sur les nerfs. Sonja pensait qu'il prenait aussi de la coke. Edgar n'avait que vingt et un ans, c'était mon petit dernier. L'idée qu'il se drogue m'avait rendue malade. Je n'avalais presque plus rien. Un mois plus tard, Desiree nous a appelés pour dire qu'elle avait dû payer sa caution après qu'il s'était fait arrêter pour être entré par effraction dans un véhicule.

Ernest, Sonja et moi sommes partis en voiture à Albuquerque pour lui parler entre quat'z'yeux. On est arrivés devant la maison qu'il partageait avec Desiree, laquelle nous attendait sur la véranda quand on s'est garés dans l'allée. Edgar faisait la sieste sur le canapé. À notre entrée, il s'est réveillé en sursaut et s'est assis. Il n'a rien dit, mais il avait l'air terrifié. Je crois qu'il savait ce qui se passait. J'ai senti que Desiree lui avait dit quelque chose, et qu'il nous attendait. On s'est tous assis à la table de la cuisine et on lui a dit qu'on s'inquiétait pour lui, que sa consommation de drogue dépassait les bornes, qu'il se tuait à petit feu et qu'on ne voulait pas le regarder mourir sans rien faire.

« Il faut que tu comprennes que tu te fais du mal, je lui ai dit. On veut que tu te fasses aider avant qu'il soit trop tard. »

J'ai pensé que notre « intervention » avait porté ses fruits. Car il avait éclaté en sanglots, nous avait juré qu'il irait en cure de désintoxication aussi longtemps que nécessaire. Sonja lui avait déjà trouvé un centre de soins à Tulsa, où il avait accepté d'entrer dès la semaine suivante, mais il ne s'y est jamais présenté. On ne peut pas le forcer, et rien ne va plus entre Desiree et lui. On lui a parlé quelques fois par téléphone, mais il garde le plus souvent ses distances, ce qui signifie sans doute qu'il continue à se droguer. Je prie pour qu'il rentre à la maison.

À la cuisine, je m'essuie les mains sur un torchon de vaisselle et me tourne vers Sonja. « Tu crois qu'il y a une chance qu'il vienne la semaine prochaine ?

– Il sait que c'est important pour nous.

– Tu es sûre ?

– Oui. Enfin, je crois.

– Dis-lui que c'est important pour Ray-Ray. »

Cette nuit-là, Ernest me tire du sommeil. Il est debout à côté du lit, une main posée sur la mienne. J'ai senti la froideur de sa main et ça m'a réveillée.

« Qu'est-ce qui se passe ? je demande.

– Il y a du bruit. Ça vient de dehors. Il faut que je sorte vérifier.

– Quel genre de bruit ?

– Je ne sais pas, un grand coup. Un bruit métallique. Il faut que j'aille vérifier. »

Il se dirige vers la porte. Je ne veux pas qu'il y aille seul, alors j'enfile mes pantoufles et le suis dans le couloir et la cuisine, où il jette un œil par la fenêtre. Il allume la terrasse, déverrouille la porte et sort. Je reste à l'intérieur, l'observant par la fenêtre pendant qu'il inspecte les lieux. Il fait le tour de la maison, puis va dans le jardin. Il reste immobile un moment, comme s'il avait oublié quelque chose. Puis il se dirige vers l'abri, où je vois la lumière s'allumer.

J'ouvre la porte et le rejoins. Quelques années plus tôt, on avait conservé dans cet abri de grands sacs de graines pour oiseaux qui nous ont valu par la suite des tas d'ennuis avec les souris. C'était l'hiver où Ernest avait été hospitalisé pour une pneumonie, et chaque jour, à mon retour de l'hôpital, je trouvais une nouvelle souris morte dans un piège. Nous n'y mettons plus les pieds depuis.

« Je cherche les pierres dont parlait Edgar, dit Ernest.

– Quelles pierres ?

– Les colorées. Je crois qu'il a dit qu'elles étaient vertes ou rouges.

– Quand ça ? »

Il hésite, perplexe, alors j'attends qu'il ait fini. Il continue son inspection. Sur les étagères sont surtout rangés de vieux pots de peinture et des outils. Il y a dans un coin un trophée gagné lors d'un match de basket. Ernest le soulève et le brandit en l'air pour que je le voie bien. « C'est le trophée d'Edgar, il me dit. Le basket, au collège. C'était quand ? »

Les choses se compliquent la nuit, beaucoup plus que pendant la journée. Troubles du sommeil, confusion due aux rêves. Il a toujours dormi comme une souche. Auparavant, on se racontait nos rêves, on riait parfois de leur côté absurde, de leur humour surréaliste, même à l'époque où les enfants étaient encore petits. Mais désormais, il m'est trop difficile de le regarder marmonner à propos de ce qu'il imagine dans sa tête – des bruits qu'il entend, des choses qu'il cherche.

Il observe le trophée d'un air triste. Comme s'il comprenait à quel point il est perdu. Peut-être se rend-il compte de l'incohérence de son comportement, comme se lever au beau milieu de la nuit pour nous entraîner jusqu'à cet abri. Mais je ne veux pas le brider.

Il me dit, «Je crois qu'il est parti, Maria.»

J'attends qu'il me regarde.

Il ajoute, «J'aimerais qu'il revienne.

– Moi aussi. Allons-nous coucher.»

Cette nuit-là, incapable de me rendormir, je m'installe à la table de la salle à manger avec mon cahier. J'écris mon journal par intermittence, ce qui m'a toujours aidée à me tranquilliser :

Le feu de joie est dans cinq jours. J'ai tant de choses à préparer, mais je crains qu'Ernest ne tienne pas le coup. Je veux qu'Edgar soit là. Je ne veux pas le perdre comme on a perdu Ray-Ray.

Je pense aux complexités du temps, à la lenteur et à la vitesse auxquelles il passe. Quinze années malheureuses se sont écoulées depuis la mort de notre fils. On a commencé à faire ces feux de joie pour le dixième anniversaire de sa mort, et ces cinq dernières années, c'est devenu pour nous une façon de nous réunir et de nous dire franchement les choses, de penser à l'importance de notre famille, de notre terre. Jusqu'alors, même si Ernest et moi avons grandi près d'ici, je n'avais jamais senti un lien aussi fort avec tout ce qui nous entoure. Mais comme l'état d'Ernest empire depuis un an à cause d'Alzheimer, j'ai peur que notre rituel prenne fin. Pour notre tout premier feu de joie, une idée d'Ernest, Edgar et lui étaient partis ramasser du bois ensemble. À leur retour, ils riaient parce qu'Edgar avait vu une branche ou une brindille qu'il avait prise pour un serpent ; il l'a aussitôt relâchée, avant de déguerpir. Ernest n'arrêtait pas de rire, je m'en souviens. Et quand nous nous étions retrouvés autour du feu, et que nous avions réfléchi tous les deux à ce dont nous étions reconnaissants, il avait déclaré : « Je suis reconnaissant qu'on soit capables de rire même dans les moments de tristesse. » C'était notre cadeau à notre fils disparu, notre façon de comprendre et de donner à notre chagrin un sens éminemment juste.

J'ai l'espoir, ai-je écrit dans mon journal au cours de cette première année, *que le feu de joie se perpétue comme une commémoration de Ray-Ray, et une façon de pleurer tous ceux qui mourront dans les années à venir.*

Edgar a assisté à chacun des précédents feux de joie, et comme notre intervention a échoué, j'espère que celui-ci nous donnera une nouvelle chance de le faire revenir sur le droit chemin. Je ne l'abandonnerai jamais. Je me sens consumée par un vide que je tente de remplir comme je peux : par la prière, la méditation, la tenue de mon journal. Pour la première fois depuis de nombreuses années, j'ai du mal à trouver le sommeil, car je m'inquiète pour Edgar et Ernest. Dans ces moments-là, j'ai toujours l'impression que je vais être touchée par une révélation, sans jamais savoir à quoi m'attendre précisément. Une nuit, quelques mois plus tôt, croyant qu'Ernest avait cessé de respirer dans son sommeil, je me suis aperçue qu'en fait il était réveillé, et qu'il fixait le plafond avec l'air de celui qui vient de recevoir une volée de gifles. « J'ai rêvé de personnes mortes », a-t-il murmuré, refermant les yeux et se rendormant immédiatement. Le lendemain matin, il ne se souvenait plus de rien, mais ça me hante toujours.

Quand j'arrive à dormir, je rêve souvent de Ray-Ray quand il était petit. Jamais de lui adolescent, même s'il n'avait que quinze ans au moment de sa mort. Dans ces rêves, il disparaît, et je n'arrive pas à le retrouver. Ernest et moi passons le prendre au gymnase, mais il n'y est pas. Ou alors on le perd dans un parc bondé. Ce sont ceux-là, les rêves les plus durs.

Je fais un autre songe récurrent, celui d'un homme qui tient un hibou. Je me demande qui c'est, cet inconnu. Il est silencieux mais affable, m'offre des perles ou un morceau de pain chaud, un verre de vin foncé. Il n'y a là rien de romantique ou d'attirant, et certainement rien d'équivoque dans les sentiments que j'éprouve à son égard. Il me fait plutôt l'impression d'un moine itinérant, peut-être un mystique, vêtu de haillons et tenant un hibou sur le bras.

« On dirait que c'est de Skili que tu rêves, m'a dit Irene, un jour. C'est un fantôme, ou un mauvais esprit. Il est porteur de mauvaises nouvelles. »

Mais je ne raconte à personne les nuits où Ray-Ray m'apparaît sous la forme d'un oiseau. Parfois, quand je me réveille et que je vais m'asseoir sur la terrasse, un oiseau vole tout près et se pose dans l'herbe, puis il incline la tête comme s'il me regardait. Dans ces moments-là, il me manque terriblement.

Assise à la table de la salle à manger, je referme mon cahier et éteins la lumière. Je traverse le couloir dans l'obscurité jusqu'à notre chambre, et je me recouche. Mon esprit est bien éveillé, en proie à mille pensées, comme d'habitude. Demain, ce jeune garçon prénommé Wyatt débarquera chez nous, dans cette maison faite de brique et de pierre. Cette maison capable au fil des ans de résister au mauvais temps et aux vents furieux, grâce à la stabilité de son toit, de ses murs et de son plâtre qui se tendent quand la terre bouge. Cette maison, notre maison, qui craque et tictaque au passage du temps, accueillant la voix d'inconnus et la compagnie d'esprits dont le rire monte comme la fumée de la cheminée. Je me demande comment un lieu pareil a pu rester stable, intact, solide, après tant d'années à absorber les pleurs et la douleur, les rires et les désirs, tous les souvenirs nés de mon ventre bombé.

EDGAR ECHOTA

1er septembre

Albuquerque, Nouveau-Mexique

Rae et moi, on mange en silence. En vrai, son nom c'est Desiree mais je l'appelle Rae, comme mon frère. On vit dans un meublé miteux aux vitres sales, plein de cafards derrière le frigo. J'ai besoin d'aide. Il ne me reste plus beaucoup de comprimés. Je sais que je deviens accro à la meth, mais je prends aussi de l'oxycodone, et tout ce qui me tombe sous la main. Les gens voient bien ce qui m'arrive, je commence à avoir une sale gueule, à être méchamment accro. Au début, je prenais des cachets pour éviter de me sentir tout le temps comme une merde, mais plus je me drogue, plus je suis déprimé. Un vrai cauchemar, putain. J'ai à peine vingt et un ans, et je suis déjà dans l'impasse. Rae va bientôt me larguer. Je sais que mon état s'aggrave parce que je suis incapable de regarder qui que ce soit dans les yeux, y compris elle, et de sortir un long bobard circonstancié. Ça me fait mal au bide, même en sachant déjà que je ne suis pas doué pour mentir.

On est là à contempler nos assiettes et à pousser nos pâtes d'un petit coup de fourchette, nous arrêtant de temps à autre pour boire du vin bon marché dans des gobelets en plastique. On ne mange presque rien. Des rayons de lumière oblique entrent par la fenêtre, faisant pulser les particules de poussière. Il émane de la maison une sensation d'effroi qui me fait mal – je l'éprouve partout, dans notre rue, dans chaque ville du Nouveau-Mexique autour de nous. Je me demande s'il va m'arriver quelque chose de terrible. J'imagine d'autres personnes comme moi, des ratés qui se défoncent et fuient leurs proches, regardent par la fenêtre avec désir et terreur, effrayés que leur vie se désagrège. Penser à ça me fait du bien.

C'est pareil soir après soir. J'ai suivi Rae aux Beaux-Arts il y a un an, à l'époque où je croyais encore à notre relation et à mon avenir. J'ai gardé secret pendant des mois le fait que je me droguais, retrouvant des gens au parc ou fumant quand elle était sortie et que j'étais seul à la maison. Il ne lui a pas fallu longtemps pour remarquer ma maigreur anormale, mes dents abîmées et mes problèmes de peau.

À table, je suis pris d'une soudaine quinte de toux, portant ma serviette à la bouche, ce qui pousse Rae à se lever et à emporter son assiette dans l'évier de la cuisine. J'entends couler l'eau du robinet, puis le crissement du broyeur à déchets. Son silence est une présence conçue pour me mettre la pression, un mode de communication destiné à renforcer ma crainte de ce qui va bientôt arriver : qu'elle va me quitter pour de bon. Une fois Rae partie, je sais que je serai vraiment seul, puisque j'ai coupé les ponts avec ma famille depuis des mois. Quand mes parents s'étaient pointés à l'improviste, j'avais promis d'aller en cure de désintox, et j'y tenais vraiment, parce que je savais qu'ils étaient tristes et inquiets à cause de moi. Mais je ne suis pas arrivé pas à me décider, et maintenant j'ai beaucoup trop honte de rentrer à la maison et d'affronter leur regard.

Je pose ma fourchette et j'observe Rae qui rince la vaisselle.

« Mets Ornette Coleman, elle crie. Le disque qu'on a écouté hier soir. »

Je pose mon gobelet et vais à la platine mettre l'album. Je pose le saphir sur le disque et, quand la musique commence, je regarde la pochette. Rae m'a dit un jour qu'Ornette Coleman était le portrait craché de son père, lequel avait été batteur de jazz. C'est peut-être pour ça qu'elle a envie de l'écouter. Son père l'a initiée au free jazz à La Nouvelle-Orléans, où Rae passait l'été quand elle était petite. Elle était encore adolescente quand il est mort. Lors de notre première rencontre, le fait d'avoir chacun perdu un membre de notre famille a créé un lien entre nous. La mort nous a rapprochés, c'est ce qu'on disait toujours pour plaisanter.

Je suis assis sur le canapé et j'écoute les aigus frénétiques de la trompette, la sauvagerie des cymbales et de la batterie. Le jazz me stimule. Je peux battre le rythme en tapant des mains sur mes jambes pendant des morceaux entiers, de longues périodes, ce que je fais presque chaque fois qu'on écoute de la musique. Je peux imiter Charlie Watts, Stewart Copeland. Le batteur de Cheap Trick qui avait la clope au bec. Rae déteste que je fasse ça. Elle est sortie fumer et passer des coups de fil sur la véranda. Je ne sais jamais à qui elle parle. Je veux accorder plus d'importance à notre relation, mais c'est devenu si plan-plan et banal que je n'éprouve jamais le désir de lui poser la question. Quand elle revient à l'intérieur, elle me dit que ma mère l'a appelée.

« Qu'est-ce qu'elle voulait ?

– J'en ai marre de t'inventer des excuses. C'est bientôt l'anniversaire.

– J'ai l'intention d'y aller », lui dis-je, mais j'ignore si je veux rentrer à la maison ou pas. Je sais que Rae s'éloigne de moi. Je me demande si elle me trompe, même si elle ne m'a jamais donné de raison particulière d'avoir des soupçons. Tout ce qu'elle veut, je crois, c'est une sorte de tendresse physique, ou peut-être un signe d'empathie, que je ne lui donne jamais. Je sais au fond de moi que c'est de ma faute si elle s'éloigne, mais j'ai aussi l'impression de l'y pousser, pour une raison que j'ignore. Je ne comprends pas pourquoi je cherche ainsi à me punir.

Je lève les yeux et vois qu'elle est là, une main sur la hanche, à me regarder comme si elle ne comprenait pas un traître mot de ce que je racontais.

« Je ne sais pas », dis-je.

Elle s'arrête de parler, l'air agacé, puis fait demi-tour et retourne à la cuisine, ce qui me donne envie de me défoncer. Je ne me sens pas coupable et n'ai pas honte de ça, bien sûr, parce que me défoncer m'aide à me sentir mieux, un peu comme les antidépresseurs en aident d'autres, même si à présent ça n'a plus d'effet sur moi, sinon celui d'aggraver mon état. Je comprends aussi que je dois aller mieux pour devenir un meilleur petit ami. J'ai bossé dans un ranch avec mon pote Eddie pendant un moment, ce qui m'a fait du bien, mais à la fin de l'été le travail était fini et j'ai dû trouver un boulot que je détestais dans une quincaillerie. Ils m'ont viré parce que je m'étais fait porter pâle trop souvent. Et maintenant, je n'arrive plus à me motiver pour retrouver du boulot. Rae travaille dans une galerie d'art et paye les factures, je me sens coupable de ne pas faire plus d'efforts pour participer.

Je profite qu'elle soit à la cuisine pour filer dans la chambre, retirer mon t-shirt vite fait et sortir la pipe de ma commode. En général, une ou deux taffes suffisent à me requinquer. Quand Rae arrive, je suis en train de fumer.

« Qu'est-ce que tu fous, putain ? » dit-elle.

Penché sur ma pipe, je prends une autre taffe.

« Mais putain, Edgar ? »

J'en prends encore une, et quand je me tourne vers elle, elle est déjà partie. Je pose la pipe avec précaution sur la commode, puis gagne la porte-moustiquaire, d'où je la vois quitter l'allée à bord de sa Mazda, son téléphone à l'oreille. Je n'ai plus de portable. Enfin, j'en ai peut-être un, mais je ne m'en sers jamais. Devant la porte, soudain, je sens le besoin urgent de lui courir après.

Voilà ce que je fais : je sors torse nu de la maison en courant dans le froid. De l'autre côté de la rue, une ado joue au foot dans le jardin, et elle s'arrête pour me fixer. Rae m'aperçoit et accélère. Je me plante au milieu de la chaussée en me grattant le bras. La fille détourne la tête quand je la regarde à mon tour. Puis elle ramasse son ballon et rentre chez elle. Mon bras me démange terriblement. Je vois que je saigne à force de m'être gratté. Quand je rentre, la trompette d'Ornette vocifère comme le rire d'un dément.

Je vais dans ma chambre où j'enfile un sweat à capuche et m'assieds au bord du lit. Je pense à Rae et moi au début, quand on passait toute la journée au pieu. On restait beaucoup de journées comme ça, trop paresseux pour nous lever, ce qui était l'une des raisons pour lesquelles nous étions si attachés l'un à l'autre : on y voyait un lien spirituel, émotionnel. Je lui préparais de la soupe, débarrassais la vaisselle. Je lui brossais les cheveux, la tenais par la taille et m'endormais la tête posée sur ses cuisses. On fumait de l'herbe et on écoutait de la musique. C'était le bon temps, et je savais que ça ne serait plus jamais pareil.

Désormais, assis seul à la maison, je suis inquiet et agité. Combien de soirées ai-je déjà passées ainsi, à attendre qu'elle revienne ? Je mets ma capuche sur la tête et ressors. Je me dis que je pourrais aller rendre visite à mon pote Jessie, qui vend souvent des bijoux dans le parc d'à côté, et peut-être traîner avec lui pour ne pas mariner dans mon jus à la maison, déprimé ou en colère à cause de Rae. Je descends la rue, passant d'un pas pressé devant la station-service au coin, celle avec le toit vert, et devant la petite église de l'Assemblée de Dieu, dont la devise JÉSUS EST LÀ figure sur un panneau placé à l'entrée. Et puis je me mets à courir en direction du parc. Mon cœur bat fort à mon arrivée, et je me sens immensément triste.

C'est presque le crépuscule, et l'endroit est pratiquement désert. Aucun signe de Jessie. Je m'approche d'un banc. J'ai l'impression d'être un moins-que-rien, j'ai juste envie de me défoncer. Quelqu'un va forcément se pointer, voilà ce que je me dis, mais personne ne vient et je ne peux pas rester là.

Du coin de l'œil, j'aperçois un oiseau, un coq sauvage, qui plastronne. Je le regarde longuement. Il me voit, déploie ses ailes et me charge, comme le font certains. Je me retourne et m'enfuis à travers le parc. Je cours jusqu'à ce que je l'aie semé. Il fait presque nuit maintenant, et quand je traverse la rue, j'entends des motos approcher. Je continue à marcher d'un pas pressé, les motos toujours plus bruyantes, et quand je m'arrête pour reprendre mon souffle, je me retourne et vois des motards me passer devant, telle une tempête tonitruante, une longue colonne de motos assourdissantes aux tuyaux d'échappement vrombissants et aux feux arrière écarlates.

Il y a quelques mois, Jessie m'a donné un petit coq sauvage. Il était inoffensif et assez petit pour tenir au creux de mes mains. L'oiseau était en partie rouge avec des taches orange, une poitrine bombée, un bec aiguisé. Je l'avais soulevé et lui avais dit, « Comment tu t'appelles ? Je t'appellerai Coq Doré », et Jessie et sa copine Shawnee avaient ri.

Eux aussi en ont un. Les habitants du coin les domestiquent et les amènent au parc pour leur faire faire de l'exercice, les nourrir, et les montrer à toute personne désireuse d'en voir un. Ma décision a tout de suite été prise : l'oiseau était à moi. Je le nourrirais, il grandirait et deviendrait peut-être un oiseau de grande taille, on verrait bien. Il a incliné la tête et regardé autour de lui. Je voyais sa petite poitrine se soulever. J'ai posé la main dessus et senti son cœur minuscule, ses battements en rythme. Il était vivant. Je l'ai mis dans la poche de ma veste pour qu'il soit bien au chaud et à l'abri. Il n'a plus bougé. Quand j'ai glissé un doigt dans ma poche, je l'ai senti donner de petits coups de bec, ça chatouillait un peu, sans jamais faire mal. Il ne m'a jamais égratigné et n'a jamais tenté de sortir de toute la soirée. J'éprouvais une certaine forme d'acceptation, comme s'il avait besoin de moi et inversement. J'ai du mal à mettre des mots sur ce sentiment, mais c'était pareil pour les autres visiteurs du parc. Coq, coq, coq.

Jessie, Shawnee et moi sommes passés devant le parc et la route qui longe la voie rapide jusque chez eux, où il y avait de la musique à fond.

« C'est une fête pour célébrer tout et rien à la fois, j'ai lâché. Une fête pour célébrer mon oiseau.

– On était là, tout à l'heure, a dit Jessie. On est simplement sortis pour te le donner. Mais fais bien attention. Quelqu'un nous l'a apporté, ici même. Le mien est si grand maintenant que je ne peux même plus le faire sortir. Il me griffe. Il me donne des coups de serre sur la bouche. J'ai entendu dire qu'ils peuvent même te péter les dents si tu ne fais pas attention, alors je l'ai à l'œil.

– Il faut que je le surveille à sa place, a précisé Shawnee. C'est moi qui le domestique.

– Le mien ne sera pas aussi cruel, j'ai affirmé. Je ne lui donnerai pas trop à manger. Je le laisserai me picorer le doigt et me donner des petits coups de bec quand il grandira, mais pas n'importe quoi non plus. Pas question.

– C'est ce que tout le monde dit, m'a répondu Shawnee. Voilà pourquoi je n'en ai jamais eu. Jessie voulait m'en offrir un, mais je n'ai jamais accepté. Il suffit de regarder le sien. Il est si gros qu'on l'a mis dans le poulailler de derrière, où il s'en donne à cœur joie du matin au soir. Ses cris le réveillent. Et puis il faut le nourrir, sans quoi il attaque. J'ai fait une recherche sur Google. Ces oiseaux deviennent agressifs et attaquent. Dès qu'on s'éloigne ou qu'on leur tourne le dos, ils attaquent. Ils foutent le bordel dans tout Albuquerque. »

Jessie mâchonnait un brin de paille. « Il faut battre des bras pour qu'il sache qu'on est une plus grosse créature que lui, en espérant qu'il se calme.

– Mon coq ne m'attaquera pas, je leur ai dit.

– Fais gaffe. Quand on ne fait pas attention à eux, ils ont tout le temps faim et deviennent agressifs. »

J'ai pris l'oiseau et l'ai regardé. Il avait un bec minuscule, et presque l'air de me sourire. Ça sourit, les coqs sauvages ? Le mien souriait – en tout cas, c'est l'impression que j'ai eue.

« Entre », m'a dit Jessie, mais j'ai décliné. Je voulais profiter de mon coq tout seul, ne le partager avec personne. Ceux qui faisaient la fête à l'intérieur voudraient le voir.

« Pas question que j'entre, j'ai dit en ricanant. Je le ramène chez moi, cet oiseau.

– Bonne chance », m'ont-ils dit tous les deux.

J'ai ouvert l'antivol de mon vélo, que j'avais attaché à sa véranda, et suis rentré à la maison, où il me faudrait cacher le coq à Rae. Ça ne lui plairait pas, c'était sûr. J'ai tenu le guidon d'une main pour vérifier qu'il allait bien dans la poche de ma veste. Ses yeux brillaient dans le noir quand il les a levés vers moi, souriant. J'avais un coq heureux, et ça m'a rendu heureux moi aussi. Il se sentait bien dans ma poche, car je le protégeais, prenais déjà soin de lui. Il n'essayait pas de me blesser, ne faisait pas le moindre bruit. Il était si gentil.

En arrivant à la maison, je l'ai caché dans mon tiroir de la salle de bain pour que Rae ne le trouve pas. Je lui ai souhaité bonne nuit et je l'ai observé. Il n'avait pas d'odeur.

Il n'émettait pas le moindre son, soulevait et abaissait simplement sa poitrine, respirant fort pour une si petite chose.

Cette nuit-là, je n'ai pas réussi à trouver le sommeil parce que je n'ai pas arrêté de penser à cet oiseau. Je l'ai sorti du tiroir quand Rae s'est endormie, et j'ai veillé toute la nuit avec lui dans le salon, le regardant, le touchant et le laissant me donner des petits coups de bec dans la main. Je n'avais pas faim et l'idée de manger me donnait la nausée.

Ce que j'aimais le plus, c'était le nourrir, et comme pour la plupart des choses, il a vite grandi et grossi, et ça a commencé à empester la merde et le vomi dans la maison. Le coq était trop gros pour que je le cache à Rae, alors il a fallu que je l'emporte avec moi au parc, où je l'ai laissé. Il a tenté de me suivre, et quand je l'ai pris et l'ai balancé, j'ai dû le blesser, parce que je l'ai vu se traîner par terre dans ma direction. Je suis parti en courant ce soir-là. Je me cachais chaque fois que je le voyais au parc, mais il finissait toujours par me trouver et j'ai fini par le reprendre à la maison, où il a tellement foutu la trouille à Rae qu'on s'est engueulés.

Le seul moyen de me débarrasser de cet oiseau, c'était de l'ignorer. Au final, il s'en allait, mais jamais pour de bon. Parfois il revenait, et chaque fois que je le voyais, je sentais dans mon cœur le besoin de le prendre et de le serrer contre moi. Je ne pouvais pas complètement me séparer de lui, il y avait quelque chose en lui que j'adorais, qu'il me dégoûte ou me remplisse de joie.

Quand je rentre à la maison, Rae n'est toujours pas là. Je l'appelle sur son portable, mais tombe sur sa messagerie.

« C'est moi, dis-je. Où es-tu ? » Je raccroche. Je n'arrive pas à savoir si je suis en colère ou triste. J'ignore si je m'en veux ou si j'en veux à Rae de snober mon appel. Dans la cuisine, je bois le reste du vin. Je cherche un paquet de clopes dans les tiroirs, sans succès. Puis je vais dans la chambre, je prends mon sac de toile, et je pars.

Je vais au motel El Cortez avec mon Oldsmobile pourrie. C'est celui où Rae et moi prenons parfois une chambre pour nous donner l'illusion de voyager. Je veux l'appeler depuis le téléphone du motel pour la convaincre de me rejoindre. L'enseigne CHAMBRES LIBRES brille de son néon rose, devant. À la réception, je suis sûr que le type m'a reconnu. Il mâchonne un cure-dents et porte un bandeau sur un œil. Ses mains ressemblent à celles de mon père, sèches et craquelées, avec des doigts épais. Derrière le comptoir, il y a un écriteau sur une porte avec inscrit le mot PERSONNEL, mais sans le L final. Toutes les chambres donnent sur le parking vide. À côté, une voie rapide déserte traverse la plaine en direction de l'ouest.

« Y a marqué PERSONNE, dis-je. Il n'y a personne derrière cette porte. »

Le réceptionniste me tend la clé de la 121 sans jamais me regarder.

Je passe devant l'alignement de portes jusqu'à ma chambre, j'ouvre et entre. Je vais droit sur le téléphone, un de ces vieux modèles à cadran rotatif. J'appelle Rae sur son portable, et elle répond.

« Je suis à l'El Cortez, dis-je.

– Pourquoi ? Rentre à la maison.

– Viens me rejoindre. Pardon d'avoir fumé. C'est parce que ma mère t'a appelée. Viens me rejoindre. »

Elle garde le silence un moment. « Non, il faut que tu rentres. Tu m'as menti, une fois de plus. Je t'ai dit que je me casserais si tu continuais à fumer cette merde.

– S'il te plaît, viens au motel.

– C'est pas possible, Edgar, je peux même pas te parler, là. Je dors chez Jessica ce soir. »

Elle raccroche, et je la rappelle immédiatement. Je tombe sur sa messagerie. Je rappelle, même chose. Je suis un peu défoncé. J'ai pris avec moi un petit sac de toile qui contient un flacon d'oxycodone en comprimés, de l'aspirine, un magnétophone, quelques cannettes de bière et les lunettes de soleil de Rae que j'avais rafistolées avec du chatterton. C'est tout ce qu'il me faut pour la nuit. Je sors les lunettes et resserre le scotch sur la branche pour m'assurer qu'il ne se décolle pas. Je les chausse un moment, puis les retire pour les poser sur le bureau à côté du lit.

Je veux parler avec quelqu'un. Un motel de bord de route comme l'El Cortez n'est pas indiqué quand on se sent seul. La chambre est à l'image de toutes les autres, au cœur du néant, sombre et chaude malgré la clim. Elle est comme une présence solitaire qui m'accueille. Mais j'aime sa pénombre – la lumière n'entre pas par les rideaux tirés, qui sont verts. La lampe jette une ombre déchiquetée et intimidante sur le mur pâle, et la moquette, partiellement tachée, est couleur avocat.

Je m'assieds au bord du lit et lève les yeux au plafond. J'ai l'impression que quelque chose grandit dans ma tête, et tente d'en sortir de force. À trop la garder penchée en arrière pour regarder vers le haut, elle commence à peser. Ça débute toujours comme ça – d'abord la tête, puis le ventre. Quand je découvre mon reflet dans le miroir à l'autre bout de la pièce, je me demande si les gens me voient différemment. J'ai perdu du poids.

Dans la salle de bain, je prends un oxycodone et bois un verre d'eau. La seule chose que j'ai en poche en dehors de mon portefeuille, c'est mon briquet turquoise en peau de serpent, un cadeau de Rae. Je l'imagine ici, avec moi. Je repense à elle quand elle me regarde jouer aux échecs contre un junkie, me mettant au défi de gagner. Elle me maintient sous pression, telle une force dominatrice et imprévisible. Je commence à avoir mal au bide.

J'ai allumé la télé. Il y a un film où un type marche dans le désert. Je le regarde tout en mangeant. Le mec marche, encore et encore, sans but apparent. Où va-t-il ? je me demande. Un vagabond, un nomade, en quête d'une chose importante. C'est ça la vraie vie, je me dis. Être en quête de quelque chose, tâcher d'avancer. Être à la recherche de la vérité ou du bonheur. Les pubs sont toutes en espagnol.

Je regarde le parking par le judas. Je vois la poussière du désert soufflée par le vent. Je lève de nouveau les yeux au plafond, éprouvant une sensation de transparence et d'isolement, une sensation de désir, un étouffement de l'âme. La chambre sent comme toutes les chambres de motel, un mélange de détergent et de tabac froid. Au-dessus du lit est accrochée une aquarelle représentant une ferme dans des tons bruns et rouges. Le champ qui l'entoure est vert sombre, rien d'autre que des pâturages vides. La ferme aussi a l'air abandonnée, un pick-up délabré juste à côté. Aucun signe de vie. Je me demande qui vit là et puis qui a peint ce tableau, dans quel but. La seule autre décoration est également une aquarelle, représentant cette fois une vieille clôture en bois enroulée de fil de fer barbelé. Un ciel morne au second plan. Une clôture de barbelés. Je me demande pourquoi cette chose si quelconque et dépourvue de vie, apparemment au milieu de nulle part. Une clôture, utilisée pour enclore un territoire. Comme si le motel en rajoutait avec son isolement.

Je reste assis en silence, tandis que le jour tombe. Je réalise que j'aime bien passer mes fins d'après-midi comme ça, laissant l'obscurité me gagner, moi et la chambre. Je prends une bière dans mon sac, l'ouvre, puis j'appuie sur le bouton lecture de mon magnétophone et écoute ma propre voix. Je m'entends dire, « J'ai cherché le Grand Esprit, aujourd'hui. » Je m'entends rire entre mes dents, mais c'est la voix de quelqu'un d'autre que je veux entendre, quelqu'un qui serait pris de court, sans filtre et méfiant.

J'arrête la cassette et je compose un numéro de téléphone au hasard. Une femme répond. « Allô ? » répète-t-elle. Je lui raccroche au nez. Le numéro suivant, c'est une entreprise. Le type répond ainsi : « Service de maintenance.

– Je voudrais discuter, si ça ne vous dérange pas, j'ai dit.

– Quoi ?

– Où est-ce que vous travaillez ? Je veux juste discuter. »

Il me raccroche au nez.

J'appelle un autre numéro mais ça sonne occupé. Je trouve ça étrange mais rythmique, une sorte d'alarme. Le son m'apaise, me permet de me sentir mieux. Je prends conscience de mon environnement, de la chambre plongée dans la pénombre, de ses rideaux verts et de ses murs pâles. Peut-être n'y a-t-il pas de couleurs ici. Dans ma tête, tout est en noir et blanc, comme dans un film français. J'aime bien observer les choses plongées dans l'obscurité, écouter le bourdonnement de la clim.

J'appelle mon pote Jessie, mais il ne répond pas. Après j'appelle Byrd, un vieil ami à qui je n'ai pas parlé depuis des mois. Il y a quelque temps, il a crashé sa Harley sur une voie rapide à la sortie de Tulsa et réussi à s'en tirer avec une commotion et des points de suture sur la langue. «Je me suis laissé pousser les cheveux, il me dit. Maintenant, tout le monde me prend pour Neil Young. Le type du *diner* n'arrête pas de me demander ce qui est arrivé au groupe Crazy Horse. Et ce qui est arrivé aux Stray Gators. Chante "Yonder Stands the Sinner", qu'il me dit. Chante "Cinnamon Girl". Où t'es en ce moment, Edgar ?

– Au Nouveau-Mexique.

– Reviens dans l'Oklahoma. T'as besoin d'un endroit où crécher ? Tu peux rester ici, petit. J'ai un matelas supplémentaire au sous-sol. J'ai *Rubber Soul* en vinyle. J'ai *Exile on Main Street.*

– Keith Richards, le boss.

– Eh, la sœur de Lucille est en ville avec ses gamins, alors faut que je file. Tâche de décrocher, mon frère.

– Tu me manques, Byrd. »

Il a déjà raccroché. J'étais là à attendre qu'il reprenne l'appel, mais il n'y a plus personne sur la ligne. J'allume la lampe et j'appelle Sonja, qui est à moitié endormie quand elle décroche.

« Tout va bien ? elle demande. T'es où ?

– Albuquerque.

– Tout va bien ?

– Rae m'a plaqué, je voulais juste discuter un peu.

– Je compatis, mais ne t'en sers pas comme d'un prétexte pour prendre de la meth. Tu viens pour le feu de joie ?

– Peut-être. J'en sais rien.

– On a tous envie de te voir. Pas que moi, papa et maman aussi. Ils n'arrêtent pas de me demander de tes nouvelles, et je leur dis que j'en ai pas.

– J'en sais rien.

– J'espère que tu vas venir. »

Après avoir raccroché, je ne veux plus passer de coup de téléphone. Je repense à Rae, à notre façon de nous faire du bien mutuellement grâce à la parole. On peut se comprendre par les mots. On peut se toucher le visage et se réconforter en ne prononçant qu'un seul mot. Parfois on ne se dit rien. Une fois, on a passé tout un après-midi enlacés au parc.

L'obscurité s'est répandue autour de moi. Après un long moment, je me lève et emporte une bière dans la salle de bain, où je remplis la baignoire. Je retire tous mes vêtements et pénètre dans l'eau chaude. Je veux passer du temps dans la solitude, le silence, mais j'entends des rires dans la chambre voisine, des voix. Mon corps est chaud et lourd dans l'eau. Je sens qu'il s'agit d'une lourdeur abstraite, une partie de quelque équation compliquée par la présence de la chambre. Sois conscient de ce qui t'entoure, me dit Rae. Sois conscient, prudent, observateur du moment et du lieu. J'ai eu affaire à trop de dealers qui pouvaient me faire du mal. Elle ne veut pas me voir détruit par la drogue. Elle a raison.

Je décapsule la cannette, puis je m'adosse à la paroi de la baignoire, repensant aux fois où elle et moi avons pris un bain dans un autre motel, peut-être le Route 66 ou le Knights Inn, la copie conforme niveau chambre. Une salle de bain avec le même carrelage plein de carrés, qui fait partie de l'équation qui m'emprisonne. Elles se ressemblent toutes, je me dis. Je pense à Rae, à nous deux prenant un bain par un chaud après-midi de juillet lors d'une tempête de sable qui avait masqué les fenêtres. On avait écouté la radio et bu de la bière mexicaine. On avait payé la femme de ménage pour qu'elle nous fiche la paix, et on s'était immergés dans nos corps respectifs pendant six jours.

Depuis la baignoire, je compte les carreaux du sol au plafond, dans toute la pièce. C'est devenu une sorte de jeu, compter les colonnes à la verticale, puis les rangées à l'horizontale, huit, quinze, et puis vingt, trente-quatre. Je m'y perds tout le temps. Les carreaux au-dessus du lavabo sont plus petits et d'une couleur différente – rose et non bleu clair. Rose, couleur de la peau et de la chair, couleur de certaines parties du corps, de la langue. Le temps que je finisse ma bière, j'ai passé la centaine, sans compter les morceaux qui s'arrêtent au bord de la baignoire. Ce ne sont pas des moitiés de carreaux, peut-être des quarts. Je me perds dans les nombres, et je n'arrive pas à identifier le motif, mais je prends ça comme un jeu. J'ai une vision étrange et intense qui me replonge dans mon enfance. Je m'imagine coincé dans un ascenseur, agrippant la main de ma mère. Une grosse secousse de câble ou un circuit électrique défectueux. Les cris d'une femme qui appelle à l'aide. Les vociférations d'une alarme quelque part. Je sens que je manque d'air, que je n'ai plus d'oxygène, l'espace rétrécit. Je ferme les yeux, agrippé à la main de ma mère. Elle qui me serre plus fort contre elle. Les portes finissent par s'ouvrir.

Dans la baignoire, je me laisse glisser jusqu'à ce que ma tête soit sous l'eau, et me voilà face au plafond. Ça pique les yeux, et je ne discerne rien d'autre qu'une sorte de blancheur brouillée, toute tremblotante. Je me vois tomber à la renverse. Je comprends alors que je me noie, que je suis comme retenu sous l'eau par quelque chose. Le poids de mon corps m'empêche de m'asseoir, mais je réussis à rassembler suffisamment de forces pour me pencher en avant et reprendre mon souffle, émergeant à la surface comme une espèce de bête horrifique, me rétablissant petit à petit, tout crachotant. Je me penche en avant et tire sur le clapet de vidange.

Lentement, je sors de la baignoire et regarde l'eau s'écouler dans un bruit d'aspiration sonore. Je m'habille et vais chercher une cigarette dans mon sac. La pièce est beaucoup plus sombre que tout à l'heure. J'observe le rideau et vois qu'il ondule à un endroit sous l'effet de la clim. À la télé, un vieux film montre un petit garçon handicapé qui fait ses premiers pas. Je m'assieds au bord du lit et je regarde. Sa mère tombe à genoux. Une foule entoure le garçon. Il n'y a pas de son. Je change de chaîne avec la télécommande et tombe sur un film avec le jeune Robert De Niro, assis dans un appartement miteux et en train d'écrire dans un cahier. Le De Niro version dur-à-cuire qui parle tout seul, qui s'attache une arme au bras et à la cheville. Qui pointe un pistolet sur son reflet dans le miroir.

Je m'enregistre. Je dis, « Parce que je n'avais pas l'intention de faire du mal à qui que ce soit. » Je dis, « Pardon de m'être défoncé. » Je parle un moment de ce qui me plaît chez Rae, faisant semblant d'être interrogé par ce frère dont je me souviens à peine. Je dis, « Ray-Ray et Rae. »

À l'aube, j'ai débité des milliers de mots dans le magnétophone. À la fenêtre près de la porte, je jette un œil derrière le rideau et regarde le ciel matinal. Je vois un grand champ au-delà du parking, la poussière tourbillonnant dans le vent. Je vois clignoter les mots CHAMBRES LIBRES. Un aigle descend en piqué sur l'enseigne et se pose dessus. Je sors la boîte d'oxycodone de mon sac, verse les derniers comprimés au creux de ma main, puis les avale avec de la bière.

Je mets les lunettes de soleil de Rae et m'allonge sur le lit pour tenter de dormir. Un pic de douleur me monte à la tête, et je m'imagine projeté dans l'obscurité, une sensation excentrique et intense. À la fenêtre, je vois mes ancêtres marcher et tomber. Certains rampent à même le sol. Je vois la douce lumière jaune à l'horizon. Je vois la pluie tomber de la terre vers le ciel.

SONJA ECHOTA

1er septembre

Quah, Oklahoma

J'ai épié Vin Hoff pendant des mois avant de faire sa connaissance. Je ne plaisante pas. C'était pas de l'amour – je tiens à être claire, même s'il m'a tout de suite attirée. L'attraction était vraiment très forte. Ça, plus le fait que Vin a une vingtaine d'années, tandis que j'en ai trente et un. J'ai toujours eu un faible pour les hommes jeunes.

La bibliothèque municipale où je travaille dispose d'un confortable coin ombragé à côté de l'entrée sud où je gare mon vélo. Après le boulot, parfois, je m'installe sur les marches près de l'entrée et j'observe Vin en train de jouer avec son fils dans leur jardin, de l'autre côté de la rue. Je sais que ça peut paraître bizarre pour une femme d'aller au travail à vélo, mais je n'ai jamais aimé conduire. Je suis, de fait, la seule femme qui vient à vélo à la bibliothèque. Tous les autres appartiennent à des gamins.

Vin a l'air mal dégrossi, il roule en voiture et à moto, et c'est un père célibataire. J'adore son rire. Il est musicien et joue de la guitare au sein d'un groupe qui reprend des morceaux de David Bowie, au Branch, un bar local près de l'université. Il est large d'épaules, porte les cheveux courts en bataille comme tout jeune à la mode. Il a un petit air juvénile façon James Dean, s'habille le plus souvent en jean et t-shirt.

Son fils doit avoir sept ou huit ans et s'appelle Luka. J'ai appris ça un après-midi en les regardant jouer depuis les marches de la bibliothèque. « Luka, Luka ! » avait fait Vin. Le gamin battait des bras comme un oiseau. Il a traversé la pelouse en courant avant de tomber par terre. Puis il s'est relevé et a montré le ciel du doigt. Je regardais de loin, et je l'ai applaudi. Les nuages noircissaient à l'approche de l'orage. Quand il s'est mis à pleuvoir, Vin et Luka sont rentrés, mais moi je suis restée sous l'auvent de la bibliothèque, attendant que la pluie cesse, croyant qu'ils finiraient par ressortir. J'ai mangé ma salade de pâtes à même le Tupperware. Je m'amusais à écraser les fourmis sous mes vieilles bottes noires. Les gens qui entraient et sortaient devaient me prendre pour une SDF.

Pendant des mois je les ai observés sans jamais voir la mère de l'enfant. Vin et Luka allaient et venaient fréquemment. Quand ils n'étaient pas à la maison, je m'asseyais sur les marches et jouais sur mon téléphone, ou bien je lisais des romans de Colette que j'empruntais à la bibliothèque. Au fil des semaines, j'aimais de plus en plus ce que je faisais, assise sur les marches à lire et à observer ce jeune homme et son fils.

La première fois que je me suis approchée de Vin, c'est quand il a emmené Luka en promenade et que je les ai suivis à quelques rues de là jusqu'à un *diner* de Main Street. À l'intérieur j'ai fait la queue derrière eux, si près que je pouvais voir les petits plis sur la nuque de Vin. Luka portait un t-shirt rouge et un jean. Il avait les bras bien bronzés et de petites mains. Des cheveux châtains coupés court sur le côté. Si j'avais tendu le bras pour le toucher ce jour-là, lui avais tapoté le dos avec la main ou donné un petit coup d'épaule, si je les avais rencontrés à ce moment-là, je me demande si les choses se seraient passées autrement. En l'état, la serveuse les a installés à une petite table près de la vitrine, et comme je n'avais plus d'argent, je suis partie.

Une autre fois, je suis allée à vélo au magasin de vins et spiritueux, et par coïncidence Vin était là. Il était venu acheter une bouteille de vin. Il a payé en liquide et dit quelque chose qui a fait rire la caissière. La connaissait-il, me suis-je demandé, et que lui a-t-il dit, exactement ? Je me suis détournée pour qu'il ne voie pas mon visage. Après son départ, j'ai demandé à la fille ce qu'il lui avait dit, et ça l'a troublée. « Vous le connaissez ? j'ai poursuivi.

– Comme ça. Il vient de temps en temps. Je crois qu'il s'appelle Vin.

– Je sais comment il s'appelle », j'ai ajouté, avant de partir. Mais la vérité, c'est que je l'ignorais, et que désormais je le savais. J'étais bien contente.

Quand j'étais petite, papa me disait de faire attention aux garçons. Ce sont des serpents, me disait-il. Ils sont du genre à te ramper dessus et te jouer un sale tour quand tu es vulnérable. Ma mère se moquait de lui chaque fois qu'il disait ce genre de choses, et moi je ne le croyais pas. Un jour, je me suis entichée d'un garçon qui ne m'aimait pas. Il s'appelait Thomas, on était en sixième. J'étais assise derrière lui et regardais sa nuque. J'aimais bien ses cheveux en bataille, sa façon d'être avachi sur son pupitre, les baskets qu'il portait. Ses jeans, ses chemises. Ses petites mains délicates. Je me souviens que je voulais aller nager avec lui, je nous imaginais dans une piscine, nous éclaboussant. On se débattait et je lui enfonçais la tête sous l'eau. Il jaillissait à la surface et m'embrassait. C'était un fantasme qui me plaisait. Au collège, certains garçons disaient que Thomas avait fait pipi au lit une nuit où il avait dormi chez l'un d'eux. Un jour, ils se sont moqués de lui. Thomas s'est retenu de pleurer, mais j'ai vu qu'il était au bord des larmes. Il était si mignon que ça n'avait pas d'importance pour moi qu'il pleure ou fasse pipi au lit. Mais il ne me remarquait jamais. Un autre jour, je me suis approchée de lui dans la cour, je l'ai pris par le doigt et lui ai tordu la main. J'étais persuadée que si je le forçais à me parler, je lui plairais. Thomas a retiré sa main et m'a crié d'arrêter. Il m'a jeté un regard triste, et je me suis mise à rire, heureuse d'avoir attiré son attention. Et puis il s'est éloigné et ne m'a plus jamais adressé la parole.

Même quand je ne travaille pas, je vais quand même à la bibliothèque, juste pour me servir de l'ordinateur, parce que je n'en ai pas chez moi et que j'utilise surtout mon téléphone pour surfer sur Internet. Un jour, j'ai regardé une vidéo montrant une pieuvre noix de coco qui s'enferme dans la coquille d'une palourde. Le minuscule poulpe avançait lentement sur le fond marin, déployant ses tentacules autour de la palourde et grimpant à l'intérieur avant de la refermer.

« La coquille sert d'abri à ces poulpes au large des côtes de l'Indonésie », disait la voix off.

J'ai regardé cette vidéo encore et encore. Je ne savais pas ce qui me captivait autant. Peut-être la grâce avec laquelle le poulpe s'était enfermé, l'extrême lenteur de ses déplacements, la certitude d'atteindre son objectif. D'une certaine façon, je trouvais ça relaxant, presque méditatif. Je voulais croire que mes objectifs étaient aussi importants et nécessaires que sa mission semblait l'être pour le poulpe. Pourquoi avait-il besoin de se mettre à l'abri à ce moment-là ? Un prédateur rôdait-il aux alentours, ou recherchait-il simplement un peu de tranquillité et d'isolement, comme nous autres, les humains, en avons parfois besoin ?

Après avoir consulté l'ordinateur, je suis descendu au sous-sol où j'ai aperçu un vieil Indien, sans doute septuagénaire. Il portait une chemise sans manches, un pantalon bouffant, et avait une canne. Ses cheveux, gris pour la plupart, lui tombaient en bas du dos. Il remplissait son thermos à la fontaine à eau. Quelque chose en lui m'a poussée à m'arrêter ; peut-être parce qu'il ressemblait un peu à mon grand-père, sauf que cet homme avait des cicatrices sur la joue.

« Un ourson m'a griffé il y a quelques semaines, m'avait-il dit en remarquant ma présence. Je l'ai croisé dans les Rocheuses. Il avait l'air paisible, inoffensif, et m'incitait à m'approcher pour l'aider. Mais quand je me suis penché pour le prendre, il m'a griffé en pleine figure. Ça ne m'a pas mis en colère. À quoi bon se mettre en colère ? À quoi bon se venger ?

– Vous ressemblez à mon grand-père, lui avais-je dit. Il a vécu jusqu'à cent trois ans. »

Il m'a fixée de toute l'intensité de son regard. « Mon

frère a toujours voulu vivre jusqu'à cent ans. L'autre jour je lui ai rendu visite au cimetière sur la colline.

– J'ai un frère là-bas, moi aussi.

– Enterré ?

– Oui. »

Une fois son thermos rempli, il s'est tourné vers moi. « J'ai vu un jeune homme se promener seul. C'était peut-être le fantôme de votre frère. »

Il a ri tout seul, avant de boire une gorgée à son thermos. Mais il y avait de la tristesse sur son visage, quelque chose entre le désir et la douleur.

« Je m'appelle Sonja.

– *Wado*, Sonja », m'a-t-il répondu. Il a hoché la tête et m'a souhaité une bonne journée, avant de s'éloigner en boitillant avec sa canne.

Je l'ai vu disparaître parmi les rayonnages de livres et me suis dit que c'était une drôle de rencontre, même si ce genre de choses m'arrivait tout le temps. Depuis toujours, j'ai l'impression de faire d'étranges rencontres, au point qu'un jour, à l'école, j'avais dressé la liste des inconnus qui m'avaient accostée pour parler avec moi ou me poser des questions. L'esprit de cet homme détenait peut-être un important secret qui m'était destiné, mais quel était le message qu'il m'apportait ?

Je suis sortie m'asseoir et attendre que Vin se montre. Ils sortaient presque toujours à cette heure-ci. Je voulais enfin faire sa connaissance, et j'ai pensé, dans un élan d'enthousiasme, traverser la rue pour aller sonner à leur porte. Mais bien vite, Vin et Luka sont partis. Ils ont descendu la rue, et je les ai suivis jusqu'à Main Street où se déroule chaque automne le Festival des arts. La rue fermée à la circulation était pleine de tentes, de stands et de visiteurs. Sur la scène, une adolescente jouait de la guitare acoustique et chantait une ballade country. Pauvre petite, elle s'en sortait très bien, mais les gens ne faisaient pas attention à elle. Vin et Luka sont passés devant moi, puis se sont arrêtés pour acheter des granités. Ils allaient d'une tente à l'autre, Vin tenant son fils par la main. Je restais assez en arrière pour ne pas me faire remarquer, mais assez près pour pouvoir les observer. Je suis passée devant eux, cachant mon visage derrière d'autres visiteurs, puis je me suis arrêtée à la tente suivante, où se trouvaient des lithographies d'un artiste cherokee du coin, un vieil homme qui portait un bandana. Tandis que je passais la main sur des bracelets et des colliers, je l'ai vu me dévisager. Je lui ai acheté un bracelet turquoise et me suis éloignée. Sur le stand, Vin consultait son téléphone pendant qu'une femme aidait Luka à fabriquer quelque chose avec du papier de couleur. J'aurais voulu être à la place de cette femme, m'agenouiller pour aider Luka à fabriquer des objets avec du papier de couleur. Quelques minutes plus tard, je suis rentrée chez moi.

J'habite une petite maison au bout de la rue où vivent mes parents. Je suis ravie d'être si près de chez eux, parce que papa a soixante-quatorze ans et souffre d'un début d'Alzheimer. Ça fait plusieurs semaines qu'il est en proie à des crises de paranoïa, affirmant que leur maison était surveillée. Un soir, il s'est assis sur la terrasse pendant trois heures, guettant l'arrivée d'un cambrioleur, jusqu'au moment où il s'est endormi. Je déteste le voir dans cet état.

Il ne m'a jamais beaucoup parlé, même avant son Alzheimer. À vrai dire, on ne s'est presque jamais parlé.

Je ne dis pas qu'il fait comme si je n'étais pas là, mais il s'intéresse davantage à mon frère Edgar, surtout depuis la mort de Ray-Ray. Avec moi, il aime bien s'asseoir sur la terrasse en silence et regarder le lac, les reflets de la lune à la surface de l'eau. Il me dit toujours d'être attentive à la nature parce qu'elle a besoin de nous. Ensemble on regarde les écureuils traverser la pelouse en cavalant. On écoute les cigales. Les feuilles tombent des arbres et jouent dans le vent comme des oiseaux pâles.

Puis un jour, j'ai décidé de me présenter à Vin. J'étais au Branch, où je l'avais déjà vu jouer plusieurs fois. Ce soir-là, je m'étais sentie plus audacieuse que d'habitude, allez savoir pourquoi.

J'étais assise au bar où j'avais bu quelques verres de tempranillo pendant que son groupe jouait sur scène. Vin n'a chanté que sur quelques chansons ; en fait, son truc c'est surtout la guitare électrique. Je dirais qu'ils sont moyennement talentueux, même si les étudiants les aiment bien. À la fin de leur set, j'ai ressenti le besoin de signaler ma présence, de me rendre visible de lui. J'ai le regard pénétrant et un menton délicat, et je ne doutais pas de lui plaire quand il ferait ma connaissance. Ça ne me gêne pas d'être plus âgée que les mecs avec qui je sors. Colette avait la quarantaine quand on lui prêta une relation charnelle avec son beau-fils de seize ans. Qu'elle était magnifique, cette femme qui écrivait de si belles choses sur l'énergie et le désir sexuels, cette femme à qui j'essayais tant de ressembler. Je voudrais tant être comme elle, ne pas me soucier du jugement d'autrui.

Vin était assis au bar avec un garçon qui devait avoir

une vingtaine d'années. À l'autre bout du comptoir, je l'ai dévisagé jusqu'à ce qu'il me remarque. J'attendais qu'il me retourne mon sourire, j'attendais de voir s'il réagissait. Sans surprise, il m'a souri et a dit quelque chose au type assis à côté de lui. Son pote m'a regardée, avant de baisser les yeux sur son verre, puis de boire une gorgée. Vin me zieutait de temps à autre. Je peux dire aujourd'hui que si notre attraction mutuelle a commencé quelque part, c'est bien à ce moment-là.

Pendant un moment, j'ai examiné Vin, la gorge sèche et le corps crispé par l'angoisse au milieu du nuage de fumée et des clients qui m'entouraient. Je n'aurais pas su dire exactement ce que j'éprouvais, mais c'était un mélange bizarre de confiance et d'étouffement. C'est ainsi qu'on attire un inconnu. Ainsi qu'on montre son intérêt à quelqu'un, en lui souriant et en le regardant intensément droit dans les yeux. Combien de fois cela avait-il marché par le passé ? Ma réaction instinctive à son sourire aurait été d'articuler *Salut* en silence, mais finalement je me suis tournée vers le barman, une main sur la bouche, comme si j'allais partager un secret avec lui. Je voulais donner l'impression de lui murmurer quelque chose, alors que je commandais juste un autre verre de vin. Je savais que Vin nous observait, et quand j'ai reposé les yeux sur lui, il était toujours en train de me fixer.

Il s'est mis à parler avec une fille aux cheveux blond-roux, qu'il ne connaissait visiblement pas. Combien de jeunes nanas l'approchaient après son set sur scène, combien se présentaient à lui ou présentaient leurs copines, faisant mine de l'avoir déjà croisé quelque part ? Je l'ai dévisagé de plus belle, cette fois avec une expression de plus grand sérieux, jusqu'à ce qu'il croise mon regard et commande un verre. La fille a dit quelque chose à sa copine, et elles ont ricané comme des gamines. Je les imaginais s'envoyant des textos en cours de biologie pendant qu'un prof au physique ingrat marmonnait des informations sur le squelette humain et le système reproductif. J'ai pris un stylo dans mon sac et me suis mise à écrire quelque chose sur une serviette en papier : *Vin aime qu'on le regarde. Il a besoin d'attention, comme un petit garçon.*

Puis j'ai levé les yeux et il était là. J'ai pivoté sur mon tabouret pour lui faire face, et nos regards se sont croisés. « Salut », il m'a dit. À moins que ce ne soit « Qui es-tu ? » ou bien « Je m'appelle Vin ». Bref, quoi qu'il ait dit, la musique pulsait autour de nous, et j'ai eu l'impression que le silence nous enveloppait. Ça s'est passé comme ça, c'est dire la gravité du moment. Il y a ce petit quelque chose de triste chez lui qui me rappelle Elliott Smith, une âme sombre et juvénile, et je me suis dit alors que c'était étrange. J'ai repensé à la façon dont Colette décrivait les hommes dans ses livres, avec une telle ardeur, un tel sens du détail sexuel, une telle passion. Elle se concentrait sur son propre plaisir. Ah, être d'un tel égoïsme ! Je désirais Vin de la même façon.

Je lui ai tendu la serviette, et mon mot l'a fait sourire, à moins qu'il ait pris un air narquois, alors je lui ai dit que son set m'avait plu et qu'il était vraiment mignon, et il a détourné le regard un moment, l'air gêné.

« Je m'appelle Colette.

– Colette, il a dit. Ça me plaît bien.

– Mon prénom te plaît ? »

Il a soutenu mon regard avec une grande intensité. J'ignorais s'il essayait d'être sexy, mais il n'avait pas besoin de se donner beaucoup de mal avec moi.

« Colette », il a répété.

Ç'a été simple, vraiment.

Une fois dehors, il a rangé mon vélo dans le coffre de sa voiture et m'a raccompagnée, radio éteinte et vitres ouvertes. On a vu de la fumée au loin monter d'un feu sur l'autre rive du lac, et pour le taquiner je me suis penchée vers lui et j'ai chuchoté : « Écoute le feu. Est-ce que tu l'entends ? Il te dit quelque chose. Tu l'entends ? »

Le feu m'excitait. Oui, toute cette fumée et toute cette chaleur qui montaient dans le ciel obscur. Une fois chez moi, on est entrés par la porte de derrière. J'ai allumé la lumière, retiré mes bottes, et Vin m'a suivie dans la cuisine pour boire du vin. En sortant les verres du placard, j'ai senti ses mains sur ma taille. Je l'ai laissé me toucher, puis me suis penchée en avant pour faire tomber mes cheveux. Il s'est avancé, m'a embrassée sur la nuque. Je me suis retournée, il m'a embrassée à pleine bouche. Je lui ai mordu la lèvre, puis me suis écartée. Je l'ai de nouveau embrassé avant de poser la main sur son jean. Je me suis agenouillée, j'ai détaché la boucle de sa ceinture. Il a passé les mains dans mes cheveux, et j'ai alors pensé aux feux de forêt et à toute la fumée qui montait en panache dans la nuit noire.

TSALA

Mon fils bien-aimé : le temps parmi les morts est mystérieux. Le temps parmi les morts diffère de celui dont les humains font l'expérience au cours de leur vie. Le temps peut être ressenti : *U-di-tle-gi, u-hyv-dla !*

Regarde le ciel, nous sommes là, prenant notre essor tels des faucons, décrivant des cercles. Nous sommes des oiseaux qui ressemblent à un chapelet de baies rouges sur fond de nuages. Nous sommes partout, les divinités occupent chaque précieuse parcelle de terre. Nous baignons dans l'eau de pluie, nous volons ensemble. Nous sommes une étincelle de lumière bleue dans la pierre, le panache de fumée et de poussière qui s'élève prestement, dessinant le contour flou des corps.

Nous sommes les porte-parole des morts, des nomades et des messagers, des vieux et des jeunes. La nuit, nous rôdons dans l'ombre des grands arbres, traversons les murs d'immeubles et de maisons abandonnés, les structures de béton, les murs de pierre et les ponts. Nous sommes ceux qui surveillent d'en dessous les eaux, qui s'élèvent comme la brume, se déversent comme l'orage sur les champs, les jardins et les cours, volant par-dessus les tours et les toits et les arches des vieux immeubles aux murs fissurés en étoile. Nous nous révélons à ceux qui regardent. On a dit que nous étions une illusion, un cauchemar ou un rêve, les apparitions dérangeantes et tourmentées de l'esprit. Infatigables, perpétuons les rêves d'enfants et d'anciens, de ceux qui ont été harassés, malades, pauvres, blessés. De ceux qui ont été déplacés.

En 1838, le peloton d'exécution t'a abattu avant de m'abattre à mon tour. Ta mère nous a parés d'or et de bijoux, puis nous a enterrés. Tu dois savoir que la parure est aussi importante dans la mort que dans la vie, raison pour laquelle ils ont fait en sorte que nous soyons beaux, même détachés de notre âme. Un ancien m'avait jadis appris à ne pas avoir peur de la mort parce qu'elle n'existe pas – nous ne faisons que passer d'un monde à l'autre.

J'ai refusé de partir vers l'ouest sur la Piste des larmes, voilà pourquoi nous sommes morts. J'ai refusé parce que c'était un traitement injuste, et que je voulais sacrifier ma vie pour toi, pour notre famille et notre peuple. Oui, je sais qu'un vieil homme a du tonnerre plein la bouche. Un vieil esprit aussi.

Avant ta naissance, j'ai aidé notre chef de guerre Dragging Canoë et son fils à peindre en rouge le côté charnu des scalps ennemis et à les attacher aux poteaux en préparation de la cérémonie. Nous avons imité les Européens qui nous ont envahis, tapant des pieds en une danse ridicule et empruntée pour montrer leur maladresse – et surtout nous guérir, car il s'agissait d'affaiblir les autres races coupables de nous avoir fait du mal ou d'avoir répandu la maladie. Il s'agissait aussi de guérir les malades de notre propre peuple.

À l'occasion de l'une de ces danses, j'ai rencontré un certain Dasi'giya'gi qui allait au combat avec une peau d'*uktena*, le serpent cornu, et la carapace brûlée d'une tortue, dont il se parait le visage et le corps pour se protéger de l'ennemi. Grâce à cette médecine de guerre aussi forte que nos anciens remèdes, il n'avait jamais été blessé. Il m'a mis en garde contre le septième enfer dans lequel nous vivions, et bientôt, j'ai rêvé de sang et de destruction. Dragging Canoë m'a dit, « Tu seras un visionnaire aux dons de prophétie. Tu dois apprendre à comprendre cela. » Puis il m'a raconté l'histoire du jeune prophète :

HISTOIRE DU GARÇON AUX VISIONS PROPHÉTIQUES

Le garçon rêvait de mots écrits sur des feuilles qu'il ne pouvait lire. Dans son rêve, il était près du moulin à blé construit par son père pour broyer le maïs, et il regardait les feuilles jouer dans le vent. En suivant les feuilles des yeux, il vit les *Nun-Yunu-Wi*, les Êtres de Pierre, qui lui donnèrent une pierre brun-roux. Ils lui demandèrent de la casser en morceaux et de se peindre le visage avec pour la chasse. Quand il se réveilla, son père était malade et incapable de faire quoi que ce soit, alors le garçon se peignit le visage en rouge et sortit dans le froid pour chasser.

Il abattit une biche et courut dans sa direction. Quand il arriva auprès d'elle, il vit des feuilles recouvrir son corps. Elles étaient bleues, et l'une d'elles palpitait, comme soulevée par la brise. Il la ramassa et vit apparaître un message lui intimant d'avertir son peuple de l'arrivée des soldats. Ce message le contraria fortement, et tandis qu'il traînait l'animal par les pattes, il entra dans une telle colère qu'il glissa et tomba, se cognant la tête sur une pierre qui lui fit perdre connaissance.

Il fut pris de visions. Il vit des gens marcher péniblement dans la neige. Ils avançaient pas à pas, voûtés sous le souffle d'une tempête. Il vit des gens tomber à genoux, mourir sous la pluie. Il vit des gardiens armés de fusils et leur expression maussade, sentit le malheur balayer les siens comme un vent glacial. Il vit la terreur et la brutalité, entendit les pleurs des nourrissons et des enfants.

Il vit une tige de maïs se transformer en une femme splendide, dont les gouttes de sang firent trembler la terre et donnèrent un arbre magnifique. Puis il grimpa sur l'arbre et vit les soldats arriver au loin. Ils avaient des charrettes à bœufs et des chariots bâchés. De la poussière s'élevait autour d'eux, formant l'image d'un serpent géant dans le ciel. Celui-ce se mit alors à tousser tant de poussière que le garçon ne vit bientôt plus les soldats ni le serpent, rien qu'un immense tourbillon de poussière rouge dans le ciel, prenant toujours plus de force.

Quand il reprit conscience, la biche respirait encore. Il regarda au plus profond de ses yeux, qui étaient grands, marron et aqueux. Et la bête parla : « Va et raconte tes visions à ton peuple. Avertis-le de l'arrivée des soldats, du froid de l'hiver, ainsi que de la souffrance et de la mort qui le menacent. Je te reverrai bientôt. »

Puis la biche cessa de respirer, les yeux toujours ouverts.

À côté d'elle, il y avait une autre feuille qui palpitait dans la brise. Le garçon la ramassa et vit le message : il mourrait bientôt, lui aussi.

Il s'allongea près de la biche, pleurant de tristesse et de colère jusqu'à ne plus avoir de larmes. Puis il dormit deux jours d'affilée. Il ne rêva pas pendant ce long sommeil, et à son réveil elle n'était plus là.

Il rebroussa chemin jusqu'au village, où il avertit tout le monde de l'arrivée des soldats : « Ils nous chasseront de notre terre ! leur dit-il. Un hiver froid et plein de mort approche. »

« Nous avons peur de l'annoncer aux gens de la rivière, dirent-ils. La Grande Sangsue de Tlanyusi'yi est là, et elle dévore tous ceux qui partent à la pêche. Ils disparaissent et ne reviennent jamais. Comment les avertir ? »

La rivière était redoutée de tous. Un rocher permettait de la traverser, comme une sorte de pont. C'est là que se tenaient les pêcheurs, jusqu'à ce qu'ils aperçoivent comme un long serpent rouge roulé en boule. Chaque fois qu'il sentait la présence d'un humain, le monstre se déroulait et bondissait sur le rocher, puis entraînait ses victimes dans l'eau où il leur broyait la tête. On retrouvait leurs corps noyés le long de la rive, le visage méconnaissable. On disait qu'ils n'avaient plus de langue.

« Mon heure n'est pas venue de mourir, même si j'ai fait des rêves », leur dit le garçon. Il partit pour la rivière, chantant joyeusement :

Tlanu' si' gune' ga digi'gage
Dakwa' nitlaste' sfi !
J'attacherai la peau de sangsue rouge
Sur mes jambes et j'en ferai des jarretières !

Mais quand il arriva au rocher, il n'y avait personne. Il baissa les yeux et vit l'eau se mettre à bouillonner et écumer. C'est le récit que nous en ont fait les esprits qui assistèrent à la scène.

Le garçon fut paralysé par la peur. « Tu ne me tueras pas ! » cria-t-il.

Puis la Grande Sangsue bondit et l'emporta sous l'eau, et on ne le revit jamais.

Mon bien-aimé, nous savions que les soldats viendraient bien avant qu'ils arrivent. Notre peuple l'a su longtemps avant, grâce aux prophéties. Ce fut une époque pleine de peur, mais nous ne l'avons jamais laissée nous ensevelir.

MARIA

2 septembre

Ce matin, j'ai pris la voiture jusqu'au foyer pour faire la lecture aux enfants, puisque Wyatt n'est pas censé arriver avant cet après-midi. Les gamins hébergés se sont fait virer par leur famille d'accueil, ou attendent leur placement. J'y vais régulièrement depuis que j'ai pris ma retraite. J'ai toujours aimé me rendre utile auprès des enfants. J'ai fait toute ma carrière dans le social, pour servir la justice dans un monde qui me donne l'impression d'en manquer. Je voulais sauver les enfants et les familles qui étaient sur le point de tout perdre. Je voulais qu'ils aient une chance de s'en sortir.

Pendant seize ans j'ai été assistante sociale pour la tribu, intervenant auprès d'enfants et de jeunes à risque. Ça me plaisait de travailler avec des enfants défavorisés. Je les déposais dans une famille d'accueil, un foyer ou un centre de soins, ce qui prenait souvent beaucoup de temps. Les trajets pouvaient durer deux ou trois heures, alors je leur racontais des mythes cherokees, ou parfois j'inventais des histoires. Je leur parlais de ma propre famille, de mes ancêtres qui avaient souffert sur le Piste des larmes après que le président Andrew Jackson eut forcé des milliers d'entre nous à quitter leur terre. Certains se cachèrent dans les montagnes, d'autres moururent. Ceux qui avaient survécu ont frôlé la mort, attrapant la rougeole ou la coqueluche, marchant dans le froid glacial de l'hiver, leurs pleurs noyés dans le vent cinglant. Des femmes allaient voûtées, une simple couverture sur les épaules. Des hommes portaient des enfants. Ils tombaient à genoux, mouraient de pneumonie. Mes ancêtres ont réussi à rejoindre le Territoire indien en Oklahoma, où ils tentèrent de prendre un nouveau départ. Quand j'étais petite, ce sont mes aînés qui m'ont appris la véritable histoire, celle du déplacement de notre peuple, parce qu'il n'y avait pas beaucoup d'écoles pour aborder le sujet.

Au cours de ma carrière, j'ai vu des enfants se blottir contre leurs frères et sœurs, effrayés par les travailleurs sociaux. Je les ai vus cracher et traiter tout le monde de monstre maléfique. Je les ai entendus gémir et crier de peur. C'étaient les plus petits qui accordaient le plus facilement leur confiance. Au bureau, on avait des jouets et des bonbons à leur donner pendant les heures qu'ils passaient chez nous. Il y avait une télé, des poupées, des peluches, des crayons, des cubes. Il y avait des livres et des consoles de jeux. Les plus grands nous jetaient des regards noirs et serraient contre eux leurs petits frères ou petites sœurs, ils ne nous faisaient pas confiance et ne souriaient jamais.

« On veut vous aider, je leur disais. On ne vous fera aucun mal. On vous trouvera un endroit sûr. Tout ira bien, désormais. »

Au foyer, je lis aux gamins des histoires tirées de livres sur la culture et la guérison cherokees. Après, je leur demande, « Qu'est-ce que c'est, la guérison ?

– C'est quand on n'a pas envie de se tuer», répond une fille nommée Amber. Elle a douze ou treize ans, des cheveux châtains coupés court. Elle est menue, mais porte un t-shirt bleu ciel et un jean bouffants. Elle se tient penchée en avant sur sa chaise, les coudes appuyés sur les genoux, et m'écoute.

«C'est vrai, dis-je. On ne veut pas se faire du mal, on guérit. On va mieux. On commence peut-être à parler avec un conseiller ou un médecin, aussi. Mais il y a longtemps, les Cherokees se servaient de la nature pour guérir.»

Je lis à haute voix : «“Tous les arbres, les arbustes et les plantes de la terre étaient utilisés pour combattre les maladies.”» Je m'arrête et tiens le livre en l'air pour leur montrer la photo d'une fleur jaune, puis je continue : «“La rudbeckie hérissée contient une sève qui soigne les otites.”» Un garçon de dix ou onze ans lève la main. Il est petit, assis par terre en tailleur.

«Mon frère a les cheveux hérissés, dit-il. Il s'appelle Jack.

– Tu savais que certains mettent la sève tirée de cette plante dans leur thé et la boivent ?

– Ça les aide à se lisser les cheveux ?

– Je ne sais pas, mais ils se sentent mieux. Ça marche aussi avec les morsures de serpent.»

Je montre une autre page avec une photo. «Ça, c'est la téphrosie de Virginie. Les anciens Cherokees croyaient qu'en mélangeant sa tige avec de l'eau, on devenait plus fort.»

Amber m'écoute attentivement, toujours penchée en avant. Je leur raconte une histoire à propos d'un garçon qui était le plus petit de son école. «Il ne pouvait pas faire de sport. Dans la cour de récré, il était trop petit pour les jeux à grimper. Les autres garçons ne l'appréciaient pas, alors il passait son temps à sauter à la corde et jouer avec les filles. Mais son père lui a fait boire une infusion de tiges de téphrosie, et peu après il s'est mis à grandir, à prendre des forces, et à la fin de l'année scolaire il était plus costaud et plus grand que tous les garçons de sa classe. Désormais, ses camarades veulent faire du sport avec lui, mais lui refuse à moins qu'ils acceptent aussi les filles.

– Pourquoi ? me demande Amber.

– D'abord, les garçons ont dit non. Ils ne voulaient pas jouer avec les filles. Entre-temps, l'une d'elles, une Cherokee, a bu aussi une infusion de téphrosie et défié tous les garçons au bras de fer. Elle les a battus un par un, alors les garçons ont laissé tout le monde jouer. Les garçons contre les filles – devinez qui a gagné ?

– Les filles ?

– Oui. »

Elle sourit. Marty, un des bibliothécaires, qui travaille à mi-temps, vient me dire qu'il n'a jamais réussi à garder leur attention aussi longtemps. « Et en plus, grâce à toi, ils s'intéressent aux plantes. Comment tu fais ?

– C'est ma passion, je lui réponds. Ça l'a toujours été. »

Sur le trajet du retour, je m'arrête pour acheter un pot de glace, histoire de fêter la venue de Wyatt. Devant le magasin je vois une vieille dame, voûtée, un jeté sur les épaules.

« C'est beau », dis-je en touchant un bout.

Elle sourit, prend mes mains dans les siennes. Étonnamment, celles-ci sont plus chaudes. L'espace d'un instant, j'ai l'impression que je l'ai déjà rencontrée quelque part.

J'ai préparé la maison pour l'arrivée de Wyatt : la chambre de Ray-Ray est propre, et l'équipement de pêche est prêt dans le garage. Sur la terrasse, Ernest semble déboussolé, le regard noir et inquiet. Nous n'avons encore jamais hébergé personne, et je me demande comment il gère ça. Soudain, une pensée me frappe l'esprit : Wyatt a douze ans, soit quelques années de moins que Ray-Ray à sa mort. Je ne m'en étais pas aperçue avant de voir Ernest assis sur la terrasse, l'air si tendu. Il se frotte le front d'une main, ferme les yeux toutes les deux ou trois secondes puis les rouvre pour prendre une grande inspiration.

J'observe la surface du lac, lisse pour un mois de septembre. « Tout est prêt pour Wyatt », dis-je.

À la façon dont il me regarde, je me demande s'il n'a pas oublié.

« Wyatt ? il répète.

– Il sera là dans quelques heures.

– Comment il s'appelle ? » me demande-t-il, détournant le regard un instant.

Je suis à côté de lui, alors je lui touche le bras. « Le garçon que nous allons héberger s'appelle Wyatt. Il restera chez nous quelques jours. Sans doute jusqu'à l'audience de vendredi, d'après Bernice. »

Il se racle la gorge et hoche la tête. « Ah.

– Nous l'hébergeons de façon temporaire.

– Je vois. »

Nous restons assis en silence quelques minutes, observant le sol. « J'ai un bon pressentiment », dis-je, peut-être plus pour moi que pour Ernest. « On est la seule famille cherokee disponible pour lui en ce moment. C'est nous ou le foyer. »

Je repense à Ernest avant qu'il ait commencé à décliner, à sa façon de faire la conversation, de rire à tout propos. Je me demande pourquoi il ne rit plus, ou ne peut plus rire. N'y a-t-il plus rien de drôle ? Aucun souvenir, aucune pensée, ni aucune blague à la télé ne le fait plus rire.

Au bout d'un moment, je rentre m'asseoir à la table de la cuisine, où j'appelle Irene. « Je ne suis pas sûre que ce soit une bonne idée d'héberger un gamin avec Ernest, dis-je à ma sœur. J'ai l'impression que son Alzheimer empire chaque jour. Je ne sais pas. Je ne veux pas qu'il soit perdu devant Wyatt. Et je ne veux pas que le garçon soit perturbé et qu'il ait des problèmes en classe. C'est stressant pour un orphelin d'être en hébergement temporaire.

– Arrête de t'inquiéter », me dit Irene.

Je regarde par la fenêtre en silence. Mon cahier est sur la table, là où je l'ai laissé. Je le prends et je l'ouvre.

J'écris :

Si je pouvais faire le feu de joie

Et puis…

Si seulement tu

Mais rien d'autre ne me vient. J'ai l'impression que mes pensées sont interrompues, bloquées. J'éprouve le désir profond d'exprimer quelque chose, sans savoir quoi.

Wyatt arrive vers six heures du soir avec Bernice. Ils entrent, et elle fait les présentations. « Wyatt, dit-elle, je te présente Maria. Elle est à la retraite. C'est mon ancienne collègue. »

Wyatt est tout sourire, coiffé d'une casquette de vendeur de journaux et d'un jean baggy. Il rougit un peu, retirant sa casquette et me serrant la main.

« Ravi de faire ta connaissance, dis-je.

– Il y a tout ce qu'il faut dans ce sac, dit Bernice. L'audience est pour vendredi à treize heures trente. Rendez-vous dans le hall du tribunal. »

Elle prend brièvement Wyatt dans ses bras avant de partir. Il ne résiste pas à son étreinte, sans paraître gêné. Après le départ de Bernice, son regard s'aiguise et il sourit avec plus de décontraction. L'expression de ses yeux est amplifiée par son silence, timide et juvénile. Il semble un peu emprunté, attendant que je lui dise quoi faire. « J'ai préparé ta chambre. Tu veux que je te la montre ? »

Je me rends compte qu'Ernest est entré dans la pièce et se tient là, les mains dans les poches.

« Je te présente mon mari. »

Il s'avance et lui tend la main, que Wyatt serre. Aucun des deux ne parle, mais ils se regardent. Puis Wyatt prend sa valise et me suit dans le couloir jusqu'à la chambre de Ray-Ray, où il pose ses affaires sur le lit et jette un œil à la pièce. Ernest s'attarde dans le couloir.

« Voilà, je dis. J'espère que ça te plaît. »

Il se tourne vers moi et me sourit, toujours sans un mot. Il pose sa valise par terre et s'assied au bord du lit. Ses mèches lui tombent devant les yeux, ce qui l'oblige à les écarter de ses doigts pour mieux nous voir. Je le trouve petit pour son âge, à moins qu'il m'ait seulement donné cette impression à sa façon de s'asseoir. À quand remonte la dernière fois qu'un enfant a occupé cette chambre ?

Bernice m'a dit que Wyatt est timide. Je lui montre les oreillers et les couvertures supplémentaires dans le placard. Je veux être sûre qu'il se sente à l'abri. « Une demande particulière ? » je lui propose, dans l'espoir de le faire parler. « Tu as besoin d'une lampe de chevet ? De laisser la porte entrouverte la nuit ? S'il te faut quoi que ce soit, n'hésite pas. »

Il hoche la tête, plongé dans ses pensées. Puis il ouvre sa valise et commence à sortir ses affaires, tandis que je l'observe depuis le couloir. Il a l'air parfaitement à l'aise, mais je sais qu'il a l'habitude de ce genre de choses, ayant déjà été hébergé plusieurs fois en famille d'accueil. Il plie soigneusement ses vêtements avant de les ranger dans la commode. Chaussettes et caleçons dans le tiroir du haut, t-shirts dans celui du milieu, pantalons dans celui du bas. Il accroche une veste en tweed et des chemises habillées.

« Wyatt, on va préparer le dîner. Tu peux rester là ou venir au salon regarder la télé, c'est comme tu veux. »

Il a l'air bouleversé, alors je m'assieds sur le lit. Il s'installe à côté de moi. Il penche la tête en avant, au bord des larmes. Il ne se comporte pas comme un adolescent, c'est certain, et j'en conclus qu'il n'est pas mûr sur le plan émotionnel, qu'il est réservé, peut-être plus proche d'un garçon de dix ans. Je pose la main sur son dos et le caresse doucement.

« Je vais à côté », dit Ernest derrière la porte.

J'acquiesce, et tandis qu'il s'en va, je demande à Wyatt si je peux faire quelque chose pour le mettre à l'aise.

Il secoue la tête, mais je ne vois pas son visage sous ses mèches.

« Tu n'es pas obligé de parler, lui dis-je. Tu n'es pas obligé de faire quoi que ce soit. C'est ta chambre. C'est un endroit sûr, je te le promets. »

Je lui frotte le dos encore un moment mais il ne bouge

pas, toujours penché en avant. Puis je me lève et me dirige vers la porte. C'est là qu'il se met à parler : « Ça va. »

Je me retourne et le regarde, mais il est toujours penché. « Tant mieux, dis-je.

– Je sais faire des imitations. J'en ferai peut-être une plus tard.

– Des imitations ?

– Je peux faire le Français, *monsieur*. Je peux faire aussi Pee-wee Herman. »

Je ne nie pas qu'il me rappelle Ray-Ray, depuis le début. Je suis étonnée par ce que je ressens dans mes tripes, comme une crampe qui me fait frissonner, un goût de sucre dans la bouche alors que je n'ai rien mangé. Toute la soirée, j'ai l'étrange impression que Wyatt possède un certain nombre de traits familiers. Mais peut-être que c'est juste parce que mon fils avait à peu près le même âge.

À la cuisine, je prépare le dîner. Je dépose le poulet dans la cocotte, ouvre une boîte de haricots verts. J'allume la gazinière et verse les haricots dans une casserole. La cuisine est le lieu parfait pour réfléchir, où le temps m'appartient. Quelle drôle de coïncidence quand même, que Wyatt sache imiter Pee-wee Herman et l'accent français. Je me souviens que Ray-Ray était un petit garçon taciturne avant d'entrer au collège, où sa personnalité s'est épanouie. Il était si heureux et animé avec nous à la maison, faisait des imitations, chantait, parlait de la musique et des films qu'il aimait. Il essayait de nous faire rire, et y parvenait. Il était très différent de Sonja et d'Edgar, qui étaient plus réservés, plus introvertis. En grandissant, Ray-Ray a commencé à jouer au dur avec ses copains, à cultiver le sarcasme, aussi, y compris à la maison.

En préparant le repas, ça me fait bizarre, une fois de plus, de penser qu'il n'y aura peut-être plus jamais de réunion de famille. Nous avons le plus grand mal à faire revenir Edgar – la dernière fois que nous l'avons vu, c'était lors de notre intervention au printemps dernier. En son absence, je me sens rongée d'inquiétude. Je prie le Grand Esprit en silence. Je prie là, dans la cuisine, pour qu'Edgar et Sonja trouvent le réconfort. Je prie pour Ernest. Je prie pour que Wyatt se sente bien chez nous.

Au salon, Ernest tâche de comprendre comment fonctionne la télécommande. C'est une manifestation de sa confusion mentale, le fait d'oublier quel bouton permet de passer du câble à la vidéo, sur quelles chaînes regarder le sport ou les infos en continu. Il se souvient de sa date de naissance mais pas de comment fonctionne cette foutue télécommande. Il se souvient du nom du président quand il était petit, mais pas de celui de la ville où il a grandi.

« C'est sur quelle chaîne, les infos régionales ? » me demande-t-il, pointant la télécommande vers la télé.

« À table, je lance.

– Bon, pour le match du Thunder ce soir, peut-être que le gamin et moi on peut le regarder ensemble.

– Allons manger. »

Il me suit à table, où Wyatt a déjà pris place. Il lève les yeux quand nous entrons dans la pièce, mais semble perdu dans ses pensées. Est-il triste, a-t-il peur ou est-il simplement timide ?

Ernest m'a aidée à mettre la table, et quand j'apporte les plats, il faut que je lui dise que c'est bon, qu'il peut commencer. On mange un moment en silence, les fourchettes cliquetant contre les assiettes. Je demande à Wyatt si l'école lui plaît.

«J'adore», dit-il sans lever les yeux. Est-ce de l'ironie ?

«Vraiment ? je lui réponds. C'est rare, d'aimer l'école à ton âge. Tu es en quelle classe ?

– En cinquième.

– Tu as des amis ?»

Là, il lève les yeux, et je vois son expression changer. Peut-être parce que je m'intéresse à lui, ou parce qu'il pense à quelqu'un qu'il connaît, mais il esquisse un sourire et pose sa fourchette. Ernest aussi s'arrête de manger. Quand je tourne la tête vers lui, je retrouve un regard que je n'ai pas vu depuis longtemps – un regard troublé et émerveillé.

«J'aime les gens», dit-il d'une voix qui n'est pas tout à fait la sienne. «Je fais du théâtre. J'adore ça. Le prof est super cool. Il fait de la moto. Un jour, j'aimerais bien en avoir une.»

Ernest harponne son poulet d'un coup de fourchette. Je me demande s'il va réagir au commentaire de Wyatt sur la moto, mais il n'a pas l'air d'écouter. «Attention, ça peut être dangereux, je lui dis. Notre fils en avait une, mais on n'a jamais aimé ça. Prends-toi plutôt une voiture quand tu seras en âge de conduire.»

Il se mord la lèvre. Je ne sais pas trop s'il est d'accord, ni ce qu'il pense, mais il garde le silence.

«Wyatt m'a dit qu'il faisait des imitations. Il m'a dit qu'il imitait bien le Français.

– Le quoi ? s'étrangle Ernest. Le Français ? Tu fais des imitations, fiston ?»

Wyatt se penche sur son assiette et regarde Ernest, l'air furieux. « C'est exact, *monsieur*, dit-il avec l'accent français. Je peux parler comme l'inspecteur Clouseau, *monsieur.* Dites-moi, que faites-vous dans la vie ? »

Ernest enfourne une bouchée et fixe Wyatt. Puis il tourne la tête, et je me demande s'il a vu la ressemblance avec les imitations de Ray-Ray.

« J'ai fait le tour du monde, dit Ernest. J'étais comme un *tawodi*, un faucon. J'ai voyagé en Allemagne, au Mexique, au Canada. Je suis allé sur la côte Ouest et jusqu'à Bangor, dans le Maine. Je suis né en 1939.

– C'est dingue, dit Wyatt en hochant la tête. Le bon vieux temps. Le temps de la radio. Y avait de sacrés sons à l'époque, hein ? »

Ernest semble déconcerté.

« Attendez, fait Wyatt. Je reviens tout de suite. »

Il se lève de table, et je commence à débarrasser. Je passe les assiettes sous l'eau et les mets au lave-vaisselle. Lorsque je reviens dans le salon, Wyatt est en train de montrer à Ernest une pile de disques.

« Mes amis adorent le death metal scandinave, dit le garçon. C'est de la merde, toute la musique moderne. Je leur dis, "Faut écouter de la bonne musique."

– Et qu'est-ce qu'ils te répondent ? demande Ernest.

– Rien. Je leur dis de se souvenir de nos racines. Muddy Waters, dis-je. Du bon vieux jazz. Du big band. Du blues. »

Ernest sort les mains de ses poches. « Et Sinatra ? »

Wyatt fait mine de tirer sur une cigarette imaginaire. « Ça, c'est du swing. Mon chanteur préféré. »

Il commence à nous apprécier, semble de plus en plus loquace et à l'aise, ce qui est agréable.

« J'aime bien tes richelieus, lui dit Ernest.

– Vous avez fait la guerre ?

– La guerre ?

– La Seconde Guerre mondiale. »

Ernest marque un temps d'arrêt. « Je suis né en trente-neuf. J'étais trop petit.

– Et le Viêt-Nam ?

– Le Viêt-Nam ? Non, j'étais affecté en Europe.

– Je veux tout savoir. Dites-moi tout. »

Je suis étonnée par la rapidité avec laquelle Ernest répond à ses questions, de mémoire. Je ne devrais pas l'être, c'est une part importante de sa vie, mais ça remonte loin en arrière, et il en parle rarement, voire pas du tout. L'espoir me saisit.

Je les écoute un moment discuter de vieux films – *Rio Bravo*, *Les 39 marches*, *À l'est d'Éden*. Ils parlent surtout musique. Wyatt dit qu'il a classé ses disques par ordre alphabétique, y compris une série de vieux 45 tours qu'il a trouvés chez des disquaires ou des brocanteurs, ou que ses grands-parents lui ont offerts. Il prononce des noms familiers : Ella Fitzgerald, Dean Martin, Count Basie – la liste s'allonge. Je trouve ça très étrange, cette obsession des vieux disques, et me demande ce qui le pousse à nous les montrer.

« Vous aimez les classiques, le cha-cha-cha ? il demande à Ernest. Et le rock ? Jesus Lizard ?

– Qu'est-ce que tu racontes ? fait Ernest.

– Rancid ? Skunk Anasie ?

– Quoi ?

– Bon, peut-être qu'il vous faut quelque chose de plus doux. Elliott Smith, par exemple. »

Ernest regarde les pochettes d'album pendant que Wyatt sort un cahier à spirale dans lequel il a dressé la liste de tous les disques par artiste, album, année et label, un catalogue sur lequel il a passé des heures, affirmant vouloir devenir un grand collectionneur de musique d'époque.

« Je ne garde que les huit meilleurs avec moi, dit Wyatt. J'ai quarante-trois disques en tout. Le reste se trouve chez ma tante au Kansas. Elle m'a inscrit à un cours de danse l'an dernier, et il a fallu que je danse le charleston avec elle sous les yeux de mes cousins. Ils sont tous ringards. »

Ernest éclate de rire. C'est la première fois depuis des mois que je l'entends rire.

Ernest me regarde, les yeux écarquillés. « Est-ce que la platine marche encore ? demande-t-il. Écoutons ça. Qu'est-ce que tu en dis ? »

Il me tend un album de Dean Martin. Pour la première fois depuis des années, j'allume la platine, souffle sur la couche de poussière, retire le disque de sa pochette et l'installe. Je pose le saphir sur le disque et entends ces crépitements que je n'avais plus entendus depuis tant d'années. La musique retentit.

Nous écoutons le morceau pendant un moment, les cuivres et le piano. Cela me rappelle les restaurants italiens, dans le temps.

Wyatt dit, « M'accorderez-vous cette danse, monsieur Echota ? »

Ernest me regarde, peut-être pour que je vole à son secours. Je ricane.

« Danser ? lui dit Ernest. Là, tout de suite ?

– Oui.

– Je suis vieux, fiston.

– C'est pas un problème. Je veux simplement danser avec vous.

– On est des hommes.

– Peu importe.

– Je suis en mauvaise santé, dit Ernest. J'ai mal au dos.»

Wyatt me regarde, puis commence à passer ses disques en revue, les réarrangeant, les montrant à Ernest, puis les rangeant dans son sac. C'est sa ferveur, je crois, qui fait tomber Ernest dans une sorte de transe, les yeux rivés sur le garçon.

Quand il est l'heure d'aller se coucher, je n'ai pas besoin de lui dire de se brosser les dents. Wyatt le fait de lui-même. Il utilise même du fil dentaire, s'approchant du miroir aussi près que possible pour examiner ses gencives, se rinçant plusieurs fois la bouche, et refermant l'armoire à pharmacie après avoir terminé.

«J'ai appris à être méticuleux question hygiène, dit-il. Il faut que je me lève à sept heures pour aller en cours.

– Je te préparerai le petit-déjeuner», je lui réponds.

Je lui souhaite bonne nuit, puis j'attends un moment dans le couloir, écoutant à la porte. J'entends les grincements du lit. Je l'entends remuer sous les couvertures. Puis je regagne ma chambre à pas de loup.

Ernest est debout à la fenêtre, à côté de notre lit. Je distingue les contours de son reflet et lui demande ce qu'il regarde au-dehors, mais il ne répond pas. Il reste là pendant que j'enfile ma chemise de nuit et me couche.

«Ernest», lui dis-je. Il se penche en avant et pose les mains sur la vitre. Son visage la touche presque, comme s'il avait aperçu quelque chose.

« Ernest, je répète. Qu'est-ce qu'il y a ?

– J'avais des mocassins quand on s'est mariés. Tu t'en souviens ? Mon père les avait faits pour moi juste avant de mourir.

– Tu te souviens de tes mocassins ? »

Il esquisse un sourire contre la fenêtre, et j'ai l'impression qu'un miracle vient de se produire. Quelque chose a réveillé sa mémoire. J'en ai presque le souffle coupé de surprise.

« Je sens que ça va bien se passer avec ce gamin, dit Ernest. Ce gamin, Wyatt. C'est Ray-Ray. »

Ses mots me bouleversent. Je me redresse et me tourne vers lui. « Qu'est-ce que tu racontes, Ernest ?

– C'est Ray-Ray, répète-t-il sans cesser de regarder par la fenêtre. Il est rentré à la maison. »

EDGAR

2 septembre

La Terre sombre

Dans le brouillard du petit matin, je quitte la chambre du motel et prends le train pour la Terre sombre. Je n'arrête pas d'entendre la voix de Sonja : *Rentre à la maison, Edgar. Maman et papa veulent te voir, Edgar. Qu'est-ce que tu fabriques, Edgar.* Mais je n'ai pas l'intention de rentrer à la maison, du moins pas tout de suite. Je ne veux pas qu'ils se fassent du souci, et si je les appelle, ils s'en feront. Ils me harcèleront pour que j'aille en cure de désintox. Puis ils menaceront de revenir à l'improviste comme la dernière fois, ce dont je n'ai pas du tout envie. Je pense pouvoir m'en sortir tout seul. Je veux qu'ils soient fiers de moi, pas qu'ils aient honte, alors je me dis que je pourrais me trouver un boulot, histoire de leur montrer que je vais bien. Peut-être que je rentrerai pour le feu de joie, peut-être pas. Tout ce que je sais, c'est que j'ai besoin de quitter Albuquerque pour quelque temps.

On dirait que tous les voyageurs du train sont morts, mais je sais qu'ils ne font que dormir. Ils sont avachis, la bouche ouverte. Dehors, le monde défile. Je peux voir mon reflet embrumé sur la vitre. Je m'appuie contre le verre froid et tâche de dormir. Un homme assis quelques rangées devant moi se lève. Il a le dos sévèrement déformé et se penche, allongeant le cou pour se retourner vers moi. Je remarque qu'il a les yeux globuleux et des veines saillantes sur les tempes. « La souffrance ! La souffrance », s'écrie-t-il avec une toux rocailleuse de fumeur.

Un autre homme et une femme qui doit être son épouse sont assis face à moi. Lui dort, le visage couvert de moustiques. Il se réveille d'un coup, les chasse et se mouche. « Je ne me sens pas très bien, dit-il à sa femme.

– Tu es tout pâle. Livide.

– Je ne me sens pas bien », ne cesse-t-il de dire.

Il a le teint si terreux et rongé par la maladie qu'il est impossible de deviner son âge. À notre arrivée à la gare, je ne me sens pas bien, moi non plus. À un moment donné, pendant le voyage, j'ai commencé à ressentir une douleur dans la tempe droite. Plus je reste longtemps dans un train, plus je me sens mal. J'ai dans la bouche comme un goût acide de pile électrique. Je reste assis pendant que les autres passagers prennent leurs bagages et sortent. J'ai un sac, moi aussi, que je porte à l'épaule pour descendre du train.

J'essaie de joindre Rae à plusieurs reprises, mais sans succès. Je n'ai pas de réseau. Il fait sombre dans la gare, toutes les fenêtres étant ouvertes ; et il n'y a personne, hormis un agent d'entretien qui balaye le sol. En haut, l'éclairage bourdonne et clignote. En me dirigeant vers la sortie, je reconnais – étonnamment – un type qui s'appelle Jackson, un pote d'enfance. Il a des cheveux blonds clairsemés, porte des lunettes qui grossissent son regard. Il plisse les yeux, et l'espace d'un instant, je me demande s'il m'a remis.

« Edgar », dit-il. Il pointe le doigt dans ma direction, comme le font deux copains qui se retrouvent. Je m'approche de lui, et on se serre la main.

« Qu'est-ce que tu fais là ? me demande-t-il.

– Aucune idée, dis-je, ce qui le fait rire.

– Aucune idée ? Jamais j'aurais pensé croiser quelqu'un de chez moi ici.

– J'ai pris le train. J'étais à Albuquerque, il fallait que je change d'air. Je sais pas. Je suis parti, et me voilà.

– T'as changé, Chef. On t'appelait Chef, tu te souviens ? On subit tous une métamorphose, faut croire. On change d'apparence, non ?

– J'ai les cheveux plus longs que la dernière fois qu'on s'est vus.

– Tu les as toujours eus longs, Chef. J'ai probablement l'air malade à cause de la lourdeur de l'air. On voit jamais le soleil, par ici. »

Il propose de m'héberger. J'accepte, et on rejoint sa voiture, un vieux tacot qui empeste la pourriture et le tabac froid.

J'ai connu Jackson au lycée. À l'époque, c'était un cas social. Moi aussi, peut-être. On a joué au basket ensemble. Il n'avait pas une super détente, du coup il était remplaçant. En troisième, j'étais un des plus grands et je pouvais toucher le panier. J'avais un bon *fade away* et un *shoot* correct à mi-distance, mais en seconde je me suis blessé à l'épaule pendant un match et ça m'a réglé mon compte. On disait que j'aurais pu décrocher une bourse pour jouer au basket ou au football américain à l'université. J'étais un bon *cornerback*. Le coach, un Blanc, me comparait à Jim Thorpe, le champion indien. « Tu lui ressembles d'ailleurs », il me disait. J'ai fait trois interceptions dans un match, mais après cette blessure, j'ai complètement arrêté le sport, malgré les encouragements de mon entourage.

« Tu te souviens quand on m'a renvoyé parce que j'avais apporté ma carabine au collège ? me demande Jackson sur le trajet.

– Pourquoi t'as fait ça ? Espèce de taré. »

Jackson en est encore fier. J'ai toujours trouvé qu'il était irresponsable, mais d'autres le qualifiaient de génie.

Une fois dans la voiture, il veut savoir ce que je deviens. Je lui parle de Rae qui vient de me quitter. « Je sais pas si elle est en train de me foutre dehors ou quoi.

– Maintenant t'es là, Chef.

– Faut croire.

– J'ai du boulot pour toi. Tu es de la tribu des Sauks et Fox, c'est ça ?

– Non, celle des Cherokees.

– Je croyais que t'étais comme Jim Thorpe. Quelle différence ? »

Je le regarde, sans trop savoir ce qu'il veut dire par là.

« On peut faire avec, dit-il. Bref, on a un programme en développement, et tu peux nous filer un coup de main. C'est une simulation de sport. »

Jackson donne un grand coup de volant pour éviter quelque chose sur la route. L'écart me fait sursauter, et je me retiens au tableau de bord. « Merde, il fait.

– C'était quoi ?

– Un loup, je crois. Ou un lynx. »

Je suis soudain saisi d'effroi. Où est-ce que j'ai atterri ? On roule dans une rue peu fréquentée. Le monde est gris-bleu, comme s'il baignait dans une brume neigeuse.

Des arbres nus défilent de chaque côté, même si nous ne sommes pas en hiver. Les maisons devant lesquelles nous passons sont toutes de vieilles bicoques en bois, avec véranda, érables et chênes dans le jardin. J'aperçois un écriteau : ATTENTION À LA QUALITÉ DE L'AIR.

« Où est-ce qu'on est ? je demande.

– La Terre sombre.

– Arrête avec ça. Je veux dire, dans quelle ville.

– C'est la Terre sombre, il répète. T'inquiète. Tu t'inquiètes ? Faut que t'ailles à l'hosto, Chef ?

– De quoi tu parles ?

– Les hôpitaux du coin sont catastrophiques. On respire pas, ici. On tousse et on tombe malade. On m'a opéré six fois d'une côte cassée qui me faisait un mal de chien. C'est à peine si on m'a filé des antalgiques. Moi je voulais ce qui se fait de mieux, genre morphine ou fentanyl. Les toubibs ont fini par me la retirer sous mes yeux. »

Je tourne la tête vers lui.

« Je me suis fait poignarder dans des toilettes publiques. Je t'épargne les détails. C'étaient des chiottes dans un parc. J'ai cru que le mec voulait me sauter, mais il m'a poignardé et m'a dépouillé. En fait, c'était un skinhead.

– T'as des antalgiques chez toi ?

– Si seulement. »

Tout en tenant le volant d'une main, il soulève son t-shirt pour me montrer. Je découvre une multitude de cicatrices sur son flanc. Il ne veut pas s'attarder et change vite de sujet. « On s'amuse comme on peut, par ici. On fait toutes sortes de jeux en ville. La console, ça suffit plus. Mais avec les jeux en vie réelle, on ne sait jamais ce qui est vrai et ce qui ne l'est pas. Les jeunes passent douze, quinze heures par jour à jouer. Les adultes aussi.

– Comment ça, en vie réelle ?

– Les nouveaux jeux, c'est de la réalité augmentée. C'est ça qu'on développe en ce moment : des hologrammes. Des images. Ce qui est réel, et ce qui ne l'est pas. La structure et le chaos. Tu pourrais nous être très utile, surtout avec les simulations de sport.

– Mais où est-ce qu'on est, putain ? » je demande à nouveau, plus pour moi que pour Jackson. J'ai un goût métallique dans la bouche. J'ai toujours la nausée, et la route est mauvaise, pleine de nids-de-poule qui font cahoter la voiture.

« Les images sont une distraction, continue Jackson. Les gens trouvent que les jeux en vie réelle sont plus interactifs. Ça les fait sortir de chez eux et communiquer davantage. Tu te souviens de ces jeux de zombies auxquels jouaient les étudiants sur les campus ?

– Non.

– Il y avait ceux qui tenaient le rôle des zombies, et les autres qui tenaient le rôle des humains, et ils essayaient de se tirer dessus. C'est la même chose ici, mais avec plus de participants. Faut qu'on s'habitue. C'est comme ça, Chef. »

Je doute de tout ce qu'il me raconte. Je me demande s'il est devenu un mythomane compulsif ou s'il tente de me rendre parano ; dans un cas comme dans l'autre, quelque chose ne colle pas.

Il me regarde, puis monte le son de la radio, mais il n'y a pas de musique. Des parasites, rien d'autre.

Vingt minutes plus tard, on se gare devant chez lui, une maison de brique avec véranda, éclairée par une petite loupiote jaune clignotante. La pelouse a besoin d'un bon coup de tondeuse – elle est envahie par les mauvaises herbes et trempée à cause de l'humidité ou de la pluie. L'air est lourd quand je sors mon sac du coffre.

Je décide immédiatement de ne pas m'attarder. J'ai l'impression d'être dans une sorte d'univers parallèle. Ça me rappelle les films d'horreur en noir et blanc que regardait papa avant qu'on ait le câble. Le jardin est décoloré, tout semble se distordre, se fondre dans le flou. Je vois le vieil arbre et son écorce craquelée où se dessinent des visages. Je vois des insectes grouiller sur l'écorce. Ils bourdonnent, agitent leurs antennes.

Je suis Jackson dans sa maison pourrie et lui demande un verre d'eau. Il y a peu de meubles dans le salon, où quelques tableaux de chars d'assaut et d'avions de combat sont accrochés au mur. Je vois des maquettes – sur la télé, les étagères, et une autre en pièces détachées sur la table à manger, que Jackson montre du doigt en passant devant. Il me dit qu'il travaille sur des modèles d'avions et d'autres projets pour son boulot avec les hologrammes.

Puis il me conduit au fond jusqu'à ma chambre, meublée d'un lit et d'une petite télé, avec vue sur l'arrière-cour. Un ventilateur de bureau est allumé et bourdonne légèrement. Je pose mes affaires d'un côté du lit avant de m'allonger.

« Je reviens avec un verre d'eau », me dit Jackson.

Je retire mes chaussures d'un coup de pied et ferme les yeux. Quand je les rouvre, il est là, debout à côté de moi avec le verre.

« Ça me fait vraiment plaisir que tu sois là, il me dit en s'asseyant au bord du lit. Ici, je me sens vide à l'intérieur, sans personne à qui parler. Ça m'enlève toute ma joie. Chaque jour est gris comme un dimanche – tu connais la chanson. Mais t'inquiète, tu t'y feras. »

Je ne sais pas ce qu'il veut dire par là.

« Enfin, tu t'habitueras à te sentir triste, ajoute-t-il. Avant, je passais mon temps au Regal, sur une banquette élimée, à boire du café pour tenter de lier connaissance avec des gens, mais personne ne voulait me parler. Une nuit, à trois heures du mat', un homme et une femme assis en face de moi n'arrêtaient pas de me regarder en chuchotant. J'ai aperçu mon reflet dans la boîte métallique du distributeur de serviettes, j'avais une tronche pitoyable. Mes yeux étaient injectés de sang à cause du manque de sommeil, j'étais mal rasé, j'avais l'air d'avoir mal quelque part. Tout le monde regardait dans ma direction. Un ouvrier du bâtiment assis au comptoir a croisé mon regard et s'est aussitôt détourné, secouant la tête. C'était horrible. »

Je reste silencieux. Il renifle fort, prend une grande inspiration.

« Mais c'était déjà un peu comme ça, avant. Même quand j'étais petit, je n'aimais pas ma gueule. Tu te souviens de mon oncle, le type qui m'a élevé ? Il se moquait toujours de moi à cause de ça. »

Je ne m'en souviens pas, mais je hoche quand même la tête et bois une gorgée.

« Il passait toutes ses soirées dans son putain de rocking-chair, à picoler et à fumer des clopes. Il portait des lunettes et marmonnait tout seul. La nuit, quand j'étais couché, j'imaginais que je me barrais pendant qu'il pionçait à côté de moi, ronflant comme un ours. De temps à autre, il faisait une crise d'épilepsie. Je suis bien content qu'on l'ait retrouvé assassiné dans son lit. »

Il s'excuse. Je comprends que Jackson a désespérément besoin de parler à quelqu'un, dès le matin au saut du lit. Il se met à déblatérer sur sa relation avec son ex, sur leurs disputes à propos de questions de fric et de tromperies. J'écoute chacune de ces étranges histoires. Je parle peu, hochant la tête pour lui faire comprendre que je vois ce qu'il veut dire. Lui regarde dans le vide à l'évocation de ces mauvais souvenirs. Il y a eu les fêtes et la drogue. Il s'est lassé des gens.

« Tu joues toujours au basket ? » je demande pour changer de sujet.

« Je suis plus assez en forme. Et puis, ça n'a jamais été mon truc. Toi, tu étais un grand sportif, à l'époque. Le nouveau Jim Thorpe. Tu lui ressemblais, même. Tu lui ressembles toujours, d'ailleurs.

– Il faut croire que j'ai perdu la flamme.

– Moi, j'étais carrément mauvais. Je suis rentré en demi-finale dans cette immense salle du Mabee Center, et j'ai tout raté, putain. J'ai fait un *air ball* à mi-distance. J'ai manqué un *lay-up*. J'ai fait une feinte de la tête sur ma gauche et un *air ball* en bras roulé. »

On garde le silence un moment.

« À propos, il faut que je te parle de ce programme sur lequel je bosse. Il s'agit de développer un jeu. Une simu de sports, vraiment simple. Les gens en raffolent de nos jours. Dans celui-là, on peut jouer avec Jim Thorpe. On le défie en un contre un au basket, puis au baseball, et enfin au football américain. Le jeu s'appelle Thorpe 3D. » Il me parle longuement d'une sorte de projecteur qui émet un hologramme du champion. Lequel peut faire la conversation, apparemment. Jackson dit qu'il est capable d'en créer de nouveaux à partir de n'importe quelle image trouvée sur le Web. Les possibilités sont infinies.

« Des hologrammes, dis-je.

– Oui, en gros c'est des interférences produites par la superposition de faisceaux lasers. Des images qui parlent et nous écoutent. On travaille au programme d'activation des voix en ce moment. Je te montrerai, bientôt. C'est en bas, au sous-sol. Les images sont incroyablement réalistes. Tu peux jouer au basket avec elles, si tu veux, faire une passe au football.

– Mais on ne peut pas les toucher ?

– Les lasers, ça brûle la peau, c'est ça l'ennui. Un pote à moi s'est brûlé la gueule en essayant d'étrangler un hologramme. Un ancien gardien de la maison de correction fédérale. Bref, en ce moment, je fais des hologrammes d'Indiens. J'aurais bien besoin d'un coup de main de ta part. Quand on joue à trois contre trois contre Jim Thorpe, on a besoin d'autres avatars. Je pourrais m'inspirer des traits de ton visage.

– Tu as besoin d'Indiens. C'est pour ça que tu as besoin de moi ? Parce que j'en suis un ?

– En gros, oui. » Il se marre, tousse de la poussière.

Cette nuit-là, je ne trouve pas le sommeil, il fait trop chaud, et je n'arrive pas à savoir où je suis. J'ai mon téléphone portable, mais la géolocalisation ne marche pas. Je tente de méditer et de me concentrer sur une image paisible : un champ au crépuscule, un océan, un ciel sans nuage. J'ai besoin de paix. Je ne veux pas penser à Rae ou à ma famille. Je ne veux penser à rien. Je vais dans la salle de bain et verrouille la porte. Le miroir est taché. Quand j'ouvre le robinet, de l'eau couleur rouille jaillit par à-coups, gargouillant dans les tuyaux. Je tape sur le robinet plusieurs fois du bas de la main, mais ça n'arrête pas le gargouillis. Les murs sont vert clair et marqués. Je suis sûr d'être parano, mais les maisons inconnues me mettent toujours mal à l'aise, au début.

De retour dans ma chambre, j'entends un aboiement dehors et regarde par la fenêtre. Dans le brouillard, je vois une meute de chiens fouiller les poubelles. L'un d'eux s'enfuit avec un petit animal dans la gueule. Les autres se battent, grognent et s'aboient dessus, leurs yeux jaunes brillant dans la nuit. Je vois le coq sauvage leur passer devant en plastronnant, tête inclinée. Comment a-t-il fait pour me suivre jusqu'ici ? L'oiseau avance lentement, picorant au sol. Le vent gémit dans les interstices de la fenêtre. Je vois des arbres sombres aux branches tombantes. Je vois des vautours noirs suspendus dans le ciel de lune.

SONJA

2 septembre

Du temps où Ray-Ray était encore vivant, il nous arrivait, l'été, de partir à la rivière. On s'éclaboussait et on se chamaillait dans l'eau. J'avais à peine un an de plus que lui. On s'entendait vraiment bien, et comme c'était mon petit frère, il était très protecteur avec moi. Je me souviens qu'un groupe de garçons de son collège s'était pointé un jour qu'on se baignait là. Certains avaient commencé à le titiller à propos de moi, lui disant que j'étais mignonne.

« Vise un peu le joli morceau, ils disaient. Eh, Ray-Ray, elle est coquine, ta frangine ?

– La ferme, bande de cons, il leur avait crié. Même pas en rêve, elle vous adresse la parole.

– Pédé », avait lancé l'un d'entre d'eux.

Je m'étais dit que c'était pas méchant, en tout cas au début, mais un jour Ray-Ray a fini par se mettre en rogne et se battre contre un autre garçon. J'ai regardé jusqu'à ce que les autres les séparent.

« Je les hais », m'a dit mon frère, plus tard, sans m'expliquer pourquoi. J'imagine qu'ils le harcelaient. Je n'étais pas aussi sociable que lui. J'étais une taiseuse, plutôt introvertie au lycée, et les autres gamins savaient que je n'étais pas très appréciée. Peut-être le fait que je sois une taiseuse pas très appréciée l'ennuyait. J'aurais bien aimé savoir. On était une famille assez secrète. Papa me réconfortait en me disant que les gens pouvaient penser ce que bon leur semblait. Que les méchants se conduisent comme des méchants, me disait-il.

Le lendemain de notre rencontre, Vin m'a appelée, mais j'ai attendu le déclenchement du répondeur. Il m'a laissé un message pour dire qu'il pensait à moi et voulait savoir si ça me disait de boire un café avec lui dans le centre, au Roasted Bean. Il était midi. J'ai attendu une heure pour le rappeler, en partie pour lui donner l'impression que j'étais plus occupée que je ne l'étais en réalité, et aussi pour lui faire croire que je n'avais pas frénétiquement consulté mon téléphone dans l'attente de son coup de fil. Quand il a décroché, il m'a demandé si on pouvait boire un café pendant que Luka était à l'école, à moins que je sois trop occupée ? Alors j'ai accepté de le retrouver une heure plus tard.

Quand je l'ai aperçu, j'ai fait mine d'être contente, et la première chose qu'il a faite a été de s'excuser de se conduire un peu « bizarrement », à moins qu'il ait dit « étrangement », voire « curieusement. » Il m'a dit qu'il prenait du Benadryl à cause des pluies qui avaient réveillé ses allergies. Il a commandé un thé masala pour moi et un moka pour lui ; j'ai trouvé ça bizarre qu'il ne me demande pas mon avis.

« Mon père est très malade, m'a-t-il dit.

– Ah bon ? j'ai répondu, lui accordant toute mon attention. Qu'est-ce qu'il a exactement ?

– Un cancer du poumon. Il est sous chimio et va recevoir

des soins palliatifs à domicile. C'est tellement triste de le voir vivre une chose pareille.

– Tu es proche de lui ?

– Plus proche que jamais. Il vit reclus depuis qu'il a pris sa retraite. Il habite dans la forêt, un peu plus au nord.

– Il ne vient pas souvent en ville ?

– Non, pourquoi ?

– J'en sais plus que tu ne l'imagines sur ta famille. » Il m'a lancé un regard hésitant, alors j'ai éclaté de rire et lui ai dit que je plaisantais.

« Et la chimio lui fait du bien ? » j'ai demandé d'une voix posée en portant ma tasse à la bouche. « Ça ne finit pas par terrasser les patients ?

– Ça dépend.

– Je suis une Cherokee, on est immortels, tu sais.

– J'aurais dit que tu étais latino. Enfin, je savais que tu étais à moitié *quelque chose*, sans en être sûr.

– Je suis quelque chose. »

Il a ri, curieusement, et j'ai perçu un aspect de sa personnalité qui ne me plaisait pas trop. Pourquoi l'avait-il dit comme ça : *quelque chose* ? On a marché sur le trottoir, passant devant la librairie qui vend des ouvrages et des fournitures universitaires, devant le salon de tatouage, le fleuriste et le restau thaï où papa aime bien aller. On a traversé la rue, et je lui ai pris le bras, sensible à son énergie. On s'est promenés jusqu'au carrefour de Muskogee et Shawnee Avenue, on est passés devant une benne à ordures derrière la boulangerie Morgan, puis on est arrivés à l'entrée de service d'un club local où Vin joue de temps à autre. On s'est arrêtés là, il m'a poussée contre le mur de brique rouge de l'immeuble et m'a embrassée fort. Je l'ai serré dans mes bras, lui ai passé les doigts dans les cheveux. Je l'ai laissé me caresser partout. On s'est embrassés un moment. J'ai glissé ma main vers le bas, senti qu'il bandait et je l'ai serré plus fort contre moi, lui disant que je voulais qu'il me prenne là, tout de suite. Il a répondu qu'on pouvait aller chez lui.

« Je te veux ici, dans cette allée », je lui ai dit, et il s'est reculé, sur la défensive, disant que ce n'était pas sûr, que des gens passaient par là tout le temps.

J'ai éclaté de rire.

« Qu'est-ce qu'il y a de si drôle ? il a dit. On ne peut pas faire ça ici, on va nous voir.

– Et alors ? Si quelqu'un nous voit, il poursuivra son chemin, ou bien il prendra une photo et la mettra en ligne. Qu'est-ce que ça peut faire ? »

J'ai fouillé dans mon sac à la recherche d'une cigarette, puis je l'ai fixé du regard.

« Allons chez moi », il a répété.

Sa voiture était garée au bout de la rue du Roasted Bean. Durant les quelques pas que nous avons faits ensemble, je n'ai pas pris son bras. Je me suis demandé ce qui s'était passé et pourquoi il était soudain si tendu, ou si ce curieux changement d'attitude était dû à autre chose. Il m'a emmenée chez lui. Quand il s'est garé dans l'allée, j'ai aperçu le jardin et son grillage en fer forgé, la véranda avec ses chaises et sa table d'extérieur. Je n'avais rien vu de tout ça depuis la bibliothèque. Non loin de là, j'ai entendu un hibou en plein jour. J'ai demandé à Vin si lui aussi l'avait entendu, mais il m'a dit que non. On s'est arrêtés près de la véranda pour tendre l'oreille, mais l'oiseau a cessé de hululer. Vin m'a demandé si j'étais sûre que c'était un hibou. C'était peut-être un coup de klaxon au loin, a-t-il suggéré. Voire un autre type d'oiseau ou même un lynx. Mais je lui ai rétorqué que je savais reconnaître un hibou quand j'en entendais un. Ça m'a inquiétée parce que papa m'a appris que ça pouvait être un signe de mauvais augure. Il m'avait raconté de vieux contes cherokees où les morts se changent en hiboux et viennent prévenir les vivants d'un danger imminent. Quand j'en ai fait part à Vin, il a dit qu'il trouvait ces vieilles superstitions fascinantes. J'ai bien vu qu'il ne prenait pas ça au sérieux.

« Il y aurait beaucoup à dire sur les hiboux », j'ai ajouté, attendant qu'il ouvre la porte, mais il n'a pas répondu.

On est entrés dans la cuisine par-derrière, puis je l'ai suivi jusqu'au salon, modestement décoré d'une télé et d'une chaîne stéréo dans un coin, ainsi que de tableaux d'art abstrait sur les murs et au-dessus du manteau de la cheminée. Un canapé rouge, un fauteuil inclinable, une table basse. Un vieux parquet couvert de Lego, de figurines de super-héros et autres jouets.

Je me suis assise sur le canapé pendant que Vin est allé chercher dans une autre pièce un sachet d'herbe. Je l'ai regardé rouler soigneusement un joint sur la table basse. Il l'a allumé avec son briquet, me l'a passé, et on l'a fumé. Il avait deux étagères pleines de disques, classés par genre et nom de groupe. Il s'intéressait à la musique des années quatre-vingt, des groupes qui ne m'intéressaient pas vraiment : Split Enz, Bow Wow Wow, Bowie.

« Pourquoi tu n'écoutes pas du vrai rock ? je lui ai demandé.

– J'en écoute. Mais j'aime aussi les groupes de New Wave. Tu aimes bien Morrissey ?

– T'as des goûts de mauviette», j'ai dit, ce qui a semblé l'agacer. Je l'ai regardé passer en revue les pochettes de ses albums et me parler d'eux. Il avait une anecdote pour chaque disque, chaque titre. Il m'a raconté la première fois qu'il a dansé avec une fille en sixième, et toute une série d'autres premières fois : son premier baiser, sa première relation sexuelle. Sa première cuite, son premier trip à l'acide, sa première fête à l'université. Chaque album correspondait à un souvenir particulier. Toute sa vie était contenue dans ces pochettes. J'ai trouvé son obsession amusante et assez attachante.

Vers sept heures du soir, on est sortis s'asseoir sur la véranda, à l'arrière de la maison. On a bu du vin et il a parlé de la musique qu'il joue. Il ne m'a pas posé beaucoup de questions, semblait surtout s'intéresser à lui-même, à son groupe, pour me faire comprendre qu'il prenait ça au sérieux. J'ai bâillé dans mon verre de vin, défoncée mais suffisamment attirée par lui pour vouloir atterrir dans son lit. On s'est tus, et j'ai examiné son visage, long et stoïque, pas rasé. Il avait le nez fin, les yeux d'un noir brillant. Il soutenait mon regard, et parce que j'étais défoncée, le sien m'a semblé intense. Puis, brusquement, il a détourné la tête et porté son attention vers la cuisine.

Son fils était là, éclairé par la lumière intérieure, et nous observait de l'autre côté de la porte-moustiquaire. Je croyais qu'il était chez sa mère, d'autant que nous étions là depuis un moment, et que Vin n'avait rien dit à son sujet. Je me suis allumé une cigarette et me suis tournée sur ma chaise pour mieux le voir. Il avait un jouet à la main qu'il tapotait contre sa jambe tout en me regardant. Pendant un moment, c'est tout ce que nous avons fait : nous dévisager, bien qu'il me soit difficile de savoir combien de temps, à cause de l'herbe. Il avait les cheveux en bataille, à la façon mignonne des petits garçons. Il a porté le jouet à hauteur de son visage, et j'ai réalisé que c'étaient des jumelles. Il les a tenues comme ça, me scrutant.

«Je te vois», j'ai dit.

Il a ouvert la porte et s'est approché de nous lentement, prudemment. Il nous regardait, la bouche entrouverte, et j'ai vu ses petites dents blanches, son petit menton. Il avait la peau olive, les coudes secs et blancs. Puis il a baissé les jumelles et m'a regardée, et j'ai vu quelque chose de mystérieux dans ses yeux saisissants, plus que de la tristesse, plus que de la solitude, un besoin d'affection. À sa façon fragile il a sondé mon visage avec curiosité, l'air plus doux et innocent que tous les petits garçons que j'avais jamais pu rencontrer. Vin m'a présentée comme sa nouvelle amie, Colette, et j'ai demandé à Luka ce qu'il aimait manger par-dessus tout. Il a répondu de la glace, alors j'ai proposé qu'on aille s'en acheter une, que c'était moi qui régalais. Ça m'a valu un sourire de sa part.

Quand nous sommes rentrés, le salon était baigné de lumière, même si j'étais toujours un peu défoncée. Vin a mis ses lunettes de soleil et nous a conduits chez le glacier du centre, en respectant la limitation de vitesse. On s'est arrêtés à la fenêtre du drive-in, derrière laquelle se tenait un type avec des cheveux gominés en mode fifties et des lunettes à monture noire. Celles-ci grossissaient ses yeux quand il s'est penché pour nous servir. Sur le chemin du retour, Vin n'a pas arrêté de parler de son étrange ressemblance avec Buddy Holly. Moi, je m'étais retournée sur mon siège et je regardais Luka manger sa glace à la cuillère. «Je n'ai jamais vu quelqu'un manger un cornet comme ça», je lui ai dit, et il m'a répondu sans me regarder : «C'est comme ça que j'aime faire.»

L'herbe de Vin était vraiment bonne, meilleure que tout ce que j'avais pu fumer ces derniers temps, et il m'a fallu un bon moment avant de redescendre de mon trip. Une fois Luka monté dans sa chambre, on a écouté de la musique dans le salon, et Vin s'est remis à déblatérer sur les groupes dans lesquels il avait joué. Je trouvais ça franchement rasoir et je lui ai demandé un peu de silence pour pouvoir écouter la musique. «Merde, c'est vachement sexy, ça. C'est qui ? j'ai demandé.

– Sam Cooke.»

Il a posé ses lèvres sur mon cou, et j'ai fermé les yeux, écoutant cette voix *soul* demander à sa chérie de revenir à la maison, et sentant l'haleine chaude de Vin, ses mains. Très vite, on s'est embrassés.

Il m'a dit qu'il voulait que je passe la soirée avec lui. Il allait faire des spaghettis et ouvrir une autre bouteille de vin. «Pour que tu restes avec moi, il m'a dit.

– Vraiment ?» j'ai fait.

On est allés dans la cuisine, où il m'a coincée contre la paillasse et m'a embrassée, me passant les mains sur tout le corps. Il m'a demandé si j'avais envie de lui, j'ai répondu oui. «Quand Luka sera couché, on montera», a-t-il susurré. Il est beau gosse, mais pas franchement doué pour la conversation. En préparant le dîner, il m'a dit qu'il n'était pas sur les listes électorales parce que la politique, c'était pas son truc. Je me suis demandé s'il avait ne serait-ce qu'un avis sur les questions d'actualité ou s'il s'en fichait, tout simplement. «Je ne regarde pas les infos et ne me tiens pas au courant de ce qui se passe dans le monde. Tout ce qui a à voir avec la politique m'ennuie. C'est de la merde, tout ça. Aux infos, y a que de la peur et de la violence, de toute façon.» Il préférait la musique et le cinéma. Préférait ne pas trop penser au monde, aux tueries de masse, à la pauvreté… tout ça.

Ce à quoi j'ai répondu, «Y a des gens qui meurent autour de nous.» Ou peut-être, «Y a des gens qui tombent amoureux autour de nous.» Mais je savais que ça ne l'intéressait pas.

Il m'a dit que Luka était autiste. Sa mère, l'ex de Vin, était en prison pour avoir vendu de la meth, m'a-t-il raconté, ajoutant qu'il ne voulait plus en parler parce que ça le foutait en rogne chaque fois qu'il pensait à elle. La seule chose que je lui ai dite, c'est que je savais ce que c'est de grandir sans sa mère, vu que la mienne était assistante sociale. Tout en parlant, je le regardais installer deux sets sur la table. Il a appelé Luka pour qu'il vienne chercher son repas. Un instant plus tard, le gamin est descendu et a emporté son assiette à l'étage.

«Il est vraiment adorable, ton fils», j'ai dit.

Plus tard, une fois Luka endormi et la bouteille vidée, je suis montée avec Vin dans sa chambre. Elle était étonnamment mal rangée, comparée au reste de la maison. Il ne s'attendait visiblement pas à ce que je la voie, ou alors il s'en fichait. Il y avait des vêtements par terre et, sur une commode, quelques petites voitures appartenant à son fils; sur le lit, les couvertures étaient en désordre. J'ai trouvé ça amusant, d'une certaine façon. Les murs étaient d'un turquoise délavé, décorés de quelques photos de personnes qui devaient être des membres de sa famille.

Un miroir ovale au cadre acajou qui ressemblait à une antiquité était accroché au-dessus de la commode. C'était charmant, comparé au reste.

Il s'est approché de moi et m'a embrassée longuement, passant ses mains le long de mon corps, sur mes seins. Je préférais ça, être lentement caressée. Je voulais m'offrir à lui. J'ai posé une main sur son torse et lui ai dit que j'étais parfois bruyante, est-ce que ça posait un problème, sachant que Luka était au bout du couloir ? « Et alors ? », il a fait, et je l'ai poussé sur le lit afin de lui monter dessus, mais il a pris mes bras et m'a forcée à m'allonger sur le dos. Je l'ai regardé déboutonner sa chemise et la retirer. Il voulait visiblement prendre les choses en main, alors je l'ai laissé faire, un peu à contrecœur. Par le passé, je me suis aperçue que les mecs qui veulent avoir le contrôle sont peu attentionnés et vont vite en besogne. Mais en fait, il voulait simplement prendre son temps. Je me suis redressée et j'ai levé les bras pour qu'il retire mon chemisier. Il était toujours debout, tenait à ce que je le voie dézipper son jean et le retirer. Il s'est exécuté d'un geste lent en veillant à ne pas enlever son caleçon. Puis il s'est penché sur le lit et m'a embrassée sans retenue. Je sentais la tension des muscles de ses bras et de ses jambes. Ce que je peux dire de cette première fois avec lui, c'est qu'il n'était pas emprunté, comme tant d'autres de mes amants précédents.

Il voulait que je lui parle comme une Indienne, que je chuchote son prénom comme une Indienne.

« Va te faire foutre », j'ai dit. Il a cru que je plaisantais, mais j'étais sérieuse.

Je suis montée à califourchon sur lui et lui ai tiré les cheveux. Puis il a tiré les miens. Je l'ai traité de petit Blanc.

« Allez, je répétais. Allez, fais-le ! »

Il n'arrêtait pas de grimacer, ce que je trouvais drôle. Après, j'ai éclaté de rire, ce qui l'a mis en colère, je l'ai bien vu.

« T'en fais, une drôle de tête », j'ai dit, et il a ri, tout allait bien. On est restés allongés au lit dans la lumière tamisée de la lampe de chevet. Il s'est tourné sur le ventre, et je lui ai délicatement caressé le dos.

« Je te taquine, j'ai dit.

– Peu importe. Ça change rien au fait que je suis un bon coup.

– T'es un marrant, toi. »

Je me fichais de ce qu'il pouvait raconter. Il aurait pu me dire n'importe quoi. Je sentais sa peau, moite et chaude d'avoir baisé. J'ai posé mon visage contre son dos et j'ai inspiré profondément.

Quand il s'est endormi, j'ai envoyé un texto à Edgar : Eh, t'es dans le coin ? Tu rentres à la maison ? Edgar n'appelait jamais papa ou maman, et je savais que ça leur faisait de la peine. Il m'avait pourtant promis qu'il me tiendrait au courant de ce qui se passait. En général, on s'envoyait un message au moins une fois par semaine, mais là, ça faisait un bail, et j'étais inquiète. Je n'arrêtais pas de lui écrire : Tu vas bien ? Eh, faut qu'on parle tout de suite !!! Appelle-moi dès que tu peux ! Plus je donnerais l'impression d'être dans tous mes états, me disais-je, plus il comprendrait qu'on avait besoin de lui. Une partie du problème avec Edgar, c'est qu'il ne s'est pas senti aimé, en tant que petit dernier. Il était tout jeune à la mort de Ray-Ray, et il a passé son enfance à tâcher de grandir dans son ombre, écoutant nos parents parler de son formidable sens de l'humour et de tout ce qu'il avait pu faire.

J'ai traversé le couloir en silence, toujours nue, jusqu'à la chambre de Luka pour jeter un œil à l'intérieur. Je ne l'entendais pas respirer à cause du bourdonnement du ventilateur au plafond, mais je pouvais distinguer sa silhouette. Dehors, un coup de tonnerre a éclaté, suivi du tambourinement de la pluie sur la vitre. J'ai refermé la porte, doucement, et je suis descendue dans le salon, où j'ai allumé la lumière et fait des étirements. Il pleuvait vraiment fort, maintenant, et le vent soufflait. Une rafale a martelé la porte de derrière. Qu'il était merveilleux de déambuler dans la maison d'un inconnu pendant un orage, me suis-je dit. Ça m'excitait toujours, de me retrouver complètement nue dans une maison inconnue. Sur le manteau de la cheminée il y avait une photo de Luka et, j'imagine, sa mère. Elle est assise quelque part, lunettes de soleil sur le nez, avec son fils sur ses genoux. Il porte un t-shirt des Cowboys de Dallas floqué du numéro 8 sur le devant, et tient un petit ballon de football. Cette photo m'a anéantie.

En la reposant, j'en ai remarqué une autre de Vin avec un vieil homme, son père sans aucun doute. Je l'ai prise dans mes mains et l'ai observée. Puis j'ai entendu le grondement du tonnerre dans le lointain. Les arbres oscillaient dans le vent, il pleuvait fort. J'ai ouvert la porte-moustiquaire et suis sortie sous la pluie. Il faisait nuit et les gouttes qui me tombaient sur le corps étaient froides. Je suis allée jusqu'au niveau des arbres et me suis accroupie pour faire pipi pendant que le tonnerre grondait.

J'ignore ce que je m'attendais à ressentir. J'imagine que je me demandais si Vin se réveillerait, constaterait mon absence et se précipiterait dehors, mais aucune lumière ne s'est allumée. La lune a surgi des nuages. J'ai levé les yeux sur le ciel bleu nocturne et découvert sa lueur. Quoi qu'il puisse se passer, je sentais quelque chose remuer autour de moi, peut-être le vent ou tout à fait autre chose. Je ne vais pas mentir en disant que je n'ai pas trouvé ça excitant, le tremblement du vent, cette présence inconnue qui m'observait toute nue dans la nuit. Je me suis laissée tomber à genoux et j'ai senti la chaleur de la terre et de l'herbe. J'ai passé les doigts sur les branches des haies et des buissons. Il y avait quelque chose, je le sentais. Je me suis relevée comme si j'avais reçu une sommation, et me suis dirigée vers la maison.

C'est alors que j'ai entendu un battement d'ailes. J'ai levé les yeux et aperçu un grand oiseau perché sur le toit, ailes déployées, qui me regardait. Il me retenait là, d'une certaine manière. Il retenait mon attention. Qui sait combien de temps je suis restée dehors ? J'entendais le vent, le ciel, les arbres. Accueillant l'orage, j'ai laissé la pluie tomber sur moi.

TSALA

Fils bien-aimé : quand je regarde le champ de notre histoire, je vois le désir de s'accrocher aux gens, de les garder près de nous pour qu'ils ne partent pas. Nous avions peur qu'ils s'en aillent et ne reviennent jamais. J'ai été témoin du déplacement de notre peuple, contraint de quitter notre terre. Nous avons tous nos histoires, qui nous rassemblent.

J'ai aimé ta mère, Clara, plus que toute autre personne que j'ai connue. Quand j'étais un jeune homme, je l'ai aperçue au bord d'un cours d'eau près des montagnes. Je lui ai présenté des offrandes : une couverture et du maïs doux. Je lui ai parlé de sa beauté naturelle. Ses yeux étaient à nuls autres pareils, et nous avons fini par nous marier, mais ça n'a pas été facile. Notre histoire est semblable à celle du jeune homme qui rencontre Laoka – une histoire particulièrement importante pour moi. Mon arrière-grand-père l'a racontée à mon grand-père, qui l'a transmise à mon père, qui me l'a transmise à son tour. Et à présent je vais te la raconter, car elle est porteuse d'une grande leçon.

L'HISTOIRE DE LAOKA

Un jeune homme très solitaire rencontra une belle femme non loin des montagnes et lui raconta qu'il était un excellent chasseur.

« J'aime les chasseurs, lui dit-elle. Montre-moi tes talents au tir à l'arc. »

Il regarda le ciel et plissa les yeux vers le soleil. Il prit son arc, tira une flèche de son carquois et choisit un arbre de l'autre côté du cours d'eau.

« Je sais quand un homme fait l'idiot », dit-elle.

Il regarda droit devant et tira en plein dans un arbre. « C'est celui que je visais », lui annonça-t-il.

La jeune femme ne fut guère impressionnée. Elle lui dit qu'il avait regardé le ciel, pas l'arbre.

« Je peux écorcher une bête sauvage à mains nues, dit-il. J'ai tué des ours et des serpents, armé de mon seul couteau.

– Je ne te crois pas. » Elle commença à douter de ses histoires et le salua avant de partir. Il était triste mais déterminé à gagner son amour.

En s'éloignant, il demanda de l'aide d'une voix lasse. Il s'assit sur un rocher et déclara qu'il ferait tout pour la conquérir. Il se tint la tête à deux mains.

Serais-tu prêt à tout donner ? entendit-il dans l'obscurité.

Un grand rongeur brun au museau noir et à la longue queue émergea des broussailles. L'animal était debout sur ses pattes arrière. C'était Laoka, dont le ventre enflait à la vue de la chair humaine et animale.

Il s'approcha du jeune homme en sautillant, et pencha son museau velu en émettant un gargouillis.

Le jeune homme connaissait Laoka grâce aux histoires que lui avaient racontées les anciens, dans lesquelles il apparaissait sous diverses formes, serpent ou bête, et trucidait des animaux pour les dévorer ensuite. Son ventre enflait, éclatait, puis enflait de nouveau. Des guêpes lui sortaient de la bouche et attaquaient toute créature vivante qu'il souhaitait manger.

« Va ou je te tuerai, lui dit le jeune homme. Je sais qui tu es. »

Laoka l'observa pour savoir ce qu'il allait faire. Le jeune homme se jeta sur lui, mais il l'esquiva.

Laoka dit d'une voix sifflante, *Je peux t'aider.*

Puis trois pierres sacrées se matérialisèrent devant le jeune homme : une rouge sombre, le corail pétrifié, sagesse de l'amour. Une jaune, le topaze, pour penser aux générations futures. Et une rose, capable de guérir un cœur submergé de tristesse. Le jeune homme tendit la main vers les pierres, mais Laoka lui mordit la main. Le jeune homme sentit les dents se planter dans la partie charnue de sa main, et cria de douleur.

Laoka lâcha prise et dit, *Ces pierres seront à toi si tu me suis jusqu'au feu.*

Le jeune homme voulait voir le feu. Ceux qui y entraient disparaissaient sans laisser de traces. C'était un vrai sacrifice que d'entrer dans le feu, de rétablir une bonne relation avec la terre et notre peuple, la terre et le ciel. C'était le lieu le plus sacré, et il n'apparaissait jamais deux fois au même endroit.

Le jeune homme suivit Laoka à travers bois.

Le soleil disparut derrière un nuage, et les bois s'assombrirent.

Il entendait le bruit de ses pas faire craquer feuilles et brindilles. Ils arrivèrent bientôt devant une grotte, où Laoka s'arrêta et se retourna.

Avant de te montrer le feu, dit-il de sa voix sifflante, *il faut d'abord que je te montre le* selu, *le maïs.*

Le jeune homme accepta et le suivit dans la grotte, où ils s'assirent par terre et où Laoka lui offrit plusieurs épis.

Ce selu *contient une énergie puissante. Emporte-le et donne-le à manger à la femme dont tu es épris. Elle tombera aussitôt amoureuse de toi.*

« Comment savoir que tu ne me tends pas un piège ? » demanda le jeune homme.

Je trouve ta jeune force admirable. Va maintenant.

Le lendemain, le jeune homme se rendit au ruisseau et trouva la belle femme. Elle demanda, « Où sont ton arc et ta flèche, excellent chasseur ?

– Je t'ai apporté ce maïs, lui dit-il.

– Où l'as-tu trouvé ?

– Près de la rivière. Mange-le, s'il te plaît. Goûte-le et dis-moi ce que tu éprouves. C'est du bon maïs. J'en ai mangé, moi aussi. »

Elle retira quelques grains et les jeta par terre. Au bout d'un moment un petit oiseau – un moineau – se posa, sautilla vers eux et les mangea. Il se mit aussitôt à convulser et à faire des bruits affreux. « C'est du poison », dit-elle. Elle se leva et s'approcha du moineau. Il battait des ailes, tremblait, essayait de s'envoler.

« Tu as tué cet oiseau, et tu voulais m'empoisonner », dit-elle au jeune homme.

Il fut horrifié par ce qui venait d'arriver. « Non, non, lui dit-il. Je ne savais pas.

– Tu m'as dit que tu en avais mangé, tu m'as donc menti, en plus.

– Ce n'était pas mon intention. Je te l'ai donné parce que je croyais que grâce à cela tu m'aimerais. »

Mais elle s'en alla. Il l'appela, mais elle ne répondit pas.

Furieux, le jeune homme retourna à la grotte et appela Laoka : « Eh oh, Laoka ! Eh oh, eh oh, Laoka ! Montre-toi que je te tue… »

Il entra dans la grotte, mais elle était vide. Il le chercha partout, mais il était introuvable.

Il s'assit dehors et attendit. Pendant des jours il resta assis, affamé, frigorifié, mais Laoka ne revint jamais. Le jeune homme savait qu'il était là quelque part, mais il garda sa colère si férocement ancrée en lui qu'il mourut à petit feu. Il entendit le sifflement de Laoka, sans jamais le trouver. Il entendit des animaux hurler dans les bois. Il vit des vautours noirs dans le ciel de lune.

Mon fils, j'ai dû gagner la confiance de ta mère en lui prouvant que j'en étais digne. Je ne lui ai pas menti et ne l'ai pas trahie. Colère et vengeance n'étaient pas rares dans notre famille. Elles sont dangereuses, comme tu le vois grâce à l'histoire de Laoka. Nous devons prévenir notre famille de leur danger.

Ta mère et moi nous sommes mariés, et bientôt tu es né. Nous avons vécu en paix au sein de notre peuple et sur notre terre. Mais peu après, trop tôt, j'ai eu des visions de l'arrivée des soldats.

EDGAR

3 septembre

Quand j'étais petit, mon père disait que le sifflement que j'entendais dans mon oreille était le signe que les morts tentaient d'entrer en contact avec moi. « Tes ancêtres, disait-il. Écoute-les. Sois attentif à ce qui t'entoure. » Chez Jackson, la première nuit, ce sifflement continu m'a empêché de dormir. Rae avait l'habitude de rester avec moi jusque tard pour parler chaque fois que je n'arrivais pas à dormir. Elle allumait la lampe, s'asseyait dans le lit, et on parlait de tout et de rien. Je réécoute le message que ma mère a laissé – c'est pour me rappeler l'anniversaire de la mort de Ray-Ray.

Ce matin, j'ai été réveillé par un bruit dehors, et j'espérais que ce serait un chat ou un raton laveur fourrageant dans les parages et non le coq sauvage. Ma chambre est toujours plongée dans la pénombre, bien qu'il fasse jour. La pièce est baignée d'une teinte bleutée. J'entends le vent souffler, et vois les branches osciller à la fenêtre. Je repense à Rae allongée à mes côtés. Je repense à la confusion de mon père déambulant dans la maison, oubliant où il a posé les choses. Je repense à l'expression de ma mère quand elle le voit galérer.

Je reste allongé au lit plusieurs minutes, avant de me lever. Jackson est en train de laver des assiettes dans l'évier. Il s'essuie les mains sur un torchon à vaisselle et boit une gorgée de son café.

« Tu devrais retourner te coucher, il me dit. En profiter pour dormir. Moi, je vais parler à un type pour que tu puisses bosser sur le développement du programme et des nouveaux avatars. Si tu sors et que tu croises quelqu'un, dis que tu t'appelles Jim, comme Jim Thorpe. Tu lui resembles, de toute façon. Vaut mieux éviter les problèmes.

– Quoi ?

– Edgar est un prénom chargé par ici. Il y a quelques années, un Edgar a été l'auteur d'une tuerie de masse, et le sujet est encore sensible. Tout le monde connaissait le type sous le nom d'Edgar, ce bon vieil Edgar. Il a pris un fusil d'assaut et a tiré sur un tas de gens dans le parc. Tout le monde disait Edgar ceci, Edgar cela. C'était le seul de la ville. Alors il vaut mieux dire que tu t'appelles Jim, pour le moment. »

Je me frotte le visage à deux mains.

« Les gens sont bizarres, ici, dit-il. Ils vont peut-être te regarder de travers. Mieux vaut les ignorer. Fais-moi confiance. »

Je prends une tasse dans le placard, et Jackson me sert du café. « Faut que j'aille bosser. Je suis super content que tu sois là. Je vais parler à mon équipe pour que tu puisses nous rejoindre, mais dans l'immédiat, ne te gêne pas pour faire un tour en ville, visiter. Y a un coffee-shop au bout de la rue. Un magasin d'alcools. Tout ira bien. »

Après son départ, je finis mon café, puis m'allonge sur le canapé. Je pose mon bras sur mes yeux et reste un moment comme ça. Je repense à la Terre sombre, à l'endroit où je me trouve, et je tente de me souvenir des raisons qui m'ont poussé à venir ici, si loin de ma famille. Je me redresse, et je contemple la maison pourrie de Jackson. Je me fais un toast et le mange debout en regardant par la fenêtre. Assis sur la vieille chaise en bois branlante, je regarde la télé pendant un moment, puis je lis quelques pages d'un livre sur les religions orientales. Je trouve de vieux ouvrages saugrenus, un sur les pratiques occultes, un autre sur le général Custer. Je feuillette un bouquin sur le baron Jeffrey Amherst et la rébellion du chef Pontiac, où je tombe sur une photo représentant des cadavres. Le livre me donne comme une impression de souillure, alors je sors me promener.

L'air est difficilement respirable, très pollué. Tout autour, des maisons basses, des vieilles bâtisses, des petites boutiques. Les feuilles mortes frémissent à mon passage. Je m'arrête devant les arbres et examine les visages craquelés qu'ils arborent, me demandant qui sont ces gens. Je tombe sur une rue plantée de saules pleureurs roses, que je trouve attrayants par rapport au reste, et je décide de l'emprunter. Je passe devant un Lavomatic. Quelques pas devant moi, une femme porte un long manteau et des chaussons d'intérieur, agacée que je marche derrière elle. Elle s'arrête et attend que je passe, marmonnant toute seule. Derrière la laverie, il y a trois bennes à ordures couvertes d'un graffiti : SAUVAGES. Tous les bâtiments tombent en ruine, vidéo-clubs abandonnés, restaurants, magasins de pièces détachées automobiles. Je vois un cul-de-jatte mendier dans la rue, et crier « Attention au pont du Diable ! » Je vois un homme pousser un petit garçon dans une brouette au bord de la route. Le gamin pointe un pistolet en plastique sur tout ce qu'il voit. « POW ! » hurle-t-il, pointant le pistolet à eau dans ma direction, « POW WOW ! »

Comment ça, « pow-wow » ? À moins que j'aie mal entendu, et qu'il ait dit « pan-pan » ? Je finis par arriver devant un ensemble de vieilles boutiques et entre dans l'une d'entre elles : Rusty Spoon Records. À l'intérieur, le propriétaire, un barbu aux longs cheveux d'argent et aux dents noircies, me demande si je cherche un disque en particulier.

« Non, merci, je jette juste un œil. »

Il me dit qu'il s'appelle Venery et qu'il habite à l'étage avec son doberman miniature. Il ressemble à un ancien hippie qui se serait trop souvent défoncé dans les années soixante.

« Tu es un étranger dans cette ville, me dit-il. Un étranger dans une étrange ville. »

Je le regarde.

« D'où est-ce que tu viens ? me demande-t-il.

– D'Albuquerque.

– Non, je veux dire, d'où est-ce que tu viens vraiment, petit ?

– D'Oklahoma.

– Du Territoire indien », ajoute-t-il. Il a l'air d'un demeuré, avec sa bouche entrouverte. Je vois des morceaux d'œuf dans sa barbe. « Woody Guthrie était de l'Oklahoma, non ?

– Oui.

– Et Jim Thorpe aussi.

– Aussi, oui.

– Tu es son portrait craché, on a déjà dû te le dire ?

– Oui, parfois. »

Venery se gratte la joue. « On dit que Jim Thorpe est mort d'une crise cardiaque. Victime du racisme, de l'intolérance et de la souffrance. Un homme grand, comme toi. »

Je ne le regarde pas, et à mon avis il comprend qu'il me met mal à l'aise, alors il passe derrière la caisse et en revient avec une clope et un grand cendrier. « Ce cendrier a été fabriqué avec le crâne d'un Indien des Plaines, dit-il. Je rigole pas. Vise un peu. »

Le cendrier est rectangulaire et blanchâtre, et on se met à fumer sans le quitter des yeux, examinant ses courbes et ses fissures. « J'ai aussi un crâne de Neandertal vieux de quarante mille ans, continue-t-il. J'en ai fait un bong pour fumer de la bonne herbe à l'étage. C'est vrai que vous, les Indiens, vous avez le crâne allongé ? Qu'est-ce que tu sais à ce sujet ? Tu peux m'éclairer, Jim Thorpe ? »

Il n'a pas froid aux yeux, mais je me dis qu'il doit lui manquer une case. La musique fait un sacré boucan, un truc psychédélique des années soixante ou soixante-dix. Je décide de ne pas trop lui prêter attention et de regarder les albums, passant en revue les standards du rock, puis ceux du blues et du jazz. Un peu de punk, et même de la vieille country.

Il me dit qu'il voue un tel culte à Procol Harum qu'il a baptisé sa fille aînée en hommage au groupe. « Elle vit avec son mari dans une ferme juste en dehors du Kansas. C'est une région plate et désolée, peuplée de débiles profonds. Merde alors. Je les ai pas vus depuis que j'ai avalé une poignée de cachetons, y a trente ans de ça.

– Quel genre de cachetons ?

– Le genre qui fait du bien.

– Moi aussi. »

Venery éclate de rire. « Mon voisin Vic s'est torché au whisky et a battu son clébard à mort, et puis il s'est tranché la gorge dans la cuisine de son ex-femme. Sa fille a fait une overdose de Valium, et elle est morte dans sa baignoire. Maintenant, ils passent leur temps à raconter des conneries sur tout le monde et mettent jamais le nez dehors.

– Pourquoi ils ne sortent plus de chez eux ?

– Le mauvais air, Jimster. Attends de te mettre à tousser, tu comprendras. »

Il y a un petit quelque chose d'inquiétant chez lui, mais il n'est pas bien méchant. Il me rappelle certains anciens que je voyais à Albuquerque. Ils adoraient parler de musique et de came. « On dirait qu'un tas de gens ont tenté de se suicider par ici, dis-je.

– Va au pub Hemingway au bout de la rue, et tu tomberas sur Richard Manuel, de The Band. Ou alors sur Phil Ochs. Des musiciens célèbres qui se sont donné la mort. »

Il réfléchit avant de décider quoi dire ensuite.

« Tu préfères Elliott Smith ? Je l'ai vu là-bas boire du thé à la framboise et lire un bouquin de Virginia Wolf. Tu vois où je veux en venir, Thorpe ? On est tous là pour la même raison.

– Il faut que je sache où je suis. Cette ville, elle me fout les jetons. J'arrive pas à me détendre. Vous avez déjà vu un grand coq sauvage se balader dans le coin ?

– C'est la Terre sombre, Jimbo. Personne ne respire bien dans cet air vicié. On se met à tousser, on chope des taches sur les poumons. On est tous logés à la même enseigne, mon pote. Tout le monde en a un, de coq sauvage. Faut résister à la vieille harpie démoniaque et la tuer toi-même.

– Tuer quoi, le coq ?

– Oui, tue-le. Les règles sont différentes par ici. Cobain joue au Cobra Room chaque vendredi soir. Hendrix fait un concert acoustique à l'étage du DFW. Ce qu'il te faut, c'est écouter de la musique. Ça aide. » Il me montre la pochette de *Their Satanic Majesties Request*. « C'est un album de génie, putain. J'ai aussi *Exile on Main Street*. J'ai Albert Ayler. J'ai le live d'Hendrix à Monterey. »

Je jette un œil à la pochette de l'album mais je lui dis que je n'ai pas les moyens d'acheter quoi que ce soit avant de trouver du boulot. « Je reviendrai bientôt. Je viens juste d'arriver en ville.

– Tu dis que tu t'appelles Jim Thorpe ?

– Très drôle », je fais.

Venery éclate de rire, toussant de la poussière et de la fumée.

Je rentre chez Jackson par la même rue. Je lève les yeux sur le ciel jaune, plein de nuages et d'oiseaux minuscules qui tournent en rond. Sur la chaussée, des flaques d'eau reflètent le feuillage d'automne. Un vieil homme, frêle et emprunté, vêtu d'un long manteau et coiffé d'un feutre, m'arrête pour me demander si je vais au pont du Diable.

« Non, désolé.

– Je vois, dit-il, me regardant de plus près. J'imagine que tu n'es pas un soldat ?

– Non.

– Un agent du gouvernement ?

– Non plus. »

Je vois le visage d'un vieil homme profondément triste. Je lis dans ses yeux le désir d'obtenir une réponse que ni lui ni moi ne connaissons. Peut-être est-il connecté à quelque univers, quelque autre réalité qui m'échappe. Les larmes lui montent aux yeux et je me détourne.

« Zut, c'est bien, dit-il. Je porte un Colt, parfois un .38 Special. Dans les années soixante-dix, je suis passé en cour martiale pour avoir tiré au plafond dans une base d'El Paso. Il y a une fosse de boue et un champ de tir près du pont du Diable.

– Je ne suis pas au courant, dis-je. Pardon, il faut que j'y aille.

– Je peux te montrer où c'est. On peut y aller. On peut y aller tout de suite si tu veux. Tu es indien ?

– Pardon, je suis pressé. »

Je fais demi-tour et rentre chez Jackson, passant devant le Lavomatic et les bennes à ordures. Je marche vite, aussi vite que possible, mais j'ai l'impression que ça me prend des heures. Je trouve enfin la bonne rue et j'aperçois sa longue voiture garée dans l'allée.

Quand j'entre chez lui, Jackson est au téléphone. Il lève les yeux sur moi. « Attends, il vient d'arriver, dit-il. Je te rappelle. »

Je m'installe sur le canapé face à lui.

« C'était Lyle, qui voulait des nouvelles du jeu. On a parlé des avatars.

– Quel jeu, celui de sport ? »

Il hoche la tête d'un air impatient. « Oui, le jeu avec Jim Thorpe. Lyle veut en savoir plus à ton sujet. » Il croise les jambes, secouant le pied. « Comme la simu de sport parle d'un Indien, il faut que je sache ce que vous mangez. Est-ce que le ragoût indien existe vraiment ? Les Indian tacos, le pain frit ? À quoi ressemble votre cuisine traditionnelle ?

– Je mange pareil que toi.

– Des haricots et du pain de maïs ?

– Non.

– De la viande d'opossum ?

– Non plus.

– Aide-nous un peu. Je croyais que tu pourrais nous tuyauter. Quel type de nourriture ?

– C'est idiot, Jackson. Quelle importance ça peut bien avoir dans une simulation sportive ? »

Il fait claquer sa langue, pensif. « Peut-être une référence culturelle au cas où un joueur voudrait déjeuner avec Jim Thorpe. Son hologramme représentera un homme impatient de faire un bon repas après une compétition. C'est un bonus : manger à la table d'un champion. Manger de l'opossum ou du lapin avec Jim Thorpe, peut-être aussi du pain frit. Il nous faudra de solides références culturelles, voilà pourquoi il faut que tu me dises tout ce que tu sais.

– Merde, Jackson, c'est une très mauvaise idée. Pas étonnant que vous n'ayez pas fait grand-chose. Personne ne voudra d'un bonus qui simule un repas. »

Il croise les bras, pensif. On regarde par terre, et un long silence s'installe entre nous. Quand je lève les yeux, il fait un dôme avec ses doigts et me regarde. « Essayons autre chose, dit-il. Genre, tu pourrais poser pour quelques plans de caméra.

– Tu veux que je pose pour des plans de caméra ?

– Pour le jeu, oui. Il faut qu'on affine notre hologramme, et y a pas beaucoup d'Indiens en ville, hormis un pasteur et sa famille qui se sont installés il y a un an ou deux. Ils appartenaient à un culte répandu, je crois. Ils logeaient dans un motel au bord de l'autoroute et accueillaient les fidèles dans leur chambre. Quelques personnes y sont allées, y compris le maire, certains conseillers municipaux et leur famille. Mais je crois que le maire a fini par les foutre dehors.

– Pourquoi tout le monde est si obsédé par Jim Thorpe ?

– C'était un grand champion olympique, une putain de légende, dit-il en regardant ses ongles. Cet Indien était considéré comme le plus grand sportif du monde, et il était originaire de notre État, de l'Oklahoma. Pense au décathlon, au saut en longueur, au saut en hauteur, au lancer du javelot. Son hologramme ne lui rend pas justice. En fait, il ne lui ressemble pas du tout pour l'instant, mais on est encore en phase de développement… Franchement, à qui d'autre voudrait-on se mesurer ? On développe une simulation complète des Jeux Olympiques. On pourra aussi jouer au baseball, au football, au basket contre Thorpe. »

Il se met parler dans un jargon informatique que je ne comprends pas. « Il faudra que je te filme, si ça te va. Il faut juste que je bosse sur un truc quelques minutes. »

Je m'adosse contre le canapé et lève les yeux au plafond. Il travaille sur son ordinateur portable face à moi. Il tape vite, s'interrompant de temps à autre pour faire de petits bruits de reniflement, qui me portent sur les nerfs. Tous ces reniflements. Comme s'il le faisait exprès, quand il travaille. Pourquoi ces reniflements ? C'est censé m'irriter ? Je ne les supporte pas.

Je me demande où est Rae, et si elle regrette que je sois

parti. Je réfléchis aussi au souvenir que je pourrais partager au feu de joie, si je décidais de rentrer. Autrefois, il n'était pas rare que Ray-Ray me porte sur le dos, comme un poney. Un jour, on jouait au cerf-volant dans le jardin, rien que nous deux. J'avais peur de le lâcher, je croyais qu'il allait s'envoler. Ray-Ray le tenait avec moi, ses mains posées sur les miennes. Je me souviens d'avoir levé les yeux en direction du cerf-volant et de l'avoir regardé claquer au vent, pris de panique. « C'est bien, c'est bien », répétait-il. Mais je n'ai pas pu le faire voler très longtemps. Le voir virevolter si haut m'avait fait tourner la tête, m'avait presque soulevé le cœur.

Je me demande si mon père sera capable de partager un souvenir, cette année. Il a tellement changé. La première fois que j'ai remarqué son Alzheimer, c'est quand je leur ai rendu visite après être parti quelques mois avec Rae. J'avais du mal à croire qu'il ait changé si vite. Le jour de mon retour, la première chose qu'il a voulu faire, c'était aller manger dans un restau mexicain.

« Ils ont de bonnes enchiladas, a-t-il dit. Une bonne salsa. Bien relevée. »

J'étais content de les voir, ma mère et lui, mais il n'allait pas bien. À table, il m'a dit qu'il voulait faire des œuvres d'art avec des pièces détachées de moto qu'on exposerait dans tous les musées du Grand Ouest. Dans ma chambre, ce soir-là, j'ai fouillé dans de vieilles boîtes pleines de photos et de dessins. J'en ai trouvé un que j'avais fait de lui au crayon quand j'étais petit. Il avait une longue barbe. Il ressemblait à un dieu. Il avait des ailes d'oiseau géantes.

Plus je reste chez Jackson, qui tapote sur son clavier et renifle devant moi, plus je suis angoissé. Il faut que je me détende. Je me souviens que j'ai un joint dans mon sac, et je sors en fumer la moitié sur le banc de la véranda. Je fais le tour de la maison pour inspecter les environs de ma fenêtre, où j'ai vu le coq sauvage. Il y a un tas de buissons qui réclament désespérément d'être taillés. En m'approchant, j'entends un bruissement et me dépêche de faire demi-tour et de rentrer.

À mon retour dans le salon, Jackson m'attend, debout. Je le suis au sous-sol, où il fait trop chaud et où l'éclairage est aveuglant. Les murs sont recouverts d'un lambris sombre. Il y a un meuble de rangement et un escabeau au milieu de la pièce. Des documents et quelques câbles sont éparpillés par terre, avec un ballon de basket et une caméra sur trépied. Jackson me demande de me mettre contre le mur. Il me lance le ballon puis se tourne vers la caméra, qui émet un bip au moment où le voyant rouge s'est allumé.

« Tu me filmes pour le jeu ? je demande.

– Oui.

– Qu'est-ce que tu veux que je fasse ?

– Dribble, shoote. Fais semblant de jouer. Lève les bras, pivote, fais ce que tu veux.

– Comment je fais un shoot ? Y a pas de panier, ici.

– Peu importe. J'ai seulement besoin du mouvement et de ton image en vidéo. »

Il me filme pendant que je dribble. Je fais une feinte de la tête et prends mon élan pour un *lay-up*. Je tire quelques lancers francs. Je me déplace dans la pièce, je bouge côté gauche, côté droit, je défends sur un joueur invisible. Je pivote ballon en main. Je contre, joue des coudes, fais une feinte à gauche pour mieux partir à droite.

Ça dure une demi-heure. Jackson m'arrête sans cesse pour faire une nouvelle prise. Ensuite, je le regarde monter le clip sur son ordinateur. Je tousse, affaibli par la fumée dans mes poumons. Jackson passe les plans au ralenti, en coupe certains. On ne voit que moi, jouant à vitesse réelle, au ralenti et, finalement, en animation 3D. Il ajoute des musiques, tout en batterie et guitare électrique. Je me regarde dribbler et shooter, je suis pitoyable. J'en fais trop. «Je ne suis pas Jim Thorpe», dis-je.

Jackson ne répond rien, concentré sur son montage. Quand il a fini, il éteint la caméra. Il semble satisfait. «Oh, putain, il s'écrie. Ça a de la gueule.»

On remonte au rez-de-chaussée, et il sort deux bières du frigo.

«Je sais pas trop, dis-je. Tout est tellement bizarre. Aujourd'hui, je suis allé dans le centre, et quelqu'un m'a demandé si j'étais Jim Thorpe. Quelqu'un d'autre m'a parlé du pont du Diable. C'est étrange.»

Jackson se passe la main sur la mâchoire, pensif. «Le pont du Diable», dit-il. D'une certaine façon, je veux le prendre et le secouer pour qu'il réfléchisse rationnellement. Ce n'est pas la paranoïa qui me fait penser à ces choses. Ce n'est pas la drogue. Il se passe visiblement quelque chose de très étrange autour de moi. Je me méfie. Je commence à me méfier de Jackson. Il n'est plus le même qu'avant.

«Sois pas parano, il me dit. Y a des gens qui sont sur les nerfs dans le coin. Dès qu'ils voient un nouveau voisin ils se mettent à flipper. On est confinés, ici, l'air est lourd, y a tout le temps du brouillard. Ça nous détruit. Plus personne n'est heureux. Je sais même pas où je serai dans un avenir proche. L'idée d'être coincé ici à faire la même chose pour le restant de mes jours, ça me déprime. »

Je suis pris d'une quinte de toux, et je me tiens la poitrine. « Il vaut mieux que je parte, dis-je.

– T'es dingue, Chef ? Tu peux pas.

– Pourquoi ça ?

– Donne-toi une chance de réussir. Avant d'arriver ici, j'ai tenté de développer des applications pour téléphone, sans succès. J'ai tenté de déposer un brevet qui n'a pas marché. Ça prend du temps. Sois patient, ça ne fait même pas un jour que t'es là. »

Il fait craquer ses phalanges et regarde l'écran de son téléphone. « On bosse sur des programmes, voilà tout. Mes collègues disparaissent régulièrement. Le dernier en date, c'était il y a un mois. On n'a jamais retrouvé son corps. Un autre s'est ajouté à la liste des disparus. Désolé d'être si déprimant. Cet endroit est un traquenard. Peut-être que tu peux gagner de quoi repartir, mais je sais pas comment.

– Comment ça, un traquenard ?

– Mais, moi, où veux-tu que j'aille ? Dans un autre trou à rats ? Je n'ai personne. Je n'ai nulle part où aller.

– Comment ça, un traquenard ? » Je redemande, mais Jackson est trop occupé à envoyer des textos pour me répondre. Il n'arrête pas de renifler.

Ce soir-là, longtemps après qu'il s'est endormi, je regarde le ventilateur du plafond tourner au-dessus de mon lit. Dehors, le monde de neige et de brouillard prend une forme étrange. Un arc-en-ciel se reflète sur le mur du fond. Il se passe quelque chose, mais je n'arrive pas à savoir quoi. Mes poumons sifflent quand je respire. Je tousse, j'ai la gorge prise par des glaires. Une ou deux fois, les murs de la maison craquent. L'inconnu est effrayant. J'entends le hurlement sinistre de l'esprit d'un chien à ma fenêtre.

MARIA

3 septembre

Tôt le matin, Wyatt et moi nous sommes assis à table, où nous prenons notre petit-déjeuner en silence. Ernest s'est levé tôt, vers six heures et demie, pour aller se promener. Maintenant il est assis sur la terrasse et boit son café en lisant le journal.

J'observe Wyatt pendant qu'il mange. Ses yeux marron sont encore endormis, ses cils un peu chassieux. Il s'est préparé pour aller en cours, vêtu d'une chemise et d'un chino. Je me suis levée à sept heures, incapable de me rendormir, et j'ai préparé des gaufres et du bacon, que Wyatt a dévorés. Il boit rapidement deux verres de jus d'orange. Il est d'un calme surprenant, et plutôt doué pour paraître détendu et posé.

«Je te déposerai au collège cette semaine, je lui annonce. Mais il faudra que tu prennes le bus pour rentrer. Il te laissera au bord de la route, près de l'étang. Ce n'est pas très loin, à pied.

– Vous m'attendrez à l'arrêt de bus ?

– Je me suis dit que tu préférerais peut-être rentrer à pied. Mes enfants étaient gênés quand Ernest et moi venions les chercher.

– C'est pas le genre de chose qui me gêne, me répond-il. Est-ce que M. Echota boit toujours son café dehors le matin ? Ça me rappelle mon père.

– Ah, qu'est-ce qu'il fait dans la vie ?

– Il est en prison après avoir encore conduit en état d'ivresse. Est-ce que M. Echota boit, lui aussi ?

– Pas vraiment. Plus maintenant. »

J'aimerais qu'il m'en dise plus sur sa famille. Je sais seulement ce que Bernice m'a raconté, à savoir que sa mère a quitté l'État et que son père est en prison. Mais je me rends compte que nous allons être en retard, alors je prends mon sac à main et Wyatt son sac à dos. Je ne dis pas à Ernest que nous partons, comme on est pressés. Il faut environ un quart d'heure pour rejoindre l'établissement scolaire, mais on arrive à temps, et quand il descend de la voiture, je lui dis de me passer un coup de fil s'il a besoin de quoi que ce soit. « Pas besoin de demander à Bernice. Appelle-moi directement.

– J'ai pas votre numéro de portable », me dit-il. Il attend à la portière, jetant des regards autour de lui, visiblement nerveux. Je prends un stylo et note mon numéro sur un de ses cahiers.

« Tiens, j'ai dit. Appelle si tu as besoin de quelque chose. Ne t'inquiète pas. »

Il referme la portière et s'éloigne. En le regardant, je sens quelque chose s'effondrer en moi.

En route ! J'ai beaucoup à faire. Je me dis qu'il faut mettre au point les détails pour le feu de joie, et aussi que j'appelle Edgar. Lorsque j'arrive à la maison, Ernest est toujours assis sur la terrasse. Je m'installe à la cuisine, où je fais la liste des courses. Il faut un dessert. De la viande et des légumes. Le repas sera copieux, mais il sera aussi long à préparer. Je me mets à écrire ce que je veux partager en souvenir de Ray-Ray. *Je me rappelle que quand tu étais petit, tu aimais cueillir des mûres avec moi au bord de la route.* Je pose le stylo et regarde la table, pensive. Mais rien d'autre ne me vient à l'esprit.

Je prends mon téléphone dans mon sac et j'appelle Edgar, espérant qu'il décroche. Mais je tombe directement sur sa messagerie. « Edgar, mon chéri, rappelle-moi quand tu as une minute, s'il te plaît. Il faut vraiment que je te parle. »

Je pense à lui, me demandant s'il est à la maison ou dehors en train de se droguer, de traîner dans la rue. Ça me terrifie de l'imaginer entouré de personnes dangereuses, dont la vie peut à tout moment basculer dans la tragédie. Je prie en silence pour qu'il survive, qu'il pense à nous et veuille rentrer à la maison. Je me verse une tasse de café, puis je sors voir si Ernest va bien. Il est penché en avant, les yeux rivés sur le lac.

« Tout va bien ? je lui demande.

– Je cherche des signes. Esprits, messagers, n'importe quoi. » Il se tourne vers moi, me regarde, et je découvre une expression de gravité sur son visage. « Ce garçon, dit-il.

– Wyatt.

– Non, Ray-Ray. »

J'essaie de ne pas me laisser perturber, de penser à ce que je vais faire pour le feu de joie, à qui va tout préparer, puisqu'Ernest n'en est pas capable, vu son état. Il risque de se brûler en l'allumant. C'est trop dangereux.

« Il faudrait éviter de parler d'esprits en sa présence, je précise. Wyatt vient d'une famille compliquée. Sa mère est partie, et son père est en prison.

– Toute cette conversation sur la musique et les films, hier soir. »

Il se souvient de quoi ils ont parlé ensemble la veille. C'est assez étonnant.

« Ray-Ray aimait collectionner les disques, lui aussi, dit-il. Tu te souviens qu'il aimait le jazz ? Je suis presque sûr qu'il classait, comme Wyatt, ses albums par ordre alphabétique. »

Ernest repart se promener pendant que je vais à l'épicerie. J'appelle Sonja en parcourant les rayons avec mon chariot. « La mémoire de ton père s'améliore, tu sais. Depuis hier soir. Il s'est souvenu de sa mère et de son père. Il s'est souvenu des disques de Ray-Ray.

– Incroyable, lâche Sonja.

– Je ne sais pas ce qui se passe, mais il y a quelque chose qui lui fait du bien.

– C'est les médicaments ?

– Je ne sais pas. Il faut que tu viennes voir par toi-même. »

À mon retour, Ernest m'aide à ranger les courses.

« Comment tu te sens ? je lui demande.

– Bien. » Il ouvre le garde-manger et range des conserves sur une étagère. Après cela, il va faire la sieste sur le canapé. Je m'installe dans le fauteuil et le regarde dormir, avant de piquer du nez à mon tour.

À mon réveil, Wyatt doit déjà être sur le chemin du retour. Le bus est censé le déposer au bout de la route. Je dis à Ernest qu'il vaut mieux l'attendre sur le perron plutôt que de se rendre à l'arrêt, même s'il a dit que ça ne le gênait pas. Nous attendons un bon quart d'heure après le passage supposé du bus, mais Wyatt n'est toujours pas là. La route est déserte.

« Où est-ce qu'il peut bien être ? je demande à haute voix. Le bus est peut-être en retard ?

– Appelle quelqu'un », me dit Ernest.

Je rentre chercher mon portable et j'appelle le collège. Je commence à imaginer le pire : il s'est fait attaquer, agresser, il s'est fourré dans le pétrin, a été convoqué chez le proviseur ou bien il a été collé. C'est un cauchemar, de devoir vivre ce genre de situation. Mais la secrétaire ne m'est d'aucun secours.

« Est-ce qu'il lui est arrivé quelque chose ? » je lui demande.

Alors qu'elle m'a mise en attente le temps d'aller interroger les profs, j'annonce à Ernest qu'il va falloir se mettre à sa recherche. Nous commençons par inspecter la rue, Ernest marchant à mes côtés, l'air déboussolé. Je ressens un bref accès de panique, me demandant si Wyatt aurait pu fuguer à sa descente du bus. Peut-être qu'il ne se sentait pas bien avec nous, après tout. Peut-être qu'il veut rejoindre une autre famille et que Bernice viendra récupérer ses affaires. Mais ça ne colle pas. Il semblait heureux, ce matin. Peut-être que ses camarades l'ont pris en grippe, ou que quelqu'un s'est moqué de lui ? S'est-il battu ? Qu'est-ce qui pourrait avoir mal tourné en dehors de ça ?

« Je le savais », je dis tout haut, mais Ernest ne répond rien. « Je savais qu'il passerait une mauvaise journée. »

Quand la secrétaire reprend l'appel, elle me dit qu'il

n'y a eu aucun problème avec Wyatt. Et tous les bus sont bien partis. Je raccroche et pense appeler Bernice, tandis qu'Ernest et moi accélérons le pas. Mais arrivée au bout de la route, j'aperçois Wyatt et ressens un immense soulagement. Il est avec un groupe de gamins de son école, dans un champ, qui fait face à l'arrêt de bus. Ils sont une douzaine en tout, répartis en deux groupes, ce qui m'étonne d'abord, jusqu'à ce qu'on s'approche.

« Ils jouent au football américain », comprend Ernest.

Effectivement, Wyatt a organisé un match. Il donne des consignes aux deux équipes, fait office d'arbitre. Nous l'entendons crier, appeler un garçon « M. Tête-en-l'air » et un autre « La Buse ». Tous deux sont bien plus costauds que lui, mais ils obéissent à ses ordres comme des enfants perdus. Il retire sa casquette et la jette par terre, la piétinant, feignant la frustration. Puis il éclate de rire et dit à M. Tête-en-l'air et à La Buse de retourner en courant au sein de leurs équipes respectives.

« Il s'amuse, dit Ernest. Il est juste avec ses copains. »

Le match se poursuit, plaquages sans protection, les deux équipes visiblement coachées par Wyatt, qui va et vient en courant le long de la touche pour donner des consignes, ou bien pour expliquer comment faire des feintes de la tête et des plaquages à hauteur de jambe. Une fois le match terminé, tous les garçons se rassemblent autour de lui. Il leur montre quelques exercices de vitesse et d'agilité, cercles complets, demi-cercles, puis fait une course en profondeur avant de réceptionner le ballon que le *quarterback* lui lance en une longue spirale parfaite. Il l'attrape avec aisance, trottinant dans l'en-but de fortune. Les autres garçons lui courent après, poussant des cris de joie.

Tapes dans les mains, checks du poing, puis les joueurs se séparent. « À plus », leur lance Wyatt en nous rejoignant avec son sac à dos.

« On a eu peur que tu ne reviennes pas, lui dis-je.

– Quoi ? On jouait juste au football. Je connais ces gars-là depuis la sixième. »

On longe la route en direction de la maison. Sans la moindre raison, Ernest éclate de rire, tapotant Wyatt sur l'épaule en un geste de fierté paternelle.

Après dîner, Wyatt monte prendre une douche et faire ses devoirs. Quand je frappe à la porte pour voir si tout va bien, il est en train de taper sur la vieille machine à écrire d'Ernest, qu'on garde dans cette chambre. Elle n'a pas été utilisée depuis des années, peut-être même depuis que Ray-Ray s'en est servi. Wyatt tape lentement, à deux doigts, et ne lève même pas les yeux quand j'entre dans la pièce.

« On a un ordinateur dans le salon, tu sais ? Tu ne vas quand même pas te servir de ce vieux truc, si ?

– Ça ne me gêne pas », dit-il, sans quitter les touches des yeux pendant qu'il tape.

Je l'observe un moment. « Je peux te laisser seul, si tu veux. À moins que tu aies besoin d'aide ? »

Il s'arrête, sort la feuille du rouleau et la lit en silence. Il y écrit quelque chose à la main, puis l'insère à nouveau et se remet à taper.

Je le laisse seul. Ernest est à la porte, il m'attend.

« Alors ? il me demande. Qu'est-ce qu'il a dit ?

– À quel propos ?

– Il t'a donné des indices sur le monde des esprits ? Moi, je crois qu'on nous a renvoyé Ray-Ray sous une autre forme. »

Je vois à son expression qu'il est tout ce qu'il y a de plus sérieux, ce qui me déconcerte totalement. On entend toujours Wyatt taper à la machine de l'autre côté de la porte. Je fais signe à Ernest de me suivre au salon et lui dis à voix basse que Wyatt fait ses devoirs et ne souhaite pas qu'on le dérange. « Donnons-lui le temps de prendre ses marques. Et ne sois pas déçu s'il ne ressemble pas à Ray-Ray.

– C'est son portrait tout craché.

– Laissons-le travailler tranquille. »

Nous nous installons devant la télé pour regarder une série. Les histoires policières ne m'intéressent pas plus que ça, mais Ernest les adore. Parfois je regarde vraiment, mais la plupart du temps, j'en profite pour faire des mots croisés ou du crochet.

« Tu te souviens de la conversation qu'on a eue hier soir ? » je demande à Ernest, pendant que des flics dégainent leurs armes et se lancent à la poursuite d'un suspect dans une ruelle.

« Évidemment. J'ai les idées claires. Je me sens bien.

– Il y a d'autres souvenirs qui te reviennent ? »

Il réfléchit un instant. « Mes mocassins, dit-il.

– Oui, tu en as parlé hier soir.

– Je veux dire, ceux que je portais quand j'étais enfant. Je me souviens de ceux-là. Ma mère les avait faits avec de la peau de cerf. Je me souviens des perles. Elles étaient rouges.

– Encore un nouveau souvenir, Edgar ! C'est bon signe, tout ce qu'on espérait. Je pense que tu vas mieux. »

À la télé, le suspect tombe lourdement par terre, et les flics lui sautent dessus pour le menotter.

« Des perles rouges », répète Ernest d'une voix effacée.

Wyatt entre dans la pièce avec des cahiers dans la main. Il s'assied à côté de moi et se met à les feuilleter, s'arrêtant pour me montrer ce qu'il a écrit – ses poèmes, ses histoires et ses dessins. « J'ai colorié ça quand j'avais dix ans », me dit-il en montrant une grande maison rouge entourée d'arbres. Je m'aperçois que la plupart de ses croquis représentent des maisons. Que faut-il en déduire ? J'imagine qu'il a été privé d'attention, passant d'une maison à l'autre, constamment obligé de se demander ce que signifie le fait d'habiter quelque part.

« Y a aussi toute une série de haïkus, ajoute-t-il. Tous inspirés des différentes pièces où je me trouve, dans tel ou tel bâtiment, au collège, à la maison. Une des raisons pour lesquelles je suis content d'être ici, c'est que je peux écrire un poème sur les pièces de cette maison.

– J'espère que ce sera un beau poème, Wyatt. Moi aussi, j'aime écrire mes pensées. Je me sens toujours mieux, après.

– Cool, dit-il avec le sourire.

– Cool ?

– Je plussoie complètement à tout ce que vous dites. »

Je trouve sa façon de parler et ses maniérismes délicieux. Si animé et excessif, un drôle de petit bonhomme. Il a sorti une de ses rédactions. Il veut que je la corrige ; est-ce que ça me dérangeait ?

« Pas du tout, je vais regarder ça.

– Qu'est-ce que tu attends de Maria, qu'elle corrige les fautes ? demande Ernest.

– C'est plutôt d'idées et de développements que j'ai besoin, pas de grammaire ou d'orthographe », répond-il.

Je chausse mes lunettes et m'approche de la lampe pour lire plus facilement :

DISSERTATION D'ANGLAIS (BROUILLON)
Wyatt Eli Chair

Cet éblouissant poème en « prose fragmentée » qui figure dans notre illustre manuel porte sur le discernement. Le poème a pour sujet la réincarnation d'un jeune Cherokee (il est extrait du premier livre de l'auteur, Le Livre de la lévitation et des mille morts*). La « prose fragmentée » s'intitule « Le Hibou et l'Aigle », et c'est son chef-d'œuvre. À mon humble avis, cher lecteur corrompu,* Le Livre de la lévitation *aborde le thème de la spiritualité. (Au collège où j'étais avant, j'ai lu et recensé ses autres recueils de poésie en prose pour la gazette des élèves. L'un d'eux,* Reflets de visages dans une cuillère, *porte sur les esprits et la réincarnation.) L'aigle dans le miroir est une réincarnation. Comment est-ce possible ? Bien-aimé lecteur, permets-moi d'illustrer mon propos : dans un clignotement de stries de lumière inconnue, la figure flottante décrit un cercle avant de disparaître. Certainement, il y a une lumière jaune, puis une lumière bleue. Surgie de nulle part, l'apparence du minuscule mot cherokee :* tawodi. *Son image reste dans le miroir. Et si l'auteur était un esprit ou un messager ? Historiquement, cher lecteur autochtone, l'aigle est considéré* *comme un messager dans la mythologie cherokee. Chercher les esprits ici, sur terre…*

« Bon », dis-je en lui rendant la dissertation. « Bon. Hmm.
– Il faut retravailler, c'est ça ? Je peux m'en occuper, mais corrigez d'abord ce qui ne va pas, s'il vous plaît. J'ai envie que ce soit bien.
– Ça fait longtemps que je n'ai pas lu de critique littéraire. C'est qui, ce garçon ?
– Le garçon du poème apparaît sous diverses formes, faucon ou hibou. Ça peut aussi être un vieil homme, parfois même un autre garçon.
– Dans le poème ?
– L'auteur est cherokee, il vit dans les environs, m'a dit mon prof.
– Je ne le connais pas. Ernest, ça te dit quelque chose ? »
Mon mari s'approche et se poste à côté de Wyatt, observant la rédaction entre ses mains. « Tu as dit "*tawodi*" ? C'est ça ?
– Ce mot signifie "faucon" en cherokee, répond Wyatt. Qu'est-ce que vous pensez de l'ellipse finale ?
– La quoi ?
– Les trois petits points à la fin. »
Ernest se caresse la mâchoire.
« Corrigez à la main, me dit Wyatt. Vous pouvez faire en sorte que ce soit bien ?
– Ça m'a l'air déjà pas mal », je réponds.
Le garçon demande alors à Ernest s'il veut jouer aux échecs, et ils vont jouer dans la salle à manger pendant que je relis la rédaction. Je le fais lentement, un stylo à la main, entourant points d'exclamation et parenthèses, mais sans

trop savoir quoi faire de plus. Je barre quelques phrases. Je relis encore et encore, mais c'est dur de se concentrer parce que j'entends Ernest rire dans la pièce d'à côté. Je vais les rejoindre.

Je n'ai rien dit, mais je sais qu'Ernest aura du mal à se souvenir des règles. Les échecs n'ont jamais été notre fort, à l'exception de Ray-Ray. C'était le seul qui aimait ça.

« J'ai fait ce que j'ai pu avec ta dissertation », dis-je à Wyatt en la lui rendant. Il la regarde, puis hoche la tête.

« Merci, madame. Ernest a oublié comment on joue, alors je lui rafraîchis la mémoire. On parle aussi des esprits. »

Mon mari dévisage le garçon. « Parle-moi encore un peu du monde des Esprits, lui demande-t-il. Raconte-moi tout ce que tu y as vu.

– Au monde des Esprits ? dis-je.

– Oui, fait Ernest, sans quitter le garçon des yeux. Raconte, fiston. Qu'est-ce que tu as vu ?

– Il veut peut-être grignoter quelque chose ? je lance pour changer de sujet. Wyatt, tu as faim ? Tu veux de la glace ?

– Le monde des Esprits... » commence Wyatt, qui imite Ernest en se penchant en avant, les coudes sur la table. « Ah, quel endroit ! J'y ai rencontré une femme magnifique au bord d'un ruisseau. Elle s'appelait Clara.

– Avait-elle les cheveux noirs comme le jais ? demande Ernest.

– Absolument, et longs. Elle était vraiment jolie.

– Quoi d'autre ?

– Elle cherchait son mari. Elle le cherchait partout, mais ne le trouvait pas. »

Cet échange me prend au dépourvu. Je suis reconnaissante à Wyatt d'être si sensible, de jouer le jeu avec les curieux sujets de conversation d'Ernest.

« Quoi d'autre ? redemande Ernest.

– J'ai rencontré des hiboux et des aigles et d'autres beaux esprits lors de mes promenades, reprend Wyatt. J'ai rencontré les *Yunwi Tsunsdi*, les Petits Êtres. J'ai rencontré Dragging Canoë, aussi, qui m'a dit… écoute un peu, papa : "Tu seras un visionnaire aux dons prophétiques" ! »

SONJA

3 septembre

Je suis allée à pied jusqu'à la marina, chez Barnacle Bill's, qui est installé sur l'eau non loin de chez moi et où je vais parfois boire un café, déjeuner ou lire. C'est bondé en été, quand les vacanciers viennent boire un verre, écouter un groupe. Cet après-midi, c'est presque vide, sans doute parce qu'on est en automne, qu'il commence à faire froid, et que les gens désertent leur maison de bord du lac. Barnacle Bill's ferme en novembre pour tout l'hiver, alors j'y vais le plus souvent possible en automne, quand il fait frais et qu'il y a moins de monde.

À mon arrivée, la hausse du niveau de l'eau a provoqué l'inondation du débarcadère, où j'aime bien m'asseoir, mais la marina est encore ouverte. Il fait soleil, et le ciel est dégagé. L'air est chargé d'humidité et grouille du mouvement des oiseaux et des insectes, poussés par une légère brise qui, après l'orage, n'est pas désagréable. Tout en se dandinant, quelques oies s'éloignent des enfants qui jouent au bord de l'eau, et un père répète à son fils de ne pas aller patauger dans la boue. J'ai mon exemplaire de Colette avec moi, prête à commander un bol de soupe et un café, puis à lire tranquillement.

De ma petite table près de la fenêtre, je sirote mon café en observant des gamins au bord de l'eau. Ils sont au nombre de cinq, tous des garçons, dont un qui est beaucoup plus petit que les autres. L'un d'eux lance un bâton, tandis que les autres pourchassent des oies en les rabattant vers le lac. Puis ils se regroupent pour discuter, et je me demande ce qu'ils peuvent bien mijoter. Mais je suis beaucoup trop loin, et j'ignore à quoi ils jouent, ou même s'il s'agit vraiment d'un jeu. Peu après, deux d'entre eux attrapent le plus petit et l'emmènent en direction de l'eau, tandis qu'il se débat pour leur échapper. Ils le lâchent subitement et reviennent en courant auprès des deux autres, avant de détaler. Le petit se relève et leur court après, jusqu'à ce que je les perde de vue.

Mon téléphone vibre, c'est ma mère.

« Tu es chez toi ? me demande-t-elle.

– Je suis au Barnacle Bill's, en train de boire un café. Tu veux me rejoindre ?

– Je ne peux pas. Je voulais te parler de papa. Passe quand tu peux. C'est à propos de sa mémoire.

– Ah mince ! je m'exclame.

– Non, ne t'inquiète pas. Il va mieux. Il y a longtemps qu'il n'a pas eu autant de souvenirs. Je suis un peu stupéfaite.

– Il retrouve la mémoire ?

– Oui, c'est incroyable, Sonja. Passe-nous voir quand tu as une minute, d'accord ?

– Oui.

– Espérons que ce n'est pas simplement temporaire et qu'il retrouve toutes ses facultés. »

La conversation me fait plaisir. Pendant des mois, j'ai

évité de penser à la santé de papa, tellement ça me pesait. Cette amélioration signifie qu'un événement capital est en train de se produire. Je me dis que si papa va mieux, alors je pourrai tenter d'être heureuse. Je repense aux garçons qui jouaient au bord de l'eau, à leur mépris pour les sentiments du plus petit. Ce matin, lorsque je suis partie de chez lui, Vin a dit qu'il *fallait* que je repasse dans la journée au lieu de me demander si j'en avais envie. Il est assez despotique. Et quand je lui ai répondu, « Dans ce cas, il va *falloir* que tu sois un meilleur amant », il n'a pas ri, a même fait mine d'être blessé, alors je lui ai dit que je plaisantais au lieu de m'excuser. C'est un comportement typique chez les mecs, me semble-t-il, eux qui sont si souvent inconscients de leur agressivité. Toute ma vie, les hommes avec qui j'ai eu une relation ont essayé de me culpabiliser. Quand j'étais petite et que j'allais à l'école, je regardais souvent par la fenêtre, jalouse des arbres. C'était devenu une sorte d'habitude, du moins à une époque, de les regarder par la fenêtre et d'être jalouse de leur anonymat, de leur beauté, de leur silence. On peut apprécier un arbre pour la pureté de sa beauté et n'en attendre rien d'autre. Un arbre peut vivre plus de cent ans sans cesser d'être authentique.

Après notre première nuit ensemble, je me suis aperçue que j'étais moins attirée par Vin. Ça n'a rien d'exceptionnel, j'imagine. On avait passé toute la matinée nus dans sa chambre, à se donner des coups de langue, et j'avais murmuré son nom avec force regards enflammés pour décupler son désir. Je suis une amante passionnée, m'a-t-on souvent dit, mais je suis capable de m'abstraire de l'acte sexuel – et tout en faisant l'amour avec Vin, je m'étais imaginé coucher avec un homme marié, parce que ça m'excitait davantage. Je nourris le fantasme d'une relation adultère, plus risquée qu'elle ne l'est en réalité.

Je reste chez Barnacle Bill's pendant un peu plus d'une heure, puis remonte la colline en direction de la maison. Je m'arrête au bord du lac pour observer l'eau grise ridée par le vent, songeant que je ne pourrai jamais me sentir chez moi ailleurs qu'ici. Très jeune, j'ai compris que je ne me marierais sans doute jamais, tant j'étais différente de mes camarades de classe, qui voulaient toutes partir d'ici, épouser quelqu'un et fonder une famille. Je n'ai pas écarté cette idée, mais on ne peut pas non plus dire qu'elle m'ait jamais séduite, et tout en sachant qu'il était bizarre de désirer vivre seule, je n'ai jamais compris pourquoi aucune de mes copines n'éprouvait la même chose. Le silence du lac et la solitude sont ce que j'aime le plus au monde. Le vent souffle plus fort et il commence à faire froid, comme lors de toute journée d'automne digne de ce nom. Je rentre à la maison.

J'ai pensé aller chez mes parents, mais mon instinct me dit qu'il faut que je voie Vin. Même si je me sens sincèrement moins attirée par lui, je veux qu'il ait envie de moi. C'est peut-être une obsession étrange, mais je m'en fiche. Je vais à vélo jusqu'au YMCA de Main Street, où je sais que Vin et Luka passent souvent l'après-midi. Il n'y a pas beaucoup de voitures sur le parking, et je gare mon vélo devant l'entrée. J'attends dehors quelques minutes, réfléchissant à ce que je dirai s'ils me voient. Je dirai que je suis venue me renseigner sur les inscriptions. J'envisage de devenir membre. Pure coïncidence, voilà ce que je dirai à Vin.

Je regarde un moment des enfants qui dansent dans le jet d'une borne à incendie au bout de la rue. J'entre, et aperçois trois jeunes à l'accueil. Ils sont sans doute étudiants, et l'un d'entre eux fait visiblement de la muscu. Les deux autres sont maigres et longilignes. Ils ont l'air de gamins qui passent leurs vacances d'été à faire la grasse mat' et à jouer à la console. Je leur demande à quel endroit se réunissent les participants du programme jeunesse, et l'un d'eux me répond qu'ils sont à l'étage mais ne devraient pas tarder à descendre. Je le remercie et vais au bout du couloir, où se trouvent les distributeurs et les tables. Je m'assieds et observe un groupe de femmes d'un certain âge faire leur séance d'aquagym dans la piscine intérieure. Je joue un peu sur mon téléphone, jusqu'au moment où j'entends des mômes descendre l'escalier. Ils sont en roue libre, crient et rient. J'ai déjà traversé la moitié du couloir quand je vois Luka sortir en courant. De l'accueil, je peux le voir s'éloigner avec son père, dans la rue. Je décide malgré tout de ne pas les suivre et reste vissée sur mon siège. L'un des maigrichons de l'accueil n'arrête pas de me demander si j'ai besoin de quelque chose, mais je demeure silencieuse. J'attends que la voiture de Vin s'en aille pour sortir récupérer mon vélo.

Ce soir-là, pile au moment où je sors de la douche, il m'appelle. Je cours vers mon lit pour décrocher.

« Ça te dirait de sortir dîner ? me demande-t-il.

– Je préférerais juste baiser quelque part.

– Waouh, carrément. La baby-sitter de Luka est arrivée, faisons ça. Mais il faut que je mange un morceau avant. Putain, je meurs de faim.

– Moi aussi. »

Environ une heure après, il passe me prendre chez moi et m'attend dans sa voiture. Il veut aller dans un restau chic mais n'arrive pas à se décider. Je lui propose qu'on aille à Tulsa, au restaurant du casino cherokee, dont je connais la directrice ; ainsi, on pourra se faufiler jusqu'au buffet en passant par les cuisines. Vin dit qu'un buffet est une excellente idée, mais je me demande si ce n'est pas plutôt le fait de manger à l'œil qui lui plaît.

Le restaurant est bondé, mais mon amie Lucille n'a aucun mal à nous faire entrer. Elle refuse toujours que je paye. Laisse un pourboire, m'a-t-elle conseillé la première fois, ce que je dis à Vin une fois que nous sommes installés à notre table. Lucille est une vieille copine de classe dont la mère occupe un poste important au conseil tribal. Depuis son ouverture, le casino est une mine d'or pour la tribu et ça n'a fait que s'améliorer à mesure qu'ils se sont agrandis et développés, ajoutant bientôt un hôtel et une piscine, organisant des concerts, des combats de boxe, et autres événements. Ça fait un moment que je n'ai pas vu Lucille, nous parlons quelques minutes de sa famille, et je lui présente Vin.

Pendant le repas, nous gardons curieusement le silence, ce qui provoque une certaine gêne malgré le fait que nous avons déjà passé une nuit ensemble. Ce silence m'irrite, je dois l'avouer, et je regarde Vin dévorer ce qu'il y a dans son assiette. Je ne sais pas trop ce qu'il pense de nous, ni même s'il pense à nous. Je lui demande s'il a déjà emmené son fils au buffet-pizza du casino, où les enfants peuvent manger gratuitement le vendredi, et il me dit que c'est un des restaurants préférés de Luka, à ceci près que le bruit des jeux vidéo et de la musique est une stimulation excessive pour lui. Ça l'est pour tout le monde, je réponds.

« Je suis passé voir mon père aujourd'hui, me dit-il.

– Comment va-t-il ?

– Il a perdu beaucoup de poids. L'infirmière à domicile était là pour l'aider. C'est horrible de le voir comme ça.

– Ton fils est vraiment mignon, dis-je pour changer de sujet. Il est adorable. Tu passes beaucoup de temps avec lui ? Je peux m'en occuper de temps en temps, si tu as besoin.

– Pourquoi pas, dit-il tout en mangeant.

– C'est un gamin formidable. On dirait qu'il s'intéresse à un tas de choses. Il a la fibre artistique, non ?

– On dirait. Je me verrais bien entraîner une équipe junior si l'occasion se présentait, mais ça n'arrivera sans doute jamais. »

Luka ne correspond visiblement pas à ce que Vin espérait. À cause de son autisme, il préfère s'asseoir dehors avec des jumelles pour observer les écureuils et les oiseaux plutôt que jouer au baseball. Mais moi, je l'aime bien ce gamin. D'une certaine façon, il sent qu'il pourrait devenir une sorte de fils pour moi, ou un petit frère. J'étais si traumatisée après la mort de Ray-Ray que je n'ai jamais été une super grande sœur pour Edgar. Je veux apprendre à mieux connaître Luka – savoir quelle est sa couleur préférée, ce qu'il aime bien manger. Je veux savoir comment s'appellent son instit', ses amis, quelle est sa matière préférée à l'école, quels sont ses passe-temps. C'est un petit garçon formidable, je le sens, et je sais déjà qu'il aime faire de la trottinette, jouer avec une voiture téléguidée et aussi faire semblant d'être un oiseau, ce qui est bizarre pour un gamin de son âge. Je pourrais lui apprendre des mots cherokees – *tsisqua* («oiseau»), *osiyo* («bonjour»), *Agiyosi, inalisday vhvga* («J'ai faim, mangeons») – et l'aider à faire ses devoirs, lui parler des filles, de l'école, de la vie. J'ai aidé Edgar à faire ses devoirs quand nous étions petits, parce que maman et papa travaillaient tout le temps. Nous n'avions pas beaucoup de temps libre, à l'époque. Je pourrais dire à Luka qu'on a parfois du mal à trouver du temps pour ceux qu'on aime. Je pourrais lui dire que j'ai toujours voulu avoir un fils.

«Je me demande si le collège ne sera pas trop dur pour lui, dit Vin. Il est déjà confronté à des gamins qui le malmènent ou qui se moquent de lui. Je voudrais tant qu'il aime le sport et la guitare, ce genre de choses. Alors que lui, tout ce qui l'intéresse, c'est son foutu club d'échecs.»

Luka joue une fois par semaine au centre communautaire, précise Vin; et un jour, un des gamins s'est mis à imiter un de ses tics. Quand je lui demande de quel tic il s'agit, Vin dit que Luka se balance parfois d'avant en arrière pendant une partie, c'est sa façon à lui de maîtriser ses idées et son angoisse, ce qui n'a rien d'anormal. Mais ça paraît bizarre pour les enfants qui ne connaissent pas l'autisme. Vin avait vu le gamin mimer le balancement de Luka et en avait parlé à sa mère.

«Et qu'est-ce qu'elle a dit?» je demande.

Il mord dans son épi de maïs et avoue que sur le moment il était trop en pétard pour discuter avec elle, et qu'il était sorti en trombe avant qu'elle puisse répondre quoi que ce soit. «Il faut qu'elle apprenne à contrôler son foutu gamin et à se conduire comme une vraie mère. Il faut que son fils apprenne le respect.»

Je vois bien qu'il est sur les nerfs, que ce souvenir l'agace. « Luka aime d'autres jeux en dehors des échecs ?

– Il peut jouer à n'importe quoi tant que tout le monde est content. » Il avale une gorgée de bière. « Il n'aime pas le conflit. Il a du mal quand ça devient trop compétitif. Il n'est pas suffisamment agressif, et je ne veux pas qu'il devienne une mauviette.

– Sois pas con à ce point, je lui balance.

– Je ne veux pas qu'il se fasse harceler. Et je regrette qu'il n'aime pas faire du sport.

– Tu aimerais qu'il soit agressif ?

– Je ne veux pas qu'il se laisse marcher sur les pieds.

– Ton fils est adorable, dis-je. Il me rappelle mon frère. Il lui ressemble un peu, d'ailleurs. »

J'aimerais pouvoir lui parler de Ray-Ray, mais l'endroit est mal choisi. Je ne suis pas encore prête pour cette conversation. Il n'empêche, ça m'énerve. « T'en as rien à faire de ma vie, en gros.

– J'aimerais bien tenter ma chance au casino, dit-il, sans même faire attention à moi. On a économisé grâce au dîner gratis, non ? Profitons-en pour aller jouer. »

Je reste muette. Je le suis jusqu'aux machines à sous, m'installe devant une machine à triple 7 et commence à jouer. Assez rapidement je perds vingt dollars, plus que je ne le souhaitais. Puis je regarde Vin jouer. À un moment donné, il se met à chercher une serveuse du regard et me dit qu'il aimerait boire une bière. Il me tend un billet de vingt et me demande d'aller lui en chercher une au bar et de me prendre un truc par la même occasion. C'est le genre de comportement dont il est totalement inconscient, comme s'il était normal qu'une femme s'exécute de la sorte ; mais il m'offre un verre, après tout, donc je ne vois pas d'inconvénient à aller lui chercher une bière. À moins que je ne fasse fausse route, et qu'il sache parfaitement ce qu'il fait. Peut-être que ce truc fonctionne depuis trop longtemps. Le bref accès de colère que j'éprouve me surprend.

« Mais bien sûr, je me dépêche d'aller t'en chercher une. Pas de problème. »

Il n'arrête pas de taper sur le bouton de sa machine, la bouche entrouverte. Il me lance un regard. « Ne le prends pas comme ça, lance-t-il.

– Comme quoi ?

– Je suis dans une bonne passe, là. J'ai déjà gagné quarante dollars. »

Il continue de taper sur le bouton sans quitter la machine des yeux.

Quand on s'en va, il a perdu plus de cent dollars et secoue la tête, incrédule de s'être laissé plumer de la sorte. Je lui propose d'aller boire un verre quelque part. « On ferait mieux de rentrer chez moi tant que la baby-sitter de Luka est encore là », dit-il en posant la main dans le creux de mon dos tandis que nous traversons le parking.

« En présence de la baby-sitter ? je demande.

– Elle s'en fiche. C'est cool, crois-moi. Elle s'en occupera au rez-de-chaussée. Elle est super cool.

– Non. Pas ce soir. Il faut que j'aille voir mes parents. C'est pas facile tous les jours pour ma mère de s'occuper de mon père, à cause d'Alzheimer.

– Ok », répond-il, mais je vois bien qu'il est en rogne.

Il me raccompagne sans un mot. Son silence me met mal à l'aise. Quand il se gare dans l'allée, je me penche et lui touche la cuisse, que je caresse légèrement. Je l'embrasse, passant la langue sur ses lèvres, posant une main sur sa joue. Il a un mouvement de recul et me lance un regard froid, comme s'il ne savait pas trop comment réagir.

« On s'appelle ? dis-je.

– Ok, on s'appelle. »

Il démarre à la seconde où je descends de la voiture.

Je ne veux plus penser à lui pour le reste de la soirée. Je suis tendue et angoissée, surtout parce que son comportement m'a agacée au plus haut point. Je me dis qu'il n'est finalement pas très sympathique et qu'il ne s'occupe pas assez de son fils. Je tente de ne plus penser à lui pendant un moment, mais une peur panique s'empare de moi. J'ai toujours fait des crises d'angoisse, mais cette fois, c'est plus fort. J'ai peur qu'il revienne chez moi et se montre violent. Qu'il aille se bourrer la gueule et revenir me faire une scène. Je ressens comme un lien spirituel avec cette menace, mais je la balaye de mon esprit et décide de me changer les idées en faisant quelques menus travaux.

Je vais ratisser les feuilles du jardin de derrière, dans l'obscurité. J'arrose la pelouse, regarde les petits arcs d'eau du système d'arrosage automatique, quand j'aperçois un faucon descendre en piqué pour se poser à l'autre bout du jardin, au pied d'un arbre. Le rapace déploie ses ailes et fait quelques pas. J'ai l'impression qu'il m'a remarquée et qu'il m'observe. Il est presque minuit, mais je suis encore perturbée par ce qui s'est passé avec Vin.

Je décide alors d'aller faire le ménage au sous-sol, où je ne mets pratiquement jamais les pieds. J'allume la lumière et descends prudemment l'escalier. La pièce est traversée de courants d'air, et quasiment déserte. Il y a mon vieux lit d'enfant, au milieu d'un tas de vieilles affaires que je n'ai pas vues depuis des années. Je commence à empiler les cartons contre un mur – tous les cadres, les vieux articles de journaux découpés, les jouets. Certains cartons sont remplis de décorations de Noël – guirlandes, boules, ampoules de couleur –, ainsi que de vieux magazines ringards. Sur une étagère reposent quelques livres, deux pots de peinture vides et de vieux pinceaux. Il y a un cube de mort-aux-rats à moitié rongé et un vieux piège que j'ai posé l'hiver dernier. Je balaye et dépoussière jusqu'à ce que toute la pièce soit propre et rangée, après quoi je vais me déshabiller et me mettre au lit, passablement satisfaite.

TSALA

Presque toute ma vie, j'ai vécu sans savoir ce qu'était la colère. Je n'aurais jamais cru pouvoir éprouver une telle fureur, mais la terre nous envoya un avertissement : la sécheresse. Le solstice d'été avait brûlé les sols, et nous sentions l'odeur de la poussière dans l'air. Le vent s'est levé dans un mugissement. Bien-aimé, il était crucial que nous soyons attentifs à ces avertissements. Nous savions que l'heure était proche.

Nos prophètes aussi nous avaient prévenus que des soldats nous expulseraient de notre terre. Ce fut une période terrifiante. Nous étions effrayés mais prêts à défendre notre foyer. Notre peuple refusait de partir, même si nous avions été trompés par le gouvernement américain et son traité frauduleux. Nous ne leur faisions pas confiance. Ce fut aussi une période pleine d'espoir. Certains missionnaires nous ont initiés à la religion chrétienne et nous ont lu l'Évangile selon Mathieu comme s'il avait été traduit par un des hommes de notre cité de New Echota. Nous avons parlé de paix et de sacrifice. Nous avons aussi parlé du traité et de notre humilité. Entre-temps, j'ai eu des visions de mourants, avant de comprendre ce que cela signifiait de mourir.

VISIONS DE L'ARRIVÉE DES SOLDATS

La veille de l'arrivée des soldats, j'ai levé les yeux au ciel, là-bas, où j'ai eu des visions de mourants. J'ai vu des gens marcher à côté de chars à bœufs, porter leurs enfants et leur nourriture sous les yeux d'hommes armés de fusils. J'ai vu guerriers et soldats s'affronter pendant que mon peuple se cachait parmi les herbes maculées de sang. J'ai vu des gens mourir de faim et de maladie. J'ai vu le bétail le plus gras se faire massacrer et le calumet de la guerre passer de main en main pendant que notre peuple pleurait ses morts. J'ai vu des chevaux et des serpents inertes dans la poussière rouge du soir. J'ai vu un enfant sourd courir dans un champ pendant que des soldats lui criaient de s'arrêter ; je l'ai vu se faire abattre pour n'avoir pas obtempéré. J'ai vu des fermes et des relais de ravitaillement brûler, ainsi que les fêtes et les danses qui se sont ensuivies. J'ai vu le vent fondre sur un cadavre et donner naissance à un aigle, qui s'est envolé dans l'aube rouge. J'ai vu des éclats de feu et des corps épars se dissiper comme une traînée de fumée. J'ai vu des cerfs et de petits animaux s'enfuir vers la montagne.

Plus tard dans la nuit, j'ai été réveillé par les tambours des esprits, du moins le croyais-je. Et je suis sorti observer les arbres. Les tambours ont cessé, mais je n'ai rien vu. J'ai regardé le ciel : là, j'ai vu le grand serpent noir, le hibou strident, le hibou à cornes et un groupe de gens s'approcher d'un arbre géant. Celui-ci était en feu, et il brûlait si intensément que le simple fait de le regarder m'a piqué les yeux. La fumée a enveloppé les hommes, et les cendres sont tombées du ciel comme des étoiles filantes. Il a fallu que je me couvre les yeux et que je rentre. Je suis resté allongé sans trouver le sommeil jusqu'à l'aube. Ma femme a dit que c'était une vision puissante de ce qui nous attendait. Tant de douleur et de souffrance. Tant de marches forcées, tant de morts.

J'ai aussi rêvé de l'arrivée de soldats à Kusawatiyi, et j'ai su alors qu'il nous fallait gagner la montagne, où ils ne nous trouveraient pas.

LES YUNWI TSUNSDI

On disait d'eux qu'ils étaient de petits êtres vivant dans la montagne, ce qui en inquiétait plus d'un. En effet, nous entendions le chant des tambours, et certains pensaient que c'étaient ces fameux esprits qui en étaient la cause, car ils aimaient beaucoup la musique et la danse. Ils habitaient ces grottes à l'époque où nos ancêtres peuplaient déjà cette terre. Au moment de l'épidémie de variole, lors d'un après-midi neigeux d'hiver, un chasseur tomba sur des empreintes d'enfants. Inquiet que ces petits meurent de froid, il suivit les traces de pas jusqu'à la grotte. Quelques jours passèrent. On se lança à sa recherche, croyant qu'un ours l'avait dévoré, mais quand il revint quelques semaines plus tard, il leur raconta qu'il avait attrapé la variole, et que les *Yunwi Tsunsdi* avaient pris soin de lui jusqu'à ce qu'il se sente assez fort pour repartir.

Ils lui arrivaient à la taille, raconta-t-il. Et ils l'avaient réconforté. Leurs mains et leurs yeux étaient de feu. C'étaient des créatures nocturnes, des voyageurs de la nuit comme les hiboux, et ils ne souhaitaient pas être vus. Leurs dents étaient pourries, leurs yeux globuleux. Notre peuple raconte que si l'on entend, à la nuit tombée, de la musique et des tambours, ce sont probablement les *Yunwi Tsunsdi*. Personne ne sait pourquoi ils sont si secrets, mais on les entend souvent dans la montagne, qui se révéla tout aussi mystérieuse qu'eux.

Mais ils sont les protagonistes d'une histoire essentielle : au début, on crut que le soleil se mettait en colère parce qu'il faisait très chaud, et l'on craignit que le monde brûle au cours d'une sécheresse. La terre fut privée de pluie pendant cent jours. L'herbe et les cultures dépérissaient, les rivières s'asséchaient; il y eut même des morts lors des pics de chaleur. Que faire? se demanda-t-on, et il fut décidé d'aller trouver les Petits Êtres dans la montagne pour chercher conseil. Ceux-ci déclarèrent que le soleil était jaloux de la lune parce que les humains la regardaient avec plaisir, alors que dans son cas à lui, ils plissaient les yeux. Le soleil ne comprenait pas son pouvoir sur la terre, savait seulement qu'il apportait la lumière, ce qui était une bonne chose. Il ne comprenait pas pourquoi les humains avaient si peur de le regarder, se protégeant les yeux, recherchant l'ombre.

Pendant des jours, un chien hurla dans la montagne. On crut qu'il annonçait l'arrivée de la pluie. Le maître de l'animal n'arrivait pas à le faire arrêter. Il tenta de le nourrir, de le réconforter, mais le chien continuait de hurler, encore et toujours, ne cessant d'aller et venir. Les Petits Êtres préparèrent une potion qui changea deux hommes en faucons. Ils prirent leur essor dans le ciel, directement vers le soleil, mais furent aveuglés, s'enflammèrent et s'écrasèrent.

Peu de temps après, les *Yunwi Tsunsdi* déclarèrent que le soleil était si triste qu'il s'était caché. Une grande pluie arriva, à la grande joie des humains. Le soleil aimait trop la terre pour la brûler.

La pluie dura six jours et provoqua une grande inondation. Les rivières débordèrent et détruisirent les maisons ; il y eut même des morts. L'homme et son chien furent portés disparus. Leurs corps ne furent jamais retrouvés. On dit qu'au cœur de la nuit, on peut encore entendre le triste hurlement de l'esprit du chien.

Bien-aimé : tandis que nous préparons nos affaires et nos provisions pour le voyage, nous entendons un triste hurlement descendre de la montagne.

La veille de l'arrivée des soldats, pendant que tu dormais, j'ai tendu la main et touché tes cheveux, ton dos, ton front. Tu as remué dans ton sommeil. De l'autre côté de la pièce, ta mère égrenait un épi de maïs. Ta magnifique mère, dont les cheveux retombaient sur son corps, me tournait le dos. Je me suis approché d'elle en silence pour voir son visage. À l'époque nous cultivions du maïs et de la courge, du tournesol et des potirons, et nous préparions les peaux de chevreuil ensemble. Le soir, nous nous promenions tous les deux, pour être seuls. Puis je commençais à sangloter en silence. Je m'allongeais à tes côtés et sanglotais, pour toi, pour ta mère, et pour notre peuple, qui devrait bientôt se cacher dans la montagne. Je sanglotais pour les nôtres qui seraient battus. Je sanglotais pour ceux qui seraient à bord des chariots et pour ceux qui gagneraient l'ouest à pied. Je sanglotais pour tous ceux qui allaient bientôt souffrir et mourir.

Mon fils, cette nuit avant l'arrivée des soldats, tu as rêvé qu'ils seraient bientôt là. Tu t'es réveillé en pleurs. Ta mère t'a interrogé jusqu'à ce que tu arrives à décrire ce que tu avais vu : les mourants tout autour de nous, dans les chariots, les champs et la neige. Tu as vu les engelures sur les mains des enfants. Tu as vu les nôtres tomber à terre. J'ai dit à notre peuple qu'il nous faudrait protéger la terre de la menace de l'hiver qui approchait. J'étais très perturbé par tout cela. Quand tu t'es rendormi, je suis resté éveillé, inquiet que ta prophétie soit pire que ton rêve. J'avais raison. Les soldats arrivèrent quelques heures plus tard.

EDGAR

4 septembre

À la maison pourrie, je regarde Jackson tailler une flûte à bec dans un morceau de bois. Il sculpte les trous puis se met à jouer, et j'écoute des morceaux ancestraux que je n'ai encore jamais entendus. Il m'explique qu'un de ses amis les lui a appris pendant qu'ils travaillaient sur ses hologrammes d'Indiens.

«Je ne vois pas ce qu'ils ont de si intéressant, les jeux que tu développes, je lui balance.

– C'est juste des jeux, rien de plus. Les gens aiment les simulations de sport.» Il tient le couteau en l'air et scrute sa lame. «Leurs possibilités sont infinies.»

Il se remet à tailler le bois et à renifler.

«Je vais en ville, dis-je.

– Où ça?

– Chez Rusty Spoon Records, chercher des albums. J'aime bien le gars qui bosse là-bas, il s'appelle Venery.

– Oh, Lyle le connaît. Il lui a acheté de l'herbe. Il a aussi tenté de lui vendre des cartouches de fusil. Apparemment, le gars en possède tout un tas pour la chasse. Touche-lui-en un mot et tiens-moi au courant.»

Je vais à pied au centre-ville. En chemin, je passe devant

des arbres aux branches pendantes, de vieilles voitures sans pare-brise. Je marche sur le trottoir d'un pas régulier. Quelques gamins font du skate un peu plus loin. L'un d'eux me voit et me montre du doigt. Je les regarde. Les autres descendent de leur planche et se rassemblent. Ils tiennent un bref conciliabule, puis me regardent à nouveau. Je les observe jusqu'à ce qu'ils fassent demi-tour et se carapatent.

À mon arrivée à la boutique, Venery est en train de passer en revue une pile de disques avec le pouce. Il lève les yeux sur moi, ses longs cheveux d'argent lui tombant sur le visage. On dit qu'il vit au fin fond des bois dans le nord-est de l'Oklahoma, aux environs de Quah, et plus je passe du temps chez lui, plus je trouve ça plausible.

« Jim Thorpe, dit-il dans un éclat de rire.

– Jerry Garcia ? »

Il rit d'une voix sifflante qui lui provoque une petite quinte de toux. « Je l'ai croisé il y a quelques années, précise-t-il. C'était lors d'une soirée à San Francisco dans les années soixante-dix, quand j'étais en tournée avec un groupe psychédélique qui s'appelait Venery et les Voyeurs. On fumait du hasch, et il m'a offert une boucle d'oreille que j'ai portée pendant vingt ans. »

Je le regarde. Il ne semble pas en porter.

« Dieu sait que mon oreille s'est infectée, et ça n'a plus jamais été pareil. » Il me raconte que son groupe a joué dans le district de Paseo à Oklahoma City et plus au sud, à Deep Ellum, et aussi dans les terminaux de l'aéroport de Dallas/Fort Worth. Il avait rejoint la Californie en voiture pour rester chez un cousin, non loin de Venice Beach. Il y a passé six mois avant d'être contraint de rentrer par manque de thune. «On n'arrivait pas à s'en sortir. Mais mon pote et moi, on avait mis au point une arnaque à L. A. où on faisait semblant de ne pas se connaître. On allait dans des bars et des boîtes. Lui s'asseyait au bar, et moi je débarquais un peu plus tard et je me mettais seul à une table. Au bout d'un moment il faisait mine de me reconnaître et commençait à dire à la cantonade que j'étais le frère de Jerry Garcia. Du coup, on avalait des boutons de peyotl ou on consommait de l'herbe et de l'alcool à l'œil. J'ai croisé de vrais tordus, là-bas. L'un d'eux m'a même raconté qu'il y avait des narvals qui se planquaient derrière une benne à ordures à Paseo. J'ai vécu un temps dans le fantasme d'être quelqu'un d'autre.

– J'ai l'impression que c'est très commun par ici.

– Tu as peut-être raison. Tu serais pas du genre sceptique ?

– Je suis surtout du genre paumé.

– C'est vrai que t'as l'air angoissé. Je l'ai vu à la minute où t'es entré. Tout le monde le voit, alors fais bien attention où tu mets les pieds. Certains chemins mènent à la douleur, d'autres nous ramènent à notre passé. Je suppose qu'on t'a accosté pour te poser un tas de questions sans queue ni tête ou te dire des choses volontairement ambiguës ? Des types avec la bouche qui tremble et les yeux protubérants ? Ne discute pas. La meilleure chose à faire, Chef, c'est de pas s'arrêter. Ne parle avec personne que tu ne connais pas déjà.

– Pourquoi moi ? je lui demande.

– Les Indiens courent pas les rues par ici, JT.

– C'est franchement malsain. As-tu déjà entendu parler d'un jeu avec Jim Thorpe ?

– Un jeu ? Tout ce que je fais, c'est m'occuper de la

boutique et lire à l'étage jusqu'à ce que j'entre en lévitation. Je fais pas grand-chose d'autre. Je fais confiance à personne. »

Son portable sonne. Il retourne derrière la caisse pour répondre. J'ai envie de passer en revue les albums, de penser à quelque chose d'agréable, car la musique m'apaise toujours. Mais plus je les observe, plus je me rends compte que je n'ai plus la motivation nécessaire. Je regarde Venery. Je n'entends pas ce qu'il dit, mais comme il n'arrête pas de me jeter des coups d'œil, je lui fais un signe et je pars.

Je repense au fantasme, à ce que Venery a dit sur le fait de se prendre pour quelqu'un d'autre. L'une des raisons pour lesquelles j'aimais bien quitter l'Oklahoma, c'est que je pouvais aller là où personne ne me connaissait. Je pouvais me balader avec Rae incognito. Je ne cherchais jamais à rester très longtemps quelque part.

De retour dans la maison pourrie, je constate que Jackson est préoccupé par l'imminence d'une tempête. Il est assis au bord du canapé et regarde la météo à la télé. « Je suis grave défoncé, là. Ça me fait flipper, tout ça.

– Tu as fumé ?

– Oui, quand t'étais dehors. J'étais un peu angoissé. Me regarde pas. »

À la télé, le présentateur météo paraît blême et épuisé. Le radar montre des blocs rouges et jaunes qui clignotent lentement en direction de l'est, indiquant l'approche d'une violente tempête. « Ça fait une semaine qu'ils en parlent, de celle-là, dit-il, les yeux collés à l'écran.

– Peut-être que la saison des tornades est passée.

– Y a pas de saison des tornades dans cet enfer. C'est tout le temps. Même en hiver, y en a des balèzes. L'an dernier une tornade de niveau 4 a soufflé au sud de la région, elle a arraché les toits des maisons et abattu les poteaux électriques. Y a pas de saisons, ici, t'avais pas remarqué ?

– Il fait plutôt beau pour le moment.

– Une tornade, ça peut se former très vite. Ça fait un quart d'heure qu'ils parlent aussi d'une possible inondation. La voilà, elle fonce droit sur nous. Tu vois ces traits rouges ? Les couleurs qui clignotent ? »

On regarde l'écran où le présentateur tapote son oreillette, où la voix parasitée d'un chasseur de tornade parle de vents soufflant jusqu'à cent kilomètres-heure. Le présentateur continue de tapoter son oreillette.

« Et la pluie risque bien une fois de plus de provoquer des inondations, dit Jackson. C'est à cause de ça que la maison est pleine de moisissures. Qu'elles le sont toutes. Mes poumons sont probablement tout noirs. Une grosse averse pourrait suffire à mettre à mal Thorpe 3D. » Il me regarde. « Tu pourrais pas faire une danse sacrée ou un truc dans le genre pour la faire cesser ? »

Je pars dans ma chambre sans même lui répondre. J'y reste un moment, observant le ciel gris par la fenêtre. Un jour, avec Rae, on s'est retrouvés coincés dans son appart en Oklahoma pendant une horrible tempête. Des grêlons de la taille d'une balle de baseball martelaient les voitures sur le parking, faisant exploser les pare-brise et endommageant le toit des maisons. Étonnamment, il n'y a pas eu de tornade, cette fois-là. L'électricité a été coupée, Rae et moi avons bu de la vodka au jus de canneberge à la lumière des bougies qu'on avait installées un peu partout dans la pièce. Un miracle qu'on n'ait pas foutu le feu.

Je repense à cette soirée, au ciel qui avait viré au même jaune que celui d'ici. Mais très vite, le ciel d'ici redevient tout gris, et des trombes d'eau s'abattent. Le vent se lève, soufflant dans les arbres. J'entends Jackson parler de ça au téléphone. La télévision hurle. La seule façon de passer le temps pendant une tornade est de se concentrer sur autre chose.

Je suis allongé sur le lit, et je contemple le plafond quand Jackson entre pour me dire que la tornade a dévié de sa trajectoire. « Elle se dirige vers le nord, donc c'est bon. J'ai eu un peu peur, Chef. On sait jamais.

– On sait jamais, je répète après lui.

– Les tornades ont un drôle d'effet sur moi. Je n'arrive pas à l'expliquer.

– Ça te fait flipper ?

– La peur, ça me fait autre chose. Là, c'est plutôt de l'excitation que je ressens. Je sais pas comment l'expliquer.

– T'es défoncé. »

Il ricane, puis s'assied au bord du lit à hauteur de ma taille, et on garde le silence. J'ai les mains derrière la tête, les yeux au plafond. Jackson enlève son t-shirt. Je n'en tire aucune conclusion. Il se tourne vers moi et attend que je le regarde. Quand je le fais, il pose une main sur ma cuisse. Je ne l'avais jamais vu torse nu. Il a la peau blanche, est plutôt mal fichu et rachitique, un peu comme moi. Puis il se penche sur moi, fait glisser sa main en haut de ma cuisse. Je l'arrête d'un geste et me redresse.

« Pardon », me dit-il en retirant sa main, et il détourne le regard, gêné. Je suis un peu secoué par ce qu'il vient de faire. Je ne comprends pas.

« Merde, pardon, il répète. Je me suis dit que t'en avais peut-être envie. »

Je secoue la tête.

Il se lève et quitte la pièce, refermant la porte derrière lui. Je reste au lit quelques minutes, me demandant pourquoi et comment j'ai pu l'induire en erreur ou dire quelque chose qui l'a poussé à faire ça.

Je finis par me lever pour aller au salon. Jackson n'est pas là, mais la porte du sous-sol est ouverte, et je descends. Il fait beaucoup trop chaud là-dedans, et ça pue la clope. Jackson est assis à un bureau, devant son ordinateur portable. Il y a des magazines militaires et sportifs éparpillés sur le sol. En dehors d'un meuble de rangement, la pièce est entièrement nue à l'exception de deux écrans : un contre le mur et l'autre par terre. Jackson lève les yeux sur moi, puis les repose sur son ordinateur. Nos ombres s'étirent au sol sous cet éclairage.

« Je sais pas quoi dire, il fait, tapant sans me regarder.

– Quoi ?

– C'était gênant, j'ai compris.

– Oui, je n'ai jamais voulu t'induire en erreur.

– Je n'aurais pas dû faire ça, Edgar. J'ai honte.

– Bon, y a pas non plus de quoi en faire tout un plat. »

Il s'arrête de taper et me regarde. Je vois qu'il regrette d'avoir tenté de me manipuler. « Vraiment, j'ai honte.

– C'est rien, je te jure. »

Il hoche la tête. « Est-ce que je peux au moins te filmer pour le jeu, tant que t'es là ?

– Bien sûr.

– Pour le jeu. » Il se lève et s'approche du seul meuble

de la pièce. Il en sort un fusil d'assaut en plastique, qu'il me tend.

« C'est pas un vrai, précise-t-il. Fais juste semblant de tirer vers la caméra. Je vais tourner quelques plans. »

Je regarde le fusil. Il me demande de me tenir contre le mur et de le pointer vers la caméra pendant qu'il filme. Je vois le voyant rouge clignoter. Il me fait prendre plusieurs fois la pose, tenir le fusil d'une main ou parfois des deux. Puis il me tend une hache factice, un vieil accessoire d'Halloween, et me demande de faire semblant d'attaquer qulqu'un. Je me jette dessus. Jackson met un genou à terre, l'œil à la caméra. Le voyant rouge continue de clignoter.

On finit par s'arrêter, et il me dit qu'il est très satisfait de ce que j'ai fait. « Ça va être super, dit-il.

– J'ai du mal à comprendre comment on peut mettre ça dans le jeu, je lui réponds. Je veux dire, quel rapport ça peut avoir avec une simulation de sport.

– C'est compliqué. Je bosse sur les bonus, ce genre de choses. Ça va être super, Chef.

– Je vais fumer dehors.

– Moi, je reste bosser ici. »

Je remonte fumer une cigarette dans le jardin. Je tente de savoir quels sentiments m'inspire Jackson. C'est assez confus. Je remarque un ruisseau non loin de là, plein d'eau boueuse où des ridules et des bulles se forment à la surface. Je m'approche. Je vois quelque chose bouger très lentement, comme un petit serpent. L'eau, pourtant peu profonde, est si trouble que je n'arrive pas à déterminer sa taille, mais ça semble trop long pour être un serpent. Je ne vois pas de tête, seulement un corps argenté remuant sous l'eau. Je me souviens que mon père m'avait raconté un mythe cherokee à propos d'un petit garçon qui tend la main vers un serpent et se fait emporter sous l'eau. J'ai la phobie des serpents. Je n'aime pas les rivières et les lacs, même si j'ai grandi à leur proximité.

Un homme assis sur la véranda de la maison d'à côté me hèle.

« Bonjour, vous êtes qui ? » crie-t-il, avant de se lever et de s'approcher de moi. Il doit être âgé, la peau de son visage est toute flasque et tavelée. « Vous êtes qui ? demande-t-il à nouveau.

– Edgar.

– On se connaît ? »

Je hausse les épaules. « Je ne sais pas. Je loge chez Jackson Andrews.

– Le concepteur de jeux ? » Il parle d'une voix basse et grave et semble essoufflé. « Vous prenez beaucoup de cachetons ?

– Quoi ?

– Des cachetons. Vous en prenez beaucoup ? Comme tous les gens du coin, défoncés à mort. C'est pour ça qu'on a atterri là.

– J'en prenais quand j'étais à Albuquerque.

– Bah, je sais pas pour vous, mais moi je cherche un moyen de foutre le camp d'ici. Comme nous tous. Vous êtes coincé ici, vous aussi.

– Qu'est-ce que vous voulez dire par là ? »

Il tousse de la poussière, puis secoue la tête.

« J'ai le ventre noué, ici », dis-je sans trop savoir ce que j'entends par là.

Il regarde la maison de Jackson, et repose les yeux sur moi. « Faut que je file », lâche-t-il en s'éloignant.

« Attendez, qu'est-ce que ça veut dire, tout ça ? je fais, mais il ne s'arrête pas. Attendez », je lui crie.

De retour dans la maison, je vais droit dans ma chambre, et je ferme la porte. Puis je m'allonge sur le lit et réfléchis à ce que le voisin a dit, au fait d'être coincé ici, de ne pas pouvoir partir. Il me semblait que je pouvais partir quand je voulais. Je me revois me balader dans la ville, sous le regard des habitants. Je suis soudain pris d'une quinte de toux. J'en ai les larmes aux yeux. Au bout de quelques minutes, je me détends et suis sur le point de m'endormir quand mes oreilles commencent à siffler. Je me tourne sur le côté. Mes yeux sont fatigués. J'entends la chasse d'eau des toilettes du couloir, et je sombre dans le sommeil.

Et puis il se passe la chose suivante. À un moment donné, je me réveille en pleine nuit, complètement déboussolé. Il me faut un moment pour me rappeler où je suis, ce qui m'entoure. Une forte pluie tambourine sur le toit. Je vois le verre d'eau sur la table de chevet, ainsi que mon sac et mes chaussures par terre. Quand je me redresse, je distingue la silhouette d'un vieil homme debout dans l'encadrement de la porte, comme une apparition. Je ne le reconnais pas. Il a des cheveux longs et argentés qui tombent négligemment. J'ai trop peur pour pouvoir dire quoi que ce soit.

L'espace d'un instant, je sens que chacun est conscient de la présence de l'autre, que je suis un peu perdu, même si le sentiment que j'éprouve est beaucoup plus clair que ça. Lorsqu'il me tourne le dos pour s'éloigner, je me lève et le suis. Il va dans la salle de bain, où il regarde son reflet dans le miroir. Il lève les mains pour le toucher, incline la tête, s'observe. Je vois son image dans le miroir, mais elle est beaucoup trop floue. Quand je tends la main pour allumer la lumière, il disparaît. Je l'éteins aussitôt, mais il reste introuvable. J'allume et éteins la lumière plusieurs fois d'affilée. Il ne réapparaît pas. «Où êtes-vous ?» je chuchote. Je l'appelle, mais il ne répond pas. Je le cherche à travers la maison plongée dans le silence, le vieux parquet grinçant sous mes pieds dans l'obscurité. Je jette un œil à la chambre de Jackson, qui dort le dos tourné à la porte et ronflote dans le bourdonnement du ventilateur de plafond.

Je regagne sans un bruit la salle de bain, mais n'y vois toujours pas le vieil homme. À nouveau, j'allume et éteins la lumière, je l'appelle dans un murmure. Puis je retourne dans ma chambre et vais à la fenêtre. Au fond du jardin, un faucon est posé sur la clôture, immobile. La lune met du bleu dans le ciel nocturne. Je vois comme un flash dans l'obscurité, mais ne comprends pas de quoi il s'agit. Je m'assois sur le lit et découvre qu'il est déjà presque quatre heures du matin. Quelles conclusions tirer de cette apparition ? Je ne parviens pas à me rendormir, trop perturbé par ce dont j'ai été témoin, trop effrayé par ce que ça signifie.

Je vois de nombreuses personnes cette nuit-là : des femmes et des hommes, une couverture sur les épaules, traversant le couloir. Je vois des enfants se faire porter. Je vois des gens ramper, tendre les bras, m'appeler au secours. Il ne cesse d'en arriver de nouveaux. Ils traversent le couloir et passent devant ma chambre. Dans le noir, je ne vois pas leurs visages, mais leurs corps semblent lutter contre le vent, avancer avec effort. Mes ancêtres, je réalise soudain. Mes ancêtres avançant sur la Piste des larmes.

Mes oreilles sifflent quand je me retourne sous les couvertures. Qu'est-ce que ça signifie ? Leur sifflement, plus aigu que jamais, s'amplifie. J'appuie mes mains contre mes oreilles, sans quitter des yeux le couloir obscur. Je me sens forcé de regarder ces gens passer. Ils avancent péniblement, sans cesser de marcher, de tomber.

MARIA

4 septembre

Ernest me dit que j'ai le don de garder mon calme en toute circonstance, même dans les moments de tension extrême. Après la mort de Ray-Ray, je me suis fixé comme seul objectif de faire en sorte que mes enfants restent en vie. Je les couvais, je les surveillais quand ils allaient jouer dehors, parfois à leur insu, j'écoutais à la porte de leur chambre quand ils discutaient au téléphone ou que leurs amis dormaient chez nous. Ma tension artérielle a soudain augmenté; j'ai commencé à faire des crises de panique, ce que je n'avais jamais connu jusqu'alors. Je m'assurais toujours, quand Sonja et Edgar sortaient avec des amis, qu'il ne se passe pas une heure sans qu'ils m'appellent pour me dire que tout allait bien. Je gardais les albums de famille à côté de mon fauteuil et les feuilletais de temps à autre pour jeter un œil aux photos de mes enfants, y compris Ray-Ray. Ma sœur Irene disait que ça m'aiderait toujours à me sentir mieux, et j'ai eu la surprise de découvrir qu'elle avait raison.

Après avoir déposé Wyatt au collège, je rentre à la maison et m'installe au salon pour regarder les photos d'Edgar dans les albums. Celles que je préfère ont été prises quand il était petit, lors de fêtes d'anniversaire ou à Noël. Elles me comblent de joie chaque fois que je les contemple. Ernest est là, il me sourit. Quelque chose a changé dans la configuration de la pièce, ce que je comprends être le léger frémissement d'un tremblement de terre.

« Tu as senti ? il me demande.

– C'était un tremblement de terre ? C'est ça, hein ?

– Peut-être. Mais rien de bien méchant. »

Je remarque qu'il y a de l'émerveillement dans ses yeux noirs. Ils sont parfois plus éloquents que ses mots, et je devine qu'il va me parler de l'esprit de Ray-Ray.

« Je sais à quoi tu penses », dis-je.

Il est assis sur le fauteuil inclinable, et je vois qu'il a mis ses baskets. Il se penche pour faire ses lacets, puis il s'adosse contre le dossier et me regarde.

« Je sens qu'Edgar va rentrer à la maison, dit-il. Ça fait des mois que je ne me suis pas senti aussi bien. Des années, même.

– Ça m'étonnerait.

– Comment ça ? Quelque chose me dit que la situation va s'améliorer. Et la nuit dernière le petit a voulu dormir avec nous.

– Qui ça, Wyatt ? »

Il hoche la tête.

« Je dormais ? Je ne me rappelle même pas m'être réveillée la nuit dernière.

– Tu dormais. Il est venu de mon côté du lit, comme faisait Ray-Ray.

– Non, c'était sans doute un rêve. Ça m'arrive tout le temps.

– Il est entré dans notre chambre en pleine nuit. Il m'a

tapoté le bras. Je me suis réveillé et je l'ai vu. Il était là, exactement comme faisait Ray-Ray. »

Je scrute son visage pour tâcher de comprendre ce qui lui arrive. Je garde le silence, sans pour autant le quitter des yeux.

« C'était Wyatt, mais c'est aussi Ray-Ray qui était là », me dit-il à nouveau.

Je sens le rouge me monter au visage. « Qu'est-ce qu'il a dit ? je lui demande d'une voix calme.

– Je l'ai suivi jusqu'ici. » Il regarde la pièce, la montrant d'un geste des mains. « Il y avait des ampoules colorées suspendues un peu partout. Il y avait des ballons. Je me suis assis par terre, et il m'en a apporté un. Il m'a aussi apporté une pierre qui s'est éclairée dans mes mains. Il m'a dit de regarder à l'intérieur. »

Je secoue la tête. Alzheimer lui fait de nouveau perdre la boule. Je ne veux pas en entendre davantage.

« J'ai tenu cette pierre entre mes mains comme un oiseau. J'ai regardé cette lumière. Elle était jaune. Et puis je la lui ai rendue, et il m'a dit d'aller me coucher, de me reposer, parce qu'il fallait que je me rétablisse. »

Le soleil éclaire le salon de son rayon oblique par la fenêtre qui donne sur la terrasse. J'y vois flotter des particules de poussière, qui retiennent mon attention jusqu'à ce qu'Ernest quitte la pièce. J'éprouve le besoin urgent de faire quelque chose, sans vraiment savoir quoi.

Je repense à Edgar. Dans le tiroir de la table basse, je garde une liste de numéros de téléphone, que je consulte à la recherche de celui de Desiree. Je ne le trouve nulle part, mais tombe sur celui d'Eddie, un de ses amis qui vit aussi au Nouveau-Mexique. Je l'appelle. Quand il décroche, je lui demande tout de suite si Edgar va bien.

« Qui est à l'appareil ? fait-il.

– Eddie, c'est moi, Maria, sa mère. Il va bien ? Tu l'as vu ?

– Ah. Ben, oui, je l'ai vu y a quelques jours. Ça avait l'air d'aller. Qu'est-ce qui se passe ?

– Il t'a dit s'il comptait rentrer ?

– Je sais plus trop. Je crois qu'il m'a dit qu'il avait un train à prendre. Ça avait l'air d'aller, ne vous inquiétez pas. »

J'éprouve un énorme soulagement – qu'il ne soit pas blessé, qu'il envisage de rentrer à la maison. « Ça fait plaisir à entendre, Eddie. Si tu le vois, tu peux lui dire de m'appeler ? Il ne répond pas, et je suis un peu inquiète. Mais je suis ravie de savoir qu'il va bien.

– Oui, je crois que Rae et lui ont rompu. Mais ne vous inquiétez pas. Si je le vois, je lui dirai que vous m'avez appelé.

– Merci, Eddie. »

Après avoir raccroché, je respire profondément et me laisse aller contre le dossier du fauteuil, tout en me demandant si Eddie ne m'a pas menti pour couvrir Edgar.

Je commence presque à croire Ernest quand il dit que Wyatt est habité par l'esprit de Ray-Ray. Ce n'est pas si délirant. Quelle mère ne voudrait pas que l'esprit de son enfant décédé reste auprès d'elle ? Pendant des années, j'ai cherché Ray-Ray, des signes et des preuves qu'il nous observait. Un jour, j'ai trouvé une plume turquoise, rouge, rose et jaune. Elle ne ressemblait à aucune de celles que j'avais pu voir jusque-là, et n'appartenait certainement pas à un oiseau de la région. Sonja avait dit que c'était un cadeau de Ray-Ray, et bien que cela m'ait fait rire sur le moment, j'ai secrètement souhaité que ce soit vrai, et d'une certaine façon, j'y ai vraiment cru.

Quand Wyatt rentre des cours, ce jour-là, je me surprends à le dévisager. Il y a quelque chose de changé, soit en moi soit en lui, je ne saurais dire. Mais je sens que le lien qui nous unit est beaucoup plus fort. Ce soir, je fais la lecture au foyer de l'enfance, et quand j'en parle à Wyatt, il me dit qu'il connaît certains résidents.

«C'est des jeunes de mon collège. Certains sont au club d'échecs. Ou au club de théâtre. On forme une espèce de famille, même si je n'ai jamais dormi là-bas.»

Une famille. Quelle curieuse façon de les décrire, me dis-je. Certains gamins arrivent au foyer couverts d'hématomes ou de marques sur les jambes. Certains ont des poux, des infections cutanées, parfois même des maladies graves comme l'hépatite C. Wyatt me demande s'il peut m'accompagner et prendre son cahier pour leur lire une histoire. Bien sûr, je dis oui.

À notre arrivée, sans surprise, de nombreux jeunes le reconnaissent, tous les enfants perdus, garçons ou filles, même les plus grands. Ils l'accueillent en lui tapant dans la main, en lui tendant le poing, et lui demandent s'il est toujours président de la Fondation contre la violence à l'école, ce que j'ignorais, puisqu'il ne m'en a pas parlé.

«Le proviseur Holt a dit que j'avais trop d'activités extrascolaires quand j'ai commencé à faire des blagues sur la classification décimale de Dewey, leur dit-il. Je vous pose la question, comment ce type fait-il pour jeter si mal les dés ? »

Éclats de rire, poings tendus. « Ce sont de bons petits », me dit Sarah, la coordinatrice de l'aide sociale à l'enfance.

Wyatt joue au ping-pong contre un adolescent plus grand que lui, Antonio, qui appartenait à un gang. Ce dernier a passé six mois dans un établissement pénitentiaire pour mineurs à Altus avant d'être libéré et placé sous la tutelle de l'État. « Colérique », voilà comment tout le monde décrivait Antonio, mais c'est faux, m'a dit Sarah ; il est au foyer depuis trois mois et il n'y a pas eu le moindre incident ou la moindre explosion de colère, même quand on lui demande de faire les corvées habituelles, comme nettoyer la cuisine ou faire le ménage. Wyatt perd le match, blaguant sur le fait qu'il a laissé gagner Antonio. Il lui dit quelque chose à l'oreille, et celui-ci rit si fort qu'il est plié en deux.

« Il est barré, le mec », dit Antonio, qui rit encore, tandis que tout le monde se réunit dans la salle commune. Les jeunes sont assis par terre devant Wyatt, tous sans exception ; même les plus grands avec leur ballon de basket et leurs raquettes de ping-pong sont assis pour écouter son histoire. Sarah et moi regardons, un peu étonnées que tout cela soit si naturel, l'ascendant de Wyatt sur les autres, son autorité évidente, et ce malgré son jeune âge.

« L'histoire s'intitule *Doe stah dah nuh dey* », leur dit-il, sans prendre la peine de le traduire en anglais, pour eux comme pour moi. Je ne connaissais pas cette phrase, même si je parle un peu cherokee. Un des plus jeunes lui demande si ça ressemble à l'histoire qu'il leur a racontée au club de théâtre, « Le garçon qui n'avait jamais grandi », d'après

Peter Pan, et que Wyatt avait écrite un an plus tôt. Celui-ci se lance alors dans une longue explication sur les histoires inspirées d'autres histoires, et sur le fait que des personnages identiques prennent parfois des formes différentes.

« Écoutez, écoutez, dit-il, les histoires ont toujours des points communs, pas vrai ? Elles sont comme un médicament, sauf qu'elles n'ont pas mauvais goût. Elles nous font du bien. Pas besoin d'une seringue dans le bras ou la hanche. » Pour finir, il leur assure qu'il s'agit d'une histoire inédite.

Il était une fois, dans une petite ville qui s'appelait Quah, un garçon taciturne qui vivait au bord d'une rivière noire. Un jour ce garçon s'enfuit de chez lui après avoir désobéi à son père. Il alla se baigner dans la rivière, sans savoir qu'y habitait un serpent géant, *e nah dah*, connu pour bondir hors de l'eau et emporter les gens dans un monde souterrain où régnaient les ténèbres. Le serpent ouvrit grand la bouche et s'empara du garçon qui se baignait, l'emportant sous terre…

Wyatt brandit les mains comme des griffes et fait une grimace, ce qui me rappelle Ray-Ray, bizarrement. Une expression si étrange, me dis-je. Je comprends désormais ce que disait Ernest, du moins sous cet angle particulier. Son visage, sa façon d'abaisser les commissures de ses lèvres, de parler et sourire. Je revois mon fils.

… et le garçon s'aperçut qu'il était dans un autre monde, la Terre sombre. Tout autour de lui, des personnes qui avaient elles aussi été emportées sous terre par le serpent. Il vit des buses mortes et des poissons morts au bord de la route. Il vit une nuée de vautours dans le ciel. Personne ne le regardait ou ne lui parlait. Au loin, il entendit des détonations.

« Au secours ! » cria-t-il, mais personne ne répondit.

Alors le garçon s'enfuit. Il ne savait pas où aller, mais il courut et tomba sur un groupe de gens : des hommes armés de fusils suivaient d'autres personnes qui marchaient et trébuchaient par moment. Les hommes armés leur donnaient alors des coups de pied et hurlaient, forçant les autres à marcher, encore et encore.

Le garçon se cacha derrière une bâtisse délabrée et regarda, impuissant. Il vit des oiseaux se rassembler, faire des bruits. Il vit la pluie tomber de la terre vers le ciel.

Les résidents du foyer sont tous captivés. Wyatt est si charismatique. Qu'il ressemble tant à Ray-Ray sur ce point est confondant. Cela me rappelle quand il se livrait à ses imitations, faisant de grands gestes de la main, il était tellement drôle. Wyatt a la même façon de parler, le même sourire canaille, même lorsqu'il raconte une histoire pleine de désespoir et de douleur.

Soudain un aigle géant, plus grand que le garçon, se posa devant lui. L'oiseau déploya ses ailes, puis se transforma en homme aux longs cheveux d'argent. Il s'approcha du garçon et lui demanda de ne pas avoir peur de ce qu'il voyait. « Leur souffrance est pour toi, lui dit-il. Et maintenant, rentre chez toi.

– Comment puis-je rentrer chez moi ?

– Je t'y emmène », lui dit l'homme, qui redevint un aigle et demanda au garçon de grimper sur son dos. Avec précaution, le garçon monta, et ils s'envolèrent en direction de l'ouest sous un ciel pâle.

Wyatt referme son cahier et regarde les jeunes.

« Attends, dit l'un d'eux. C'est tout ? Et la suite ?

– J'ai encore une histoire à vous lire », leur dit Wyatt.

Je vois désormais ce dernier sous la forme d'un reflet dans le ciel, rêveur et mystique, entouré d'esprits bienveillants. C'est un aigle qui prend son essor dans les nuages avant de revenir au foyer pour divertir des jeunes défavorisés. J'ai une vision de lui dans un hôpital auprès de malades, d'invalides, de junkies, de handicapés – et même de défunts qui se sont infligé leur propre blessure par balle, leurs propres coupures aux poignets et au cou. Je le vois réconforter les nôtres, ceux qui sont morts de maladie et de fatigue sur la Piste des larmes, les enfants et les anciens. Et maintenant, tous ces jeunes l'écoutent, notre étrange et merveilleux Wyatt, ce garçon qui peut visiblement tout faire.

Il était une fois un certain Tsala, un Nunnehi.

« C'est quoi, un *Nunnehi* ? demande une fille.

– Un esprit. Un immortel qui vit partout », répond Wyatt.

Un jour, il chercha une femme d'une grande beauté pour qu'elle devienne son épouse. Il chercha dans chaque clairière de la forêt. Il marcha des heures durant mais ne la trouva jamais. Cette nuit-là, il fit un rêve. Un faucon géant lui apparut. Le rapace déploya ses ailes et dit d'une voix qu'il reconnut comme sa propre voix : « Va dans une montagne lointaine, tu y trouveras ta future épouse.

– Qui es-tu ? » demanda Tsala, mais le faucon s'envola dans la nuit.

Wyatt écarte les bras comme s'il avait des ailes, pour imiter l'envol du rapace. Une fois de plus, je revois

Ray-Ray, je me souviens presque de lui dans cette même pièce, faisant ce même geste avec ses mains. Comme une impression de déjà-vu. Et pourtant, je sais que Ray-Ray ne m'a jamais accompagnée au foyer. Je tâche de me rappeler s'il a déjà battu des mains comme un oiseau bat des ailes, mais sans succès. Il a joué dans une pièce de théâtre à l'école primaire, une fois – c'est peut-être arrivé ce jour-là. La vision s'efface aussi vite qu'elle m'est venue.

À son réveil, tard le lendemain matin, il se retrouva entouré d'un groupe d'enfants. Ils le regardaient tous, avec de grands yeux émerveillés. L'un d'eux lui dit, « Es-tu Tsala ? L'homme qui nous sauvera ?

– Je cherche mon épouse, dit Tsala. Mais d'abord, je vais vous aider à rentrer chez vous. »

Il ramena les enfants dans leur village, déterminé à ce qu'ils rentrent sains et saufs. Ils passèrent devant la montagne où vivaient les *Yunwi Tsunsdi*, puis suivirent un sentier à travers bois. Ils marchèrent sous des nuages lourds, dans le grondement lointain du tonnerre. Bientôt, une pluie légère se mit à tomber. À leur arrivée au village, le tonnerre se rapprocha, et la pluie tomba plus fort.

« Il faut que je parte, leur dit Tsala.

– Attention aux soldats », l'avertirent les enfants.

« Attends, dit un garçon. Qui sont les *Yunwi Tsunsdi* ?

– Les Petits Êtres, dit Wyatt. Des personnages de vieux contes cherokees. Mais c'est tout pour aujourd'hui. Et maintenant, réfléchissez à ce que je viens de vous raconter. »

Je suis un peu sidérée de l'avoir écouté, presque fascinée moi aussi, et je le suis encore quand Wyatt se lève pour retourner jouer au ping-pong. Après cela, il redevient un gamin comme les autres, discutant de films, de musique.

« Wyatt est vraiment incroyable », me dit Hank, un des responsables. Il inspire de l'oxygène dans son inhalateur. « Je passe mes journées à régler des conflits, chaque jour. Certains de ces jeunes sont des fugueurs et des délinquants. Certains se sont fait expulser d'un placement de longue durée pour s'être drogués ou avoir volé le personnel. D'autres se font embarquer par la police et déposer ici. C'est rare qu'il n'y ait pas de conflit à régler. »

Cela fait vingt ans que je vois des jeunes arriver au foyer ou le quitter. Le tribunal les place sous la tutelle des services sociaux, et ils restent là le temps d'être placés en centres d'hébergement. Il arrive qu'ils fuguent pour retourner dans la rue, et tout le cycle repart de zéro. Quand je travaillais au foyer, c'était moi qui accueillais les jeunes à leur arrivée. Après qu'ils s'étaient changés et douchés, qu'ils avaient déposé en lieu sûr leurs biens les plus précieux, qu'ils avaient pris leurs draps et leur oreiller, et qu'ils étaient passés devant la salle de stockage du matériel médical pour rejoindre leur chambre, je m'asseyais avec eux pour qu'ils me racontent ce qui leur était arrivé dans la rue. Ils se livraient à moi – c'était un cadeau. J'avais rarement besoin d'intervenir, je souriais et leur disais que j'étais là pour les aider. Une partie de mon travail consistait à être à l'écoute de ces jeunes qui en avaient vu assez en six mois pour être en mesure de peupler les cauchemars de toute une vie.

Un des grands va voir Hank pour lui demander quelque chose. Hank demande alors à un membre du personnel de venir.

« Paolo a besoin de son traitement contre l'asthme », lui dit-il, avant de montrer son inhalateur et de se tourner vers le garçon. « J'ai le mien ici, alors je te comprends, fiston. Tiens bon, ça va aller. » Une fois que Paolo s'est éloigné, Hank me raconte que ce dernier, âgé seulement de seize ans, a été hébergé dans sept familles d'accueil différentes au cours des quatre dernières années.

« J'en ai croisé beaucoup dans mon travail, des comme lui, dis-je.

– Son père fait partie de ces petits crétins qui portent des chemises de flanelle, conduisent une Firebird 1993 et chiquent du Red Man. Mais Paolo est un bon garçon.

– J'en ai peut-être aidé quelques-uns durant toutes ces années. J'espère, en tout cas. »

Nous regardons Wyatt taper dans la main de certains des plus jeunes. Puis il s'approche de nous, et je lui demande ce que signifie le titre de son histoire.

« Je croyais que vous parliez cherokee.

– Un tout petit peu. Mais je n'ai pas compris le titre quand tu l'as dit.

– *Doe stah dah nuh dey*. Ça veut dire "Mon frère". »

Sur le trajet du retour, la ville semble plongée dans le silence et l'isolement. La route, en direction du pont à l'est, longe des bâtiments vides et délabrés. Quelques pick-up de soudure sont garés sur le parking passablement désert d'un vieux motel. « Là-bas, au beau milieu des arbres et des collines, dis-je à Wyatt, Woody Guthrie a marché sur une route poussiéreuse et marmonné les paroles d'une chanson folk, guitare en bandoulière.

– On a chanté "This Land Is Your Land" chaque jour pendant trois ans à Sequoyah. »

On roule un moment en silence.

« Je pense que vous êtes une bonne mère », me dit-il.

Je mets mes lunettes de soleil et pleure sans faire de bruit, si bien qu'il ne s'en aperçoit pas, je crois. Quand nous arrivons à la maison, il va faire ses devoirs dans sa chambre, et moi je file à la cuisine, où j'attrape une poêle pour préparer le dîner. Puis je sors sur la terrasse, m'attendant à y trouver Ernest, mais il n'est pas là. Je l'appelle, mais il ne répond pas. Je suis prise de panique – qu'ai-je fait ? Est-ce que j'ai laissé un malade d'Alzheimer livré à lui-même ? Je le cherche dans la maison, me précipitant de pièce en pièce, criant son nom, mais il n'est nulle part. Wyatt sort de sa chambre et me demande ce qui se passe.

« Ernest n'est pas là », dis-je.

Il écarquille les yeux, l'air affolé. « Vous avez regardé à l'extérieur ? Il y est peut-être. Je vais vous aider à le chercher. »

Wyatt se dépêche de sortir. Je prends mon téléphone dans mon sac pour prévenir Sonja, mais elle ne répond pas. Je laisse un message : « Sonja, c'est maman. Je crois que papa est parti. Rappelle-moi dès que tu auras ce message. » Puis je me précipite dehors.

À la seconde où je sors, je suis assaillie par une douleur dans la poitrine, que j'identifie comme de la peur. Je fais le tour de la maison en courant, prise de vertiges et le souffle coupé.

C'est à ce moment-là que je le vois, près du jardin.

« Ernest », je lui dis, en me tenant la poitrine. Je suis encore essoufflée. « J'ai cru que tu avais disparu. »

Je m'approche de lui et le prends par la main. « Bon sang », je lâche.

Il me regarde comme il ne m'a plus regardée depuis longtemps. Il prend mon autre main dans la sienne. « Maria, me dit-il. Je me souviens de détails que j'avais oubliés, comme la combinaison du coffre dans notre dressing. Trente-six, onze, vingt-deux. » Il sort son jeu de clés de sa poche et les passe en revue une à une, énumérant ce qu'elles permettent d'ouvrir.

Je n'en crois pas mes yeux. « Tu te souviens de chaque clé, j'ai dit.

– Ça m'est revenu d'un coup. Le Dr Patel a dit qu'il porte une casquette Titleist quand il joue au golf. La semaine dernière, j'ai regardé le concours de Miss Cherokee à la télé. Celle qui a gagné s'appelle Aiyana, et elle portait la même robe que sa grand-mère autrefois. Ses matières préférées sont la science et l'histoire, tu te souviens ?

– Qu'est-ce qui se passe ? » je lui demande.

Il éclate de rire, je pose la tête contre sa poitrine et il me prend dans ses bras.

C'est peut-être la saison des miracles. Peut-être que la terre soigne elle-même ses propres tremblements et sécheresses, peut-être que les abeilles ne meurent pas, et que les nuées de sauterelles qui déferlent avec tapage nourrissent les rongeurs, les reptiles et les créatures rampantes. Quand le soleil sort de derrière un nuage et qu'Ernest me demande si nous allons appeler le Dr Patel, je ne cesse de me dire que commence pour nous la saison des guérisons. «Je veux lui dire que je me sens beaucoup mieux, dit-il.

– Oui, oui.

– Mais je crois que son cabinet est fermé à cette heure-ci.»

Je m'en fiche. Je prends mon téléphone et j'appelle. «Ceci est un message pour le Dr Patel. De la part de Maria Echota. La femme d'Ernest. Il se passe une chose merveilleuse avec sa mémoire. Nous pensons que son Alzheimer a disparu. Il a retrouvé la mémoire d'un coup – incroyable, non? Je crois… je crois qu'il est guéri!» Je raccroche, les mains tremblantes.

Wyatt apparaît soudain au coin de la maison, essoufflé et le visage tout rouge. «Elle vous a retrouvé. Waouh, vous êtes un autre homme.»

«Je me sens mieux que jamais, dit Ernest un peu plus tard, de retour à la maison. Et regarde-moi ce gamin qui nous fait cadeau de sa présence.»

Wyatt entre dans la salle à manger, vêtu d'une chemise et d'un pantalon à pli, les cheveux bien peignés, encore mouillés après sa douche. «Je me sens toujours mieux après une bonne journée de travail et une douche, dit-il. La douceur de l'eau, le parfum du shampoing.»

Je commence à balayer la terrasse pendant qu'Ernest ratisse les feuilles pour préparer le feu de joie d'après-demain. Je décide de repousser le dîner pour profiter de la belle soirée dehors avec lui. Je n'arrive pas à croire à son énergie retrouvée. Il met dans un sac ce qu'il a ratissé, le ferme et le porte jusqu'à la poubelle. Quand il revient sur la terrasse, nous parlons de nos enfants. De Ray-Ray, aussi, et Ernest rit en racontant la fois où il s'était déguisé en fantôme pour Halloween. « Tu te souviens qu'on lui avait simplement jeté sur la tête un vieux drap blanc où on avait découpé deux trous ? »

J'éclate de rire moi aussi à ce souvenir. Nous rions tous les deux. Et puis Ernest décide d'aller acheter de la glace pour fêter sa forme retrouvée.

« J'ai l'impression d'être ivre, m'avoue-t-il. Comme si j'avais passé ma journée à boire. Je veux manger un bon dîner. Et boire un bon verre de vin.

– Ça fait des mois que tu n'as pas touché à un verre d'alcool.

– Depuis le mois d'avril de l'année dernière. C'était le jour où nous avons rencontré Wes Studi en ville. Il était venu assister à un enterrement, je m'en souviens. Mon chapeau lui avait plu.

– Oui, je m'en souviens aussi. »

Il met déjà ses chaussures pour sortir. Alors je me change en vitesse et nous partons dîner tous les trois dans un bon restaurant. Ernest commande un verre de rosé, ce qui me met mal à l'aise, mais il lève l'index et dit qu'il ne veut rien entendre.

« Laisse-moi en profiter tant que ça dure, me dit-il. Ça fait longtemps que je ne me suis pas senti comme ça. Mon énergie est décuplée. Je n'ai plus mal au dos. Je ne suis même pas essoufflé d'avoir marché de la voiture jusqu'au restaurant.

– Vous êtes guéri, dit Wyatt.

– Ton dos va mieux, lui aussi ? »

Il se lève devant les autres clients, tend les bras en avant et fait une génuflexion. Il trottine sur place. Je commence à être gênée et lui demande de se rasseoir.

« Peut-être nos prières ont-elles finalement été exaucées », dit-il, se rasseyant sur sa chaise et buvant une gorgée de vin.

Nous profitons du long repas, sans nous presser, puis partons nous promener. On s'arrête à la boulangerie Morgan's pour offrir des choux à la crème à Wyatt, pour son plus grand plaisir. Je suis sur un petit nuage.

« Si seulement Edgar était là », dit Ernest en retournant à la voiture.

J'appelle immédiatement notre cadet et lui laisse un message. « Mon chéri, rappelle-nous s'il te plaît. On voudrait que tu sois là pour le feu de joie de Ray-Ray. Je ne suis pas en colère, et papa non plus. On veut que tu viennes. Rappelle-moi, s'il te plaît. »

« Gare à la barbe, dit Ernest, une fois rentré. Vous vous souvenez quand James Harden a quitté le Thunder ?

– J'aimerais bien me laisser pousser la barbe, un jour, dit Wyatt.

– Tu as quinze ans, tu peux commencer dès à présent.

– D'après qui ?

– D'après ma femme si intelligente. » Ernest me fait un clin d'œil. « Elle connaît tous les bons sportifs à barbe : Johnny Damon, James Harden. Tu crois que je plaisante, fiston ? Vas-y, pose-lui la question.

– Ernest passe son temps à regarder du sport à la télé, je dis à Wyatt. Depuis des années, il ne regarde que ça, alors du coup je m'y suis mise, moi aussi.

– Kareem aussi était barbu », ajoute Ernest.

Je tâche de me souvenir de la dernière fois où il s'est

seulement rappelé le nom d'un sportif. On dirait que le garçon lui a saupoudré sur la tête quelque chose d'angélique et invisible qui lui a fait retrouver la mémoire, du moins temporairement. Ernest parle d'un match de baseball à Arlington, au Texas, où les Rangers ont battu les Red Sox après avoir renvoyé une balle flottante de Wakefield. « Wakefield, répète-t-il. Sa balle flottante fusait ou ratait. Regarde des matchs au plus haut niveau. Bien sûr, pour ce qui est du sport en Oklahoma, Jim Thorpe est le plus grand sportif que nous ayons jamais vu, tout le monde te le dira. »

Wyatt veut en savoir plus. C'est revigorant d'écouter Ernest, et je me dis que le garçon lui transmet une énergie qui a stagné pendant des mois, voire des années. En l'écoutant parler, j'ai l'impression d'entendre mon mari trente ans plus tôt, avant qu'il connaisse tous ses problèmes de santé, son arthrite et son hypertension, avant Alzheimer, quand il était plus sociable. Redevenir jeune, partager des anecdotes, rire – c'est merveilleux. S'asseoir sur des chaises de jardin et lever les yeux sur un feu d'artifice. Boire de la limonade dans l'humidité d'un soir d'été. Tout va redevenir possible, je m'en rends compte.

« Maria, me dit-il, incapable de cacher son excitation, tu te souviens de la vieille Chevrolet que j'avais dans les années soixante-dix ? Celle avec les sièges baquets ?

– Bien sûr.

– Tu les adorerais, dit-il à Wyatt. Je me souviens quand je les ai restaurés, j'avais retiré les butoirs en caoutchouc et les attaches du dos pour atteindre la toile de jute. J'avais déshabillé le dossier, retiré l'appuie-tête. Tu te souviens, Maria ? Mon copain Otto m'avait donné un coup de main.

On avait utilisé des câbles spéciaux pour attacher le cuir à la mousse.

– C'était quoi comme modèle ? demande Wyatt.

– Une Nova. »

Wyatt acquiesce. « Une voiture bien solide.

– Je portais des pattes à l'époque, dit Ernest. Otto bossait chez le carrossier du centre. On écoutait du rockabilly à la radio. Elvis et Eddie Cochran. Wanda Jackson, qui est de l'Oklahoma. Otto bossait avec un certain Phil qui jouait de la guitare et faisait du picking aussi vite que Chet Atkins ou Jerry Reed. Tu as entendu parler d'eux, hein, fiston ?

– Oh que oui.

– De vraies légendes. J'ai des disques au sous-sol.

– Cool », fait Wyatt avec un hochement de tête.

Ils descendent, Ernest ouvrant la marche. Il est plein d'énergie. Sa posture et tout son corps semblent avoir changé. Comment ont-ils pu s'améliorer aussi soudainement ? Pendant qu'ils sont en bas, j'appelle Irene et lui raconte ce qui se passe.

« Tu plaisantes ? me dit-elle. Ernest est guéri ? C'est possible, ça ?

– Ça semble fou, mais c'est vrai. Il est guéri.

– Son traitement serait efficace, finalement ?

– Il est plus heureux. Il se sent vivant. Il se tient droit.

– C'est bizarre qu'il retrouve la mémoire aussi brusquement.

– Elle paraît infaillible. Tout à l'heure, il m'a même parlé du revêtement en cuir de notre vieille Oldsmobile d'il y a quarante ans. Quarante ans ! C'est tout juste si je me souviens de quelle couleur était la voiture, alors celle des sièges, tu penses.

– Tu devrais peut-être appeler son médecin ? S'il se souvient soudain aussi précisément de vieux détails, ça me semble très bizarre. Mais c'est merveilleux qu'il se remette à parler comme avant.

– C'est vraiment merveilleux », dis-je, un peu hésitante, observant par la fenêtre la silhouette sombre des arbres, leurs branches tortueuses et intriquées.

SONJA

4 septembre

J'ai été réveillée au milieu de la nuit par un horrible cauchemar. J'étais à Quah, pourchassée dans la rue où Ray-Ray est mort. Vin et Calvin Hoff me poursuivaient, me rattrapaient, jusqu'à ce que Calvin soit assez près pour me saisir par le cou. Je le regardais dans les yeux et voyais ses bajoues tremblotantes, son regard furieux. Il tentait de m'étrangler. De m'étouffer. Il appuyait son corps contre moi, mais tout ce que je sentais, c'étaient ses mains sur mon cou. Vin me hurlait de la fermer, de ne pas bouger. Je me débattais, incapable de me libérer, et quand je me suis réveillée j'ai senti un poids sur ma poitrine comme jamais auparavant.

Je n'ai pas bien dormi après ça, quelques heures à peine. Finalement je me suis levée et suis allée boire mon café matinal à la cuisine. J'ai laissé un message à Edgar, pour la centième fois, et je suis sortie m'occuper des plates-bandes. Le soleil brillait, il faisait chaud et humide. Il y avait plein de moustiques, donc je ne me suis pas attardée. Une fois rentrée, j'ai pris une douche et me suis habillée. Quand j'ai regardé mon téléphone, j'ai remarqué que Vin m'avait laissé un message.

« Passe à la maison ce soir. J'ai envie de toi. J'avais envie de toi hier soir. Appelle quand tu as une minute. »

Je ne l'ai pas rappelé. Le peu de désir que j'avais éprouvé pour lui, je l'ai perdu, et je lui en veux toujours. Depuis la soirée de la veille au casino et notre étrange séparation, mes sentiments pour lui sont passés de la colère à l'indifférence. Ça m'attriste un peu, parce que j'ai développé un vrai lien avec Luka, le gentil Luka, qui me rappelle tant Ray-Ray. Mais je sais que les choses sont allées trop loin avec Vin. Je me demande s'il va parler de moi à son père. Chaque fois que je repense au rêve que j'ai fait, je me sens bizarre. Le rêve est-il un avertissement m'intimant de garder mes distances avec la famille Hoff ? Les esprits me disent-ils que j'avais tort de faire ça ?

Dans la cuisine, je fouille les tiroirs à la recherche de Valium, mais n'en trouve pas. Il se passe un peu de temps avant que ma frustration retombe. Je me dis que mes parents ont peut-être du Xanax ou quelque chose pour me calmer, alors je descends la rue jusque chez eux.

« Salut maman, dis-je en ouvrant la porte. Je suis venue voir le jeune que vous hébergez. » Ça me gêne de mentir.

« Wyatt est au collège », lance ma mère depuis le salon. Je prétends que je dois aller aux toilettes, puis fouille dans l'armoire à pharmacie, en vain. Ma mère me demande d'aller me promener avec papa, ce qui me permettra peut-être de ne plus penser à Vin, et nous partons marcher dans la rue jusqu'aux arbres que papa aime bien peindre, un endroit où nous nous rendons à chaque fois qu'on cherche un peu de solitude et de tranquillité. Papa me dit qu'il veut peindre un verger plein de pommiers, de poiriers et de pruniers. Il aime les couleurs concentrées, les jaunes, les rouges et les verts. Je me souviens des fois où je le regardais à l'œuvre, quand j'étais petite. J'observais ses mains, ses yeux pleins de chagrin, j'étais attentive à l'incroyable précision et à la grande sensibilité de son travail. Je voyais des ombres et des reflets astucieux, un peu de beauté dans un monde instable. Je me souviens de la pure clarté d'un après-midi paresseux où j'étais venue jouer à cet endroit même il y a si longtemps, entourée d'herbes hautes et de futaies d'érables et de chênes.

«J'adorais peindre quand j'étais petit, me dit-il. On habitait à onze dans une petite maison près de Briggs. Je t'ai déjà parlé du plancher qui grinçait ? Mes sœurs et moi on n'arrêtait pas de sauter dessus rien que pour agacer notre mère.

– J'adore quand tu me parles de ton enfance», je confesse. Je le garde pour moi, mais je suis stupéfaite qu'il s'en souvienne.

«Il y a longtemps que je ne me suis pas senti aussi bien.

– Qu'est-ce qui s'est passé ?

– Ce gamin, Wyatt, il me rappelle Ray-Ray, dit-il sans me regarder, comme s'il pensait à haute voix. Peut-être nos prières ont-elles été exaucées.

– Nos ancêtres veillent sur nous.

– Oui, c'est vrai. J'ai raconté à Wyatt quelques vieilles histoires sur notre famille.

– Je me souviens de certaines d'entre elles.

– Edgar et toi, vous aimiez que je vous raconte l'histoire de Tsala quand vous étiez petits. Comment les soldats l'ont abattu parce qu'il refusait de quitter la terre. Elle est importante, celle-là.» Il baisse les yeux sur ses mains. «Je n'ai pas vu Edgar depuis notre dernière visite.

– Je pense qu'il va rentrer à la maison. Qu'il va chercher du travail ici. La dernière fois que je lui ai parlé, Desiree venait de rompre avec lui et il était perdu. Je n'ai pas arrêté de le taquiner avec ça, mais il ne m'a rien dit de ce qu'il comptait faire. Il n'en savait rien. Faudrait qu'il rentre, qu'on puisse lui venir en aide.

– Il sait qu'on veut qu'il rentre.

– Je n'arrête pas de le lui répéter. »

Il me regarde, l'air hésitant. « Desiree a une bonne influence sur lui. Elle a appelé il y a quelques jours, elle s'inquiète pour lui.

– Qu'est-ce qu'elle a dit ?

– Rien. Elle n'a rien dit si ce n'est qu'ils avaient rompu et qu'elle souhaitait nous en informer. J'ai dit à ta mère qu'on devrait peut-être retourner à Albuquerque. »

Je le regarde et constate qu'il a pris un air sérieux. « Pour une autre de vos interventions ?

– Si nécessaire. Il faut le ramener avec nous pour qu'il puisse mettre un peu d'argent de côté. Et pour le tirer de cette situation. »

De retour à la maison, on reste un moment sur la terrasse. Je suis bouleversée de revoir papa comme ça – d'un si grand soutien à l'égard de ses enfants dans les moments difficiles, exactement comme il l'a été après la mort de Ray-Ray. Puis ma mère nous rejoint et propose qu'on aille au bord du lac.

« Il faut que je te présente Wyatt quand il rentrera, me dit-elle. Il est charmant et intelligent. Il faut que je te dise, il nous rappelle ton frère.

– C'est ce qu'a dit papa. Le type avec qui je suis sortie l'autre jour a un fils qui s'appelle Luka et qui ressemble un peu à Ray-Ray. Son visage, ses expressions. C'est très étrange.

– Avec Wyatt, c'est plus qu'une simple ressemblance », ajoute papa, et je vois maman lui tapoter le bras sans trop savoir pourquoi. Ils me cachent quelque chose comme ils le font parfois. Je décide de ne pas insister. Sincèrement, je m'en fiche un peu de ce gamin – je m'en fais plus pour mes problèmes personnels, avec Vin d'un côté, et Edgar qui ne rappelle jamais.

Soudain on voit un faucon descendre en piqué au bord de la route, devant nous. Papa le montre du doigt. Le rapace s'est perché et tourné vers nous avant de s'envoler dans les bois. « Je le vois de temps en temps, ce faucon, dit papa. Je me demande toujours si c'est ton frère qui nous observe. Ou peut-être un ancêtre.

– J'aime bien l'idée que ce soit l'esprit de Ray-Ray, je renchéris. Il nous jouerait des tours, c'est sûr. Pas vrai ? Ça ne m'étonnerait pas. »

Au cours de la promenade, nous entendons la voix d'une petite fille, un peu plus bas dans la rue, et un instant plus tard nous l'apercevons. Elle court vers nous, en appelant : « Wolfie ! Wolfie ! » Quand elle arrive à notre hauteur une minute plus tard, elle est tout essoufflée. « Vous avez vu mon chien ? nous demande-t-elle en respirant fort. Il s'appelle Wolfie.

– Il ressemble à quoi ? je fais.

– C'est un croisement de bergers », répond-elle, tâchant toujours de reprendre son souffle. Elle doit avoir huit ou neuf ans. « Il s'est enfui. Il a le poil marron clair et un collier avec son nom dessus. »

Ma mère la prend par la main et lui promet qu'on va

l'aider à le chercher. On se dépêche d'aller sur le sentier menant au lac, et on appelle Wolfie en sifflant. « Où il est ? » n'arrête pas de demander la petite.

Au bout de quelques minutes, ma mère s'agenouille à sa hauteur. « Comment tu t'appelles ? Est-ce que ta maman ou ton papa sont là ? Il faudrait qu'on les trouve, eux aussi.

– Je m'appelle Sarah. J'habite avec mon papa dans la maison, là-bas. » Elle montre du doigt une maison grise de l'autre côté du lac. « Lui aussi cherche Wolfie. »

Ma mère lui demande : « Pourquoi tu es toute seule ? Qu'est-ce qui s'est passé ?

– J'ai couru pour essayer de trouver Wolfie. Mon papa cherche de l'autre côté. »

Papa et moi nous sommes agenouillés à notre tour. « Mais il te cherche sans doute, je lui dis. Il faut qu'on le retrouve.

– Tout va bien se passer, lui dit papa. Tout ira bien. »

La fillette est presque dans un état d'hystérie, et ma mère la prend dans ses bras quelques minutes. Papa met les deux petits doigts à la bouche pour essayer de siffler. « J'arrivais à siffler comme ça, avant », dit-il, déçu, puis il s'aperçoit que Sarah a le visage baigné de larmes. J'imagine toute la compassion qu'il éprouve pour elle. Il comprend qu'elle appréhende tellement que son chien ne revienne jamais qu'elle en a du mal à respirer. C'est un sentiment que nous comprenons tous. Dans ces moments-là, aucun réconfort n'apaise la peur.

Ma mère a décidé de partir avec Sarah à la recherche de son père, et nous avons promis de continuer à chercher Wolfie. Papa et moi reprenons le chemin de la maison. Les bois peuvent être touffus par endroits, et sombres, aussi.

À l'approche de la maison, mon téléphone sonne. C'est Vin. Je ne décroche pas.

À la cuisine, je prépare un verre d'eau avec des glaçons pour papa et lui apporte dans le salon. La fenêtre donne sur le jardin, où l'on aperçoit des oiseaux en train de picorer. Ils s'envolent, puis se dispersent. Quand j'étais petite, Edgar et Ray-Ray passaient leurs samedis matin dans cette pièce, à regarder de vieux films en noir et blanc avec papa : Laurel et Hardy, les Marx Brothers, Mickey Rooney – moi je n'aime pas trop le burlesque, je n'ai jamais été sensible à son hunour puéril.

Je me prépare une salade. J'ai trouvé des myrtilles et des tranches de pommes au frigo, avec un flacon de vinaigrette. Il y a une bouteille de vin blanc à moitié pleine, je m'en sers un verre et me mets à table. Tout en mangeant, je joue un peu à Balloon Pop sur mon téléphone. Après quoi je sors sur la terrasse fumer une cigarette. Un peu plus loin sur le sentier, je vois ma mère discuter avec la fillette et un homme que je devine être son père. C'est un grand type baraqué aux cheveux bruns, il porte une veste et des bottes. Difficile de voir à quoi il ressemble de là où je suis, mais il me rappelle quelqu'un que j'ai vu dans un film, ou à la télé, peut-être à cause de son allure ou de ses vêtements. J'arrive vaguement à discerner les traits de son visage, mais pas complètement. De loin il a l'air plutôt solide, en bonne forme. Il se penche avec une attitude protectrice pour réconforter Sarah (qui le serre contre elle), et discute avec ma mère. Puis la gamine fait demi-tour, s'éloigne, et l'homme la rejoint.

« Alors ? je demande à maman quand elle arrive sur la terrasse.

– C'était le père de Sarah, mais on n'a pas trouvé son chien. Pauvre petite, elle est si malheureuse. Son père s'appelle Eric.

– Ah, très bien. Il est marié ?

– Marié ? Il ne me l'a pas dit.

– Il t'a dit depuis combien de temps il habite là ? C'est la première fois que je le vois.

– Il ne me l'a pas dit. Eh, Wyatt a fini les cours et devrait bientôt être là. Tu veux faire sa connaissance ?

– Je ferais mieux d'y aller. Il faut que je passe un coup de fil.

– Appelle Edgar, il te parlera peut-être, à toi.

– Je l'ai déjà appelé plusieurs fois, ça m'étonnerait qu'il réponde. Mais qui sait ? Il est tellement imprévisible. »

Je rentre à pied. Ma maison silencieuse respire la tristesse. Chaque pièce dans laquelle j'entre est plongée dans un silence diffus, et je laisse les pièces insuffler leur présence en moi. J'entends leurs murmures, à moins que ce ne soient les murmures de l'esprit des ancêtres. Et je repense à ce qu'a dit papa à propos de notre ancêtre Tsala. Je sais qu'il faut que je l'écoute, que j'écoute son courage. J'imagine papa parler au vent et au ciel sous le regard de nos ancêtres. Tout en prêtant l'oreille au silence de la maison, je replonge dans la peur. Je m'inquiète toujours trop, le genre de crainte fébrile et traumatisante qu'on éprouve en voyant approcher la colonne d'une tornade. Je sens mon angoisse se réveiller, et suis tendue à l'idée que Vin puisse passer.

Je m'installe dans le fauteuil du salon et regarde vaguement la télé, c'est un film sur un pilote qui devient aveugle et refuse l'assistance de sa femme. Il met la maison sens dessus dessous, brise des objets en verre, renverse des lampes et des tables. Je jette un œil dehors et découvre un cardinal sur le rebord de la fenêtre. Il déploie ses ailes et s'envole.

J'éteins la télé pour me détendre, mais sans succès. J'appelle Edgar, pareil. Cette fois, je ne laisse pas de message. Je prends un bain chaud, qui me permet temporairement de me sentir mieux, mais très vite une lassitude s'empare de moi, et j'ai l'impression qu'il règne une forme d'agitation dans la maison. Je me sens oppressée dans la chaleur assommante de mon bain, comme si quelque chose pesait sur moi.

Ce soir-là, comme je m'y attendais, Vin m'appelle. Il a l'air un peu éméché. J'attends que le répondeur s'enclenche, et j'écoute son message. «Je passerai un peu plus tard», dit-il. Et c'est tout, rien de plus. Je fais une partie de Balloon Pop sur mon téléphone, et j'éteins ma lampe de chevet pour fumer une cigarette dans le noir. Colette s'est changée en fumée dans la maison, circulant de pièce en pièce. Je sens sa présence dans l'obscurité. Je la sens partout, ces derniers temps : dans ma chambre, le couloir, quand je prends mon bain le soir. À moins que ce ne soit la présence d'une tout autre personne ?

Mes sens sont aux aguets au milieu de la nuit, comme si j'avais le pouvoir d'accéder à un lieu qui m'était inaccessible dans la journée. Je sens les battements de cœur de la pièce, sa respiration, j'entends aussi un son rythmique, comme un bruit de bottes dans le lointain. J'ai la vision d'un inconnu m'observant par la fenêtre, puis fracturant la porte et me traînant dehors. J'ai l'impression d'être redevenue une petite fille – terrifiée après avoir entendu un bruit étrange, comme quand j'allais réveiller papa pour le lui dire.

J'émerge plusieurs fois de mon sommeil, je crois, errant dans cet espace entre rêve et vision. À un moment, j'entends murmurer à mon oreille cette phrase en langue cherokee : *Aniyosgi anahili, aniyosgi anahili* – « Les soldats sont en marche, les soldats sont en marche. » Je l'entends encore et encore, lancinante comme un cauchemar.

À trois heures du matin, quelqu'un frappe à la porte. Je me redresse dans mon lit, en sursaut. On frappe de nouveau, et je jette un œil par le store de ma chambre, soulagée de découvrir la voiture de Vin. J'allume la lumière du salon, et quand j'ouvre la porte, il se glisse immédiatement à l'intérieur, empestant la cigarette et le whisky.

« T'es bourré ? »

Il tient à peine debout. Il s'approche et m'embrasse. Je le laisse faire, mais seulement une minute. Puis je me recule et lui demande où il était – et où se trouve Luka ? Il fronce les sourcils, s'approche de moi, et m'embrasse de nouveau, tout en me caressant les bras. Il commence à m'embrasser dans le cou, et au bout d'un moment, je m'écarte brusquement.

« Qu'est-ce que tu veux ? me demande-t-il en riant. Dis-moi ce que tu veux. »

Il m'attrape par les cheveux, comme quand on a couché ensemble, mais plus fort cette fois, de façon plus irritante.

« Arrête », je dis en le repoussant. Il me prend par le bras et se met à le serrer sans crier gare.

Un flash me traverse l'esprit, et quand je lève les yeux sur lui, il est en uniforme, l'air presque menaçant. Il y a quelque chose dans son visage, son expression, comme si je ne le reconnaissais plus. « Tu me fais mal, dis-je. Vraiment, Vin, arrête.

– Allez, dit-il en me serrant le poignet. J'ai fait toute cette route pour te voir. Allez. »

Je libère mon bras avec plus de force, cette fois, et le repousse. « Arrête, Vin. Tu me fais mal. » Je suis en colère.

« T'es qu'une cinglée d'Indienne, dit-il en me lâchant le poignet. Rien qu'une sale traînée. »

Sans réfléchir, je me jette sur lui, mais il m'attrape le bras et le tord, m'attirant vers le sol. Je crie mais il ne me lâche pas. Puis il me gifle violemment, et je m'effondre.

Aucun homme ne m'a jamais frappée de la sorte. J'ai la joue en feu, et la sensation de brûlure ne fait qu'empirer tandis que je porte la main à mon visage.

Je me mets à hurler « J'appelle les flics ! » et cours me réfugier dans la salle de bain, verrouillant la porte derrière moi. Mon cœur bat la chamade. Mais je réalise que je n'ai pas pris mon téléphone, et je me mets à faire les cent pas pour reprendre mon souffle. Il n'a pas l'air d'être derrière la porte, heureusement. Il s'en faut de peu que je pousse un nouveau cri, que je me mette à tout casser autour de moi. J'ai dû me mordre la lèvre parce que j'ai un goût de sang dans la bouche. Dans le miroir, je découvre que ma joue est toute rouge. Je me passe le visage à l'eau froide, puis attrape une serviette près du lavabo pour l'appliquer sur ma peau.

Je m'assieds sur le bord de la baignoire, la tête entre les mains, incapable de pleurer malgré ce qui vient de se produire. Un sentiment surgit en un instant, une fébrilité, une irritabilité, du genre qui vous persuade de partir avant qu'il ne soit trop tard. Je le sens m'oppresser, me suffoquer, m'intimer l'ordre de quitter les lieux au plus vite. Que suis-je censée faire ? Il n'y a pas de fenêtre par laquelle sortir. Je suis toute seule dans une salle de bain fermée à clé, sans téléphone. Prise au piège.

Je reste dans la salle de bain pendant au moins vingt minutes, peut-être davantage. Ça me semble durer une éternité. Heureusement, Vin n'a jamais tenté de défoncer la porte. À un moment, je me demande s'il n'est pas déjà parti ; il règne un tel silence, je ne l'entends pas. Malgré tout, il me faut rester en sécurité, trouver un moyen de me protéger. J'ouvre des tiroirs sous le lavabo, où je déniche une paire de ciseaux. Il y a aussi de l'alcool à quatre-vingt-dix, que je pourrais toujours lui jeter à la figure. Rien de tout cela ne me prépare à l'affronter. Je reste collée à la porte un moment, pour écouter, mais il n'y a rien que du silence. Finalement, agrippée aux ciseaux, je déverrouille la porte et sors.

J'entre lentement dans le salon, sans un bruit. Vin est affalé sur le canapé, endormi. Je me hâte de récupérer mon téléphone sur le sol, et je retourne près de lui. Il a la bouche ouverte, et il marmonne quelque chose quand je prononce son prénom à haute voix.

« Vin, je répète. J'appelle la police, il faut que tu partes. Tu m'entends ? Hé, Vin. »

Il est trop soûl pour répondre, et visiblement pas en état de prendre le volant. J'ai envie de le gifler. Je pourrais, là, tout de suite, il ne ferait rien pour m'en empêcher. J'hésite à appeler la police, et puis je pense à Luka. Que lui arrivera-t-il si son père va en prison ? Je ne peux pas lui faire ça. Je n'ai plus les idées assez claires. Vin est dans les vapes, et du coup je me dis que je ne suis plus en danger.

Je pense un instant demander à quelqu'un de passer le prendre, mais il est quatre heures du matin ; qui pourrais-je appeler ? Dans la cuisine, je me verse un verre de vin, tâchant de savoir ce que je vais faire de lui quand il se réveillera. Au fil des minutes, je me dis que je ne pourrai pas lui pardonner. Je le regarde dormir, me disant qu'il est faible et pitoyable. Il dort profondément, la bouche ouverte, et ronfle. Je ne supporte pas de le voir. Je ne supporte pas d'être sous le même toit que lui.

Dans le couloir, j'allume la lumière et ouvre la porte du sous-sol. Je retourne calmement dans le salon et le secoue pour le réveiller. « Vin », je répète, encore et encore. « Viens te coucher. Allez, Vin, viens te coucher », jusqu'à ce qu'il remue et ouvre les yeux. Je le tire par le bras, et, à force, il finit par se lever en marmonnant quelque chose. Je le conduis dans le couloir en le tenant par la main, et l'aide à descendre l'escalier. À un moment, j'ai cru qu'il parlait de Luka, mais je n'ai pas répondu. Je veux simplement m'assurer qu'il arrive bien en bas. Une fois au sous-sol, je lui dis de s'allonger. « Dors, dors », je lui dis.

Il se couche sur le côté, dans mon ancien lit, et ferme les yeux. Je suis si tendue que j'éprouve le besoin de m'asseoir un instant sur les marches de l'escalier pour récupérer. Il remue et marmonne à nouveau, ce qui me fait sursauter. Je sens encore l'odeur d'alcool qui émane de lui. Je l'enjambe, tends la main vers une de ses poches de pantalon et, prudemment, j'en sors son téléphone. Il a encore son portefeuille et ses clés de voiture sur lui. Puis je remonte et referme la porte derrière moi, la verrouillant pour qu'il ne puisse pas sortir. Je me sens enfin en sécurité de le savoir en bas, enfermé.

À la cuisine, je pose son téléphone sur la table et sors sur la véranda, où j'allume une cigarette. Puis je vais me promener sur le sentier au bord du lac, comme je l'ai fait tant de fois, avec le reflet de la lune à la surface de l'eau et la terre meuble sous mes pieds. Je suis enfin apaisée, et ce bien que je sois seule dehors, au beau milieu de la nuit. Un peu plus loin sur la rive, je m'assieds et me mets à fredonner une chanson, une berceuse que me chantait maman. *Les loups s'en vont, les loups s'en vont, et les tendres enfants resteront.* Je fredonne d'autres chansons de mon enfance, y compris certaines que je ne comprends pas ou dont j'ai presque oublié les paroles. Puis je fais une prière au Grand Esprit pour qu'il me bénisse de sa protection et me donne la paix.

Au bout d'une vingtaine de minutes, je retourne à la maison. Je ne descends pas au sous-sol – Vin a besoin de dessoûler – mais j'éprouve le besoin de vérifier chaque pièce. Je passe la tête à l'intérieur de ma chambre et baisse tous les stores de la maison. Je regarde dans la penderie du couloir, dans la salle de bain, sous le lit et dans la douche. Ensuite, je m'assieds par terre dans la cuisine, en silence, de manière à pouvoir entendre Vin, qui se trouve juste au-dessous, au cas où il se réveillerait. Il est cinq heures du matin, et le soleil va bientôt se lever. Je ne suis même pas fatiguée. Je prends son portable et fais défiler ses textos, ses mails et ses photos.

Qu'il aille se faire foutre, je me dis. Dans son téléphone, il y a des photos de femmes. Je les efface, ainsi que toutes les autres photos, sauf celles de son fils. Puis j'efface tous ses contacts et poste un message sur ses réseaux sociaux : « Ce soir, j'ai frappé une femme. J'ai frappé une femme. J'ai frappé une Indienne. »

TSALA

Bien-aimé, c'est toujours quand nous avons le plus besoin de l'entendre que la terre nous parle. À mon époque aussi, la montée du niveau des océans et les terres brûlées nous inquiétaient. J'ai toujours été à l'affût d'un avertissement. Notre famille croyait fermement à celui prononcé par Tecumseh, lequel avait prédit que des soldats viendraient nous chasser de notre terre : il y eut une sécheresse. Il y eut de grands vents et un hiver au froid mordant.

Tu sais que ce fut une époque terrifiante pour nous. Nous étions effrayés mais prêts à défendre notre terre. Notre peuple a refusé de partir, même après avoir été trompé par le gouvernement et son traité frauduleux. Nous n'avions pas confiance en eux.

Il pleuvait, la nuit où nous avons réuni quelques familles et nous sommes éclipsés pour nous cacher dans des grottes de montagne. J'ai dit aux autres dans la langue des Cherokees : « Ce que nous faisons affectera notre peuple pour les années à venir. » J'ai repensé à toutes les visions que j'avais eues, à toutes celles des autres, à la prophétie de la migration, espérant qu'elles seraient démenties. Cette nuit-là, dans la grotte, l'une des femmes eut si peur pour son nouveau-né qu'elle se précipita sous la pluie avec un tomahawk en hurlant « Tue ! Tue ! » Elle sentait avec une telle force la présence d'un esprit qu'elle lança le tomahawk dans le ciel nocturne, sous la pluie, et qu'il ne retomba jamais, ne fut jamais retrouvé. Cette nuit-là, il tomba de gros grêlons.

Il nous restait alors dix nuits avant qu'ils viennent détruire nos maisons. Nous les avons vus de loin, grouillant sur notre terre comme une meute de loups, tirant des coups de feu. La menace était grande, désormais. Les soldats avaient reçu l'ordre de rester civils, mais ils détruisirent nos cabanes et nos granges. Égorgèrent nos poules, nos cochons et notre bétail. Poussèrent nos femmes et nos anciens à coups de baïonnette, les forcèrent à sortir de chez eux pour les enfermer dans des enclos. À la fin, beaucoup d'entre nous n'avaient plus que leurs vêtements – tout le reste avait disparu. Nous avons senti un grand malheur se répandre sur nous. Les soldats ouvraient les tombes pour dépouiller nos défunts de leur or, loin d'être rebutés par l'odeur de putréfaction qui emplissait l'air. Si nous ne risquions rien en détention, deux hommes et moi n'avons pas supporté de ne pouvoir aider notre peuple, et nous sommes sortis, les armes à la main. Et toi, mon courageux fils, tu nous as accompagnés.

Aussitôt, les soldats nous ont repérés, puis encerclés. Nous avons attaqué et nous nous sommes battus, mais ils étaient trop nombreux. L'un d'eux t'a frappé d'un coup de pelle, alors je me suis jeté sur lui avec mon couteau, lui ai tailladé le bras. Les autres soldats m'ont attrapé et maintenu au sol. Ils m'ont attaché avec une corde. Je leur ai dit de me tuer d'abord, mais ils ont refusé. J'ai fermé les yeux et baissé la tête quand ils m'ont mis en joue avec leurs fusils. Je t'ai supplié de ne pas regarder, même s'ils te l'ordonnaient.

EDGAR

5 septembre

Je n'arrêtais pas de me réveiller, pris de quintes de toux. Dans mon sommeil, j'ai rêvé qu'une femme m'apportait un panier d'osier plein de maïs aux couleurs de l'arc-en-ciel, de haricots gésiers et de graines de bignone de Virginie. Elle était très belle, mince, avec de longs cheveux noir de jais.

« Mon cadeau pour toi, me disait-elle. Je plante des fleurs de cerisiers roses pour qu'elles s'épanouissent dans ce monde gris. Les Sept Danseuses, l'amas des Pléiades, est notre maison. Cherche mes fleurs de cerisier le long de la route et suis-les. Souviens-toi que pour les *Tsalagi* tout est question d'harmonie. » J'ai vu de la fumée sortir de sa bouche quand elle s'est éloignée.

Après cela, j'ai sommeillé jusqu'à ce que la pièce s'illumine, au matin. À mon réveil, je sens qu'il faut que je parte de chez Jackson. Je reste allongé un moment, puis je me lève et constate qu'il est sorti. Je me prépare une omelette et du café, puis j'allume la télé du salon. La Terre sombre est en feu, d'après les infos. Des flammes jaillissent de partout. L'hélicoptère de CBS 8 montre la vue aérienne d'un pont, d'où montent de grands panaches de fumée et des flammes. Il affirme que d'après les sapeurs-pompiers, un pyromane a déclenché le feu près du pont du Diable. Le reporter interviewe un témoin, un jeune homme avec un casque rouge à la main, qui dit chercher des gens dans les bassins de boue radioactive, juste à côté. « J'ai vu des tas de gens par ici, dans le passé, dit-il.

– À quoi vous sert le casque ? demande le reporter.

– C'est pour un jeu. J'en dis pas plus. »

À la télé, je découvre des panaches de fumée noire flotter au-dessus du pont. Je vois des flammes bondir. Je finis mon petit-déjeuner en contemplant ce spectacle. « C'est une ancienne base militaire pour les essais nucléaires, dit un représentant municipal au journaliste. Nous avons analysé des explosions nucléaires souterraines pendant cinquante ans, et je peux vous dire avec la plus grande certitude qu'elles ont laissé des traces radioactives dans cette zone. Voilà pourquoi elle est interdite. L'incendie est d'origine criminelle. »

Je sors fumer une cigarette sur la véranda. Il tombe un léger crachin. À l'autre bout du jardin, une silhouette floue rôde autour des arbustes tel un brouillard sombre, et dans le crachin, j'aperçois un oiseau solitaire à l'horizon. Il tourne en rond dans le ciel avant de disparaître dans les nuages bas. Le silence règne, un trop grand silence, et j'entends les cloches d'une église au loin. Une fois rentré, je mets un disque de Bauhaus. Il est cinq heures passées. Je m'assieds par terre pour l'écouter, les yeux au plafond. Quand la musique se tait, je retourne le disque pour écouter l'autre face. Je n'arrête pas de faire ça, écouter une face puis l'autre.

Quand Jackson rentre, il fait nuit et je suis toujours là, en train d'écouter le disque. Il pose sa sacoche et se plante devant moi. « Il y a une réunion ce soir, me dit-il. Des gars qui bossent dans le jeu vidéo. C'est pas très loin, à environ un kilomètre d'ici. Mon ami Lyle, qui bosse sur le jeu de Thorpe avec moi, veut faire ta connaissance. Peut-être pour faire des vidéos, genre où tu danses avec une coiffe de plumes d'aigle ou secoues la tête comme un animal.

– Tu veux que je secoue la tête comme un animal ?

– Les gens seront fascinés, Chef. Qui sait – quelqu'un aura peut-être de la bonne méthamphétamine pour que tu te mettes en condition. De la bonne, Chef. Parfois, Charlie a même du speed mexicain. »

Il va prendre une douche et je remets le disque. À la cuisine, je réchauffe un reste de pizza au micro-ondes. Après s'être préparé, Jackson vient manger pendant que je cherche ma brosse à dents dans mon sac. Je ne la trouve pas et me demande où je me les suis brossées pour la dernière fois. Elles sont en mauvais état à cause de la meth. Je change de t-shirt avant de partir.

Jackson semble pressé, alors il prend le volant et emprunte une route que je ne connais pas. On traverse la voie ferrée, et une volée de merles se répand dans le ciel obscur. Je repense au coq sauvage, que je n'ai pas vu depuis un bout de temps. Je sais qu'il est toujours dans les parages, attendant le bon moment pour m'attaquer en piqué, planter ses serres dans mon épaule ou mon cuir chevelu. On roule un peu sur une route désolée jusqu'à un entrepôt.

À l'intérieur, c'est bondé. Un groupe de vieux à barbe grise et chapeau de paille jouent une sorte de country éplorée, dans un ronron de guitare et de voix graves. Les personnes qui m'entourent portent de larges chemises de flanelle et des bottes, le seul alcool disponible est une bière maison servie dans des gobelets en plastique rouge. Je vois des gens discuter avec le plus grand sérieux, surveillant l'écran de leur téléphone. Je saisis l'intensité et la douleur sur leur visage, aucun rire. C'est censé être une fête, je me dis. Partout, des écriteaux COUPS DE FEU INTERDITS.

Jackson va nous chercher des bières. En son absence, j'entends deux types discuter près de moi. «J'ai joué vingt-sept heures d'affilée, je me suis juste arrêté une fois pour aller pisser. Il te rend vraiment accro, ce jeu. Toute la ville en parle.»

L'autre type se balance sur ses talons. «J'ai joué trois jours d'affilée sans fermer l'œil. J'ai affronté une vingtaine d'Indiens. Ma femme préfère la télé, mais moi j'ai besoin de quelque chose de plus interactif.»

Soudain, l'un des deux croise mon regard, et je m'aperçois que je me mets à le dévisager. Il plisse les yeux dans ma direction, et je tourne la tête. Où que je regarde, je me sens menacé par les gens que je vois. Avant de me quitter, Rae m'a poussé à entamer une thérapie de couple pour comprendre pourquoi je fuis les rapports sociaux, pourquoi je préfère rester seul, pourquoi je veux toujours rester à la maison. Elle dit que je fuis constamment, que je refuse de regarder mes problèmes ou mes émotions en face. Je refuse d'affronter la réalité, voilà le problème. J'ai eu du mal à la regarder dans les yeux quand elle m'a dit ça. Elle a peut-être raison.

Jackson revient avec Lyle, qui est tout pâle et maigrichon. Il me tend une bière, et Lyle se présente. «Je suis sacrément content de rencontrer quelqu'un qui peut nous filer un coup de main avec ce jeu sur Jim Thorpe, me dit-il. On sait que ce champion a dominé le monde du sport grâce à son physique. Il utilisait son poids, avait un centre de gravité assez bas, donc il prenait certaines postures qui lui donnaient beaucoup de puissance. »

Jackson tousse dans son poing. « Enfin, tout ça n'est que spéculation. »

Lyle a des yeux étroits et ses cheveux font comme un casque sur sa tête. Il est petit, son menton est saillant et son nez tout aplati. Ça lui donne un peu l'air d'un blaireau.

« On a rencontré un Indien qui ressemble à Johnny Depp, il nous a dit que son grand-père travaille pour le gouvernement, me dit-il.

– Pour être honnête, précise Jackson, le type qui ressemble à Johnny Depp n'est pas vraiment indien. Pas à ma connaissance.

– Merde. Son grand-père vient d'avoir un enfant à quatre-vingts berges. Il court cinq kilomètres par jour et travaille encore. Ce type est un dieu. »

Jackson hoche la tête avec nervosité. « Ne nous emballons pas, Lyle. »

Ils me regardent, dans l'attente d'une réaction, mais je reste silencieux.

« Il faut vraiment qu'on parle du jeu », dit Lyle.

Il nous fait signe de le suivre et nous conduit vers une table pliante au fond de l'entrepôt, loin de la musique et de la foule. Lyle a une cigarette aux lèvres mais ne parvient pas à allumer son briquet.

« Lyle aimerait bien te poser quelques questions, dit Jackson. On est en train de bêta-tester le jeu dont je t'ai parlé. On utilise un bassin de boue. Lyle te l'expliquera mieux que moi.

– Un bassin de boue», je répète.

Lyle n'arrête pas d'actionner son briquet, jusqu'à ce qu'il arrive enfin à allumer sa cigarette. Il relâche une bouffée de fumée d'un côté de la bouche et se penche en avant. «C'est près du pont du Diable, dit-il. Tu sais où c'est ?

– Ça fait seulement quelques jours que je suis là. Comment je pourrais le savoir ?

– C'est à la sortie de la ville. Il y a un bassin qu'on voudrait te montrer.

– Vous voulez me montrer un bassin de boue ? »

Lyle hoche la tête, zieutant Jackson.

«Il faudrait que tu sois recouvert de boue, précise Jackson. On te filmera. On a juste besoin que tu entres dedans. »

Je bois une gorgée et les regarde en fronçant les sourcils. Je n'arrive pas à savoir s'ils sont sérieux où s'ils me font marcher.

«Pour une simulation de football, ajoute Lyle. Il nous faut de meilleures images, comme un match qui se jouerait dans la boue ou par mauvais temps. Tu vois le genre. C'est un sacré bon jeu, mon pote. » Il s'arrête de parler pour regarder une femme passer. Elle porte une veste de cuir noir et un jean. Ses longs cheveux bruns lui tombent dans le dos. Je ne parviens pas à voir son visage, mais Lyle ne la quitte pas des yeux.

«On pourrait tous y aller demain», dit Jackson.

Je finis ma bière et pose mon verre. «C'est pour le jeu sur Thorpe ? je demande.

– Oui, le jeu sur Thorpe, dit Jackson. C'est de la bombe. »

Lyle rit. Ils se marrent tous les deux.

Je leur dis qu'il faut que j'aille pisser, et je m'éloigne. Qu'ils aillent se faire foutre, je me dis. Que Jackson aille se faire foutre pour m'avoir traîné ici. Je me sens parano et asocial, je sais qu'il faut déguerpir. Je réussis à longer discrètement le mur sans me faire remarquer jusqu'à la sortie, et me retrouve à l'air libre dans la nuit bleue éclairée par la lune.

Je m'éloigne de l'entrepôt et suis une route en direction du sud jusqu'à un petit champ. Je crois reconnaître, de l'autre côté, la route où je suis passé lors d'une promenade. Je longe un grand arbre et une clôture en bois, descends une petite pente herbeuse jusqu'en bas, où j'entends des craquements autour de moi. Il fait encore assez chaud pour qu'il y ait des bestioles, des insectes nocturnes, et des bruits flippants. J'éprouve le besoin pressant de me défoncer. Soudain je l'aperçois, sortant de nulle part : le coq sauvage, qui court dans ma direction, ailes déployées. Je m'enfuis. Il se lance à ma poursuite, tandis que je traverse le champ lugubre et cours jusqu'à la rue principale, tout haletant, de la terre plein les semelles. J'aperçois la lumière rouge d'un feu au-dessus de ma tête. Je me retourne et constate que le coq a disparu.

Une fois arrivé chez Jackson, j'en tremble encore et j'ai désespérément envie de me défoncer, mais je n'ai plus d'herbe. Je prends quelques bières dans le frigo et les siffle, puis je m'assois dans le fauteuil pour tenter de me détendre. Il m'est difficile de me calmer tant j'éprouve le besoin de quitter cet endroit. Et puis Rae me manque. Elle n'a pas appelé une seule fois, ce qui me chagrine. Elle ne veut plus être avec moi, vu que je lui ai menti à propos de la drogue, mais je n'arrive pas à l'accepter.

Il y a trop de questions sans réponse. Je m'allonge sur le canapé et m'assoupis. Il se peut même que je me sois endormi, et puis j'entends Jackson rentrer. Il est un peu ivre, ça se voit, et il me demande pourquoi je suis parti si soudainement.

«Je crois que je me suis endormi, je réponds.

– Mais pourquoi t'es parti? Lyle était contrarié. On t'a cherché partout.

– Y avait trop de monde. Tu me connais. C'était bondé.»

Il va à la cuisine en titubant et ouvre le frigo. Il en sort quelque chose, qu'il déballe et réchauffe au micro-ondes. Puis il s'attable et se met à manger.

«Je ferais mieux d'aller me coucher, dis-je.

– Attends», fait-il en se tournant vers moi. Il parle d'une voix un peu pâteuse. «Je vais te montrer un nouveau truc sur lequel je bosse pour l'image de Jim Thorpe avec le projecteur au sous-sol. L'hologramme.»

J'accepte, un peu à contrecœur, et le suis au sous-sol. Il allume la lumière, l'air est chaud et lourd. Il y a un escabeau. Il me montre du doigt ce qu'il y a au-dessus, et je découvre un boîtier gris qui ressemble à un rétroprojecteur accroché au plafond. «C'est ça», dit-il. Il monte sur l'escabeau, puis tend la main vers le boîtier. Il est un peu chancelant, et j'ai peur qu'il tombe.

«On devrait peut-être faire ça demain, je tente.

– C'est connecté au Wi-Fi, dit-il en ignorant mon commentaire, mais ça ne marche pas très bien, la plupart du temps. La lumière est projetée sur l'écran qui se trouve par terre et rebondit ensuite sur l'écran Mylar qui est là-bas sur le mur. Tout ça crée un hologramme qui a l'air tellement vrai, putain. » Il se tourne, manquant perdre l'équilibre. « Encore une petite minute. »

Je le regarde s'affairer. Il grimace en tâchant de faire le point. Il branche l'appareil, et des lumières bleues se mettent à clignoter autour. « Ouais, encore une petite minute et tu verras Jim Thorpe », il précise.

Le projecteur se met à cliqueter, et un instant plus tard une voix robotique retentit : « Je suis l'Indy Ann, dit-elle. Tire sur les Indy Ann. »

La lumière de l'appareil clignote, puis jaillit un faisceau de couleur bleue. Devant nous, un nuage prend forme humaine. L'image qui apparaît lentement sous nos yeux n'est pas celle de Jim Thorpe, mais l'hologramme d'un Indien avec sa coiffe de plumes, debout devant nous. Je me lève. Il doit bien faire un mètre quatre-vingts, reste les bras ballants. Le contour de sa silhouette est net, mais son visage demeure un peu flou. Il émane de son corps un léger halo.

Je perds toute conscience de mon environnement, même si ça ne dure qu'une seconde, et me désintéresse de l'image, de la technologie et de Jackson, absorbé par le reflet de la lumière bleue, avant d'être bientôt rattrapé par l'instant présent et d'éprouver presque instantanément l'absurdité de la situation.

« C'est pas Jim Thorpe.

– Ça bugge, putain. Y a sans doute une couille dans le logiciel. Faut que je l'ouvre et que j'arrange ça.

– Un bug ? C'est un homme en coiffe d'Indien. »

Je regarde l'image vacillante pendant que Jackson,

toujours perché sur son escabeau, examine l'intérieur du boîtier. Il prend un petit micro et se met à parler dedans : « Test, test. »

Lentement, l'apparition s'approche de nous. L'homme marche moins qu'il ne glisse lentement dans ma direction. Je n'en crois pas mes yeux. Quand il arrive à ma hauteur, j'entends un cliquetis lui sortir de la tête. L'expression de son visage est horrible, comme un appel au secours.

« Test », dit à nouveau Jackson dans le petit micro.

L'apparition se met à parler, « C'est moi le sauvage. Tire sur le sauvage. » Puis l'Indien se fige, son regard perdu au loin. Je me rends compte qu'il est sur Pause, en veille, qu'il ne réagit pas et demeure immobile.

« Merde, merde, merde », répète Jackson. Il ouvre le capot du projecteur, se penche dessus, tâchant de rebrancher ou réparer ce qui ne va pas. « Un instant, il me dit. C'est toujours la même image ?

– C'est quoi ce bordel ? je fais.

– J'essaie de remettre l'image de Jim Thorpe. Ça, c'est un modèle, une image extraite de la banque de données. Ça n'a rien à faire ici. Fais pas attention. »

Je le regarde se mordre la lèvre, concentré. L'image de l'Indien au regard figé, aux yeux grands ouverts, continue de trembloter devant moi. Jackson finit par éteindre l'appareil, et l'image disparaît.

« Ça déconne complètement », dit Jackson, descendant de l'escabeau d'un pas mal assuré. Il s'avachit sur la chaise. « L'activation vocale est une plaie. Y a des modèles de discours. Ça bugge, putain.

– C'est pas pour la simulation de sport, ça, je lui dis. C'était pas Jim Thorpe. Qu'est-ce que tu fabriques ?

– Merde.

– Dis-moi la vérité, Jackson. »

Il baisse les yeux par terre, ivre.

« On dirait un autre genre de jeu avec des Indiens, dis-je. C'est pour ça que tu m'as filmé ? »

Jackson reste silencieux. Il ne me regarde pas.

« Qu'est-ce qu'il y a ? je fais.

– Je ne voulais pas que tu saches.

– Pourquoi ?

– C'est rien, c'est inoffensif, ce jeu. Je veux même pas en parler. Retournons là-haut, faut que j'aille me coucher. »

Jackson titube un peu et se rétablit pour monter l'escalier d'un pas traînant, indifférent au fait que je ne le suive pas. Je reste planté un instant, sous le choc de ce que je viens de voir. Puis, sans trop savoir ce que je cherche, je fouille dans ses affaires pour voir ce que je peux trouver. J'ouvre des tiroirs. Il y a des documents, des reçus, des notes griffonnées. Je cherche dedans. J'ignore ce que je cherche. Puis soudain, à côté de l'échelle, je trouve les règles d'un jeu :

SAUVAGE

Prêt à bêta-tester immédiatement !

BUT DU JEU : Déterminer au moyen de l'interaction si les Indiens sauvages sont réels ou si ce sont des hologrammes. Capturer et torturer. Tirer pour tuer.

DÉTAILS : Pour un ou plusieurs joueurs. Jeu de tir. À partir de 10 ans. Les joueurs peuvent acheter des armes auprès d'un vendeur local sur la liste désignée (Armurerie de DT ; Maison des armes et des munitions de Conway ; Gunz R Us ; etc.). Veuillez enregistrer le code de traçage # pour le jeu.

LIEU : Les limites de la Terre sombre sont approximativement de 600 mètres au-dessous du niveau de la mer (situé à 35.20388S, 97.17735E).

OBJECTIF DU JEU : Les joueurs jouent le rôle d'officiers de police, d'agents spéciaux, de soldats ou d'assassins qui combattent la menace locale d'une invasion de sauvages (SAU). Les armes peuvent être montées sur une surface stable pour tirer, mais cela rapporte moins de points. Les joueurs tirent sur des sauvages.

BONUS CASQUE ROUGE: Les joueurs gagnent un casque rouge s'ils obtiennent des informations auprès des SAU. Pour atteindre le niveau « récompense », le joueur doit gagner dix (10) casques rouges. Les casques rouges peuvent être échangés contre des points d'expérience.

BONUS TORTURE : Les joueurs peuvent placer les SAU dans le Bassin de boue radioactive de la torture (BBRT), situé approximativement 69 km au sud du pont du Diable, où ils peuvent interroger les SAU et obtenir des informations et des points avant de détruire les SAU par torture radioactive lente dans le BBRT. La boue radioactive crée une lente perte de mémoire (qui s'appuie sur le nombre avéré de morts à proximité du pont du Diable) ; donc, plus un joueur recourt à la torture, moins il obtient d'informations. Le BBRT est la pire des tortures pour un SAU et sert de principe stratégique pour les parties longues parce qu'il rapporte au joueur des casques rouges.

NIVEAU RÉCOMPENSE : Les points d'expérience sont sauvegardés par le système pour encourager les parties longues et peuvent être échangés contre un Guerrier lance-missile (GLM) ou un Guerrier des autoroutes du carburant (GAC) dans les rares cas d'évasion de SAU du BBRT. * Note : tout joueur qui échange un GAC doit savoir que les échanges GAC/GLM ne sont pas autorisés parce que les GLM sont beaucoup plus sollicités et demandent un plus grand nombre de points d'expérience. ** Quand un joueur dispose de trois (3) GLM, il a la possibilité d'entrer dans la Zone aux bijoux (ZB) et d'y acheter les bijoux indiens volés aux SAU qui subissent l'épreuve du BBRT.

RÈGLES DE LA COMMUNAUTÉ : Ne jamais partager d'informations personnelles avec les autres joueurs ou les SAU, même quand les SAU sont dans les BBRT, sauf pour échanger des casques rouges contre des GAC ou des GLM par l'intermédiaire d'Andrews, Jackson Media Inc. Tricheurs, usurpateurs et trolleurs : voir BBRT. Andrews, Jackson Media vous conseille la prudence et vous souhaite un bon jeu.

Je déchire les règles en morceaux, puis monte sur l'escabeau pour examiner le projecteur. J'appuie sur les boutons et entends qu'il s'allume. Un faisceau de lumière apparaît dans la lentille. Je redescends, attendant que l'image de l'Indien réapparaisse. L'écran est d'abord flou, mais au bout d'une minute surgit l'hologramme d'un enfant, un garçon aux cheveux en broussaille, assis en tailleur, les coudes posés sur les genoux et le menton au creux des mains. Je m'approche. L'image reste figée jusqu'à ce que je m'agenouille devant lui. Il me regarde, et je reconnais son visage.

« Ray-Ray », lui dis-je à voix basse.

Il cligne lentement des yeux, me lance un regard curieux. Il a le regard perçant. L'expression de ses yeux noirs est étrange, comme s'ils m'offraient une vue directe sur son âme. L'apparence de son visage, de ses cheveux et de son corps est exactement la même que sur les photos qu'il y a à la maison. Je m'aperçois que mes propres souvenirs sont devenus flous. Je deviens nerveux et me lève d'un coup pour m'éloigner. De quoi ai-je peur ? Peut-être du silence troublant de la nuit, ou de l'idée qu'une image créée de toutes pièces puisse à ce point ressembler à mon frère. L'envie de reculer me donne le tournis et presque la nausée.

« Parle-moi, je lui chuchote. Dis-moi quelque chose. »

Je tousse dans mes mains, j'attends, mais il continue de me regarder en silence. Je m'approche de lui. Je lève la main, il la regarde. Je fais un signe, lui aussi.

« Bonjour », je chuchote encore.

Je le vois remuer les lèvres, mais aucun son n'en sort.

« Ray-Ray », je murmure une fois de plus, et sa bouche remue comme s'il tentait de parler. Je n'entends rien. Je tends la main vers son bras, mais quand je touche l'image, ça me brûle très fort, et je la retire vite. Je me tiens la main, gémissant de douleur. Ray-Ray est une image, rien de plus. Un hologramme. Une hallucination, un mirage.

Finalement, il se met à parler : « Frère », dit-il à voix basse.

Mon cœur bat la chamade. Qu'est-ce que cela signifie ? M'a-t-il reconnu ? Son esprit est-il présent dans la projection, ou est-il programmé ?

Ses yeux regardent vers le haut, il est visiblement sur Pause. Figé, immobile. Je monte sur l'escabeau et appuie sur tous les boutons accessibles, n'importe quoi pour déclencher une réaction. Puis je vois l'image de Ray-Ray lever les yeux sur moi et se dissoudre lentement dans le néant.

MARIA

5 septembre

Une fraîche matinée d'automne et le temps parfait pour une sortie, notre première depuis longtemps. Une conférence à destination des professeurs se tient aujourd'hui, et il n'y a pas classe. Wyatt nous a dit qu'il n'avait jamais vu de poisson exotique ou de requin, alors nous avons décidé de l'emmener au grand aquarium de Jenks, près de Tulsa. Pendant que je conduis, Ernest s'est engagé dans une longue conversation avec lui à propos de la musique d'antan et de plusieurs danses : le charleston, le fox-trot, la valse. Wyatt a sorti un de ses cahiers soigneusement rangés et lu une liste de classiques dans l'ordre alphabétique : « All of Me », « Have You Met Miss Jones », « In a Sentimental Mood », etc., ainsi qu'une liste de musiciens classés par genre. Ils parlent jazz – Coltrane, Gillespie –, Wyatt racontant des anecdotes peu connues qu'il a lues sur divers sites en ligne. Ernest l'écoute, ravi. « Ce môme est une encyclopédie ambulante, m'a-t-il dit, hier. Il a de la classe. C'est rare, les jeunes qui ont du goût, de nos jours. »

Je regarde Wyatt dans le rétroviseur et le vois contempler la prairie ondoyante à la fenêtre. Il y a longtemps que je n'ai pas vu Ernest aussi heureux.

Une fois dans l'aquarium, Wyatt parcourt le plan, désireux de voir toutes les attractions, sans exception : l'île aux tortues de mer, le récif du Pacifique sud, l'écozone. Nous allons dans l'espace « poissons de l'extrême », une grande salle plongée dans la pénombre, aux parois constituées d'immenses bassins. Il règne un silence magique au moment où nous entrons, comme si nous étions sous l'eau, dans les profondeurs de l'océan. Je vois un arc-en-ciel de lumière projeté par les allers-retours des poissons derrière la vitre. Ernest s'approche et pose la main sur la vitre. Un poisson bleu lui passe devant. Ils s'observent l'un l'autre. Ernest tape du doigt sur la vitre, mais cela n'effraie pas le poisson.

« On dirait qu'il me regarde de travers, dit-il à Wyatt en lui faisant un clin d'œil.

– C'est sans doute une femelle, je précise.

– Elle est jalouse d'un poisson », dit Ernest à Wyatt.

L'espace d'un instant, je suis envieuse. Oh, quel bonheur. Comment cela est-il revenu ? Je suis redevenue maîtresse de mes émotions, de mes propres besoins, et tout me semble stable, à nouveau. Je reconnais ce qui me rend heureuse ou triste. Je suis sur un petit nuage de voir Ernest dans cet état.

Une autre famille entre dans la salle et je remarque que Wyatt joue avec le bébé dans sa poussette. Le grand frère et la grande sœur sont avec leur père et regardent un poisson jaune, tout excités. La petite porte une tenue rose et un nœud dans les cheveux. Wyatt la fait rire. Je l'entends imiter des petits bruits de bébé. La mère sourit poliment, puis s'éloigne pour rejoindre le reste de sa famille. Je m'approche de Wyatt.

« Alors, ces poissons, qu'est-ce que tu en dis ? je lui demande.

– Fantastiques. Mais les bébés… J'ai vraiment un faible pour les bébés. »

Il rejoint Ernest devant la vitre, et nous continuons de longer les bassins, observant le vaste monde sous-marin. Mon portable sonne, et je m'écarte pour répondre. C'est Bernice, de l'aide sociale à l'enfance pour les Indiens.

« Comment ça se passe avec Wyatt ? me demande-t-elle. Il se conduit bien ?

– C'est un ange, je réponds. On peut le garder ?

– L'audience a lieu demain. C'est probablement ses grands-parents qui auront la garde.

– Ils ont pas traîné.

– Ça arrive, parfois. Le collège dit qu'il a un comportement irréprochable, comme je m'y attendais. Il est vraiment adorable, mais ses grands-parents sont en ville, et ils veulent s'en occuper. L'audience est à dix heures du matin. »

Je regarde Wyatt se pencher vers Ernest. De derrière, ils ressemblent à un grand-père et son petit-fils. « Je ne veux pas qu'il parte, je murmure dans le téléphone. On aimerait bien qu'il reste avec nous. C'est possible ?

– Maria, tu es sérieuse ? Tout va bien ? »

Ils s'appuient à deux mains contre la vitre, sans quitter le poisson des yeux, et en les voyant ainsi, j'ai le cœur brisé à l'idée que ce soit leur dernier jour ensemble.

« Tu es là ? » répète Bernice.

Le trajet du retour se fait dans le silence, je ne veux pas parler de l'audience à Ernest et Wyatt. Tout en conduisant, j'essaie d'imaginer la réaction du garçon en apprenant qu'il va nous quitter. Sera-t-il triste ou soulagé ? Comment Ernest va-t-il le prendre ? Je ne veux pas y songer. Quand nous arrivons à la maison, Sonja est à la cuisine, où elle fait cuire des mûres à la casserole. Elle se retourne, regarde Wyatt et lui dit bonjour, avec le sourire.

Il soulève un chapeau invisible et s'incline, ce qui fait éclater Ernest de rire.

« Il fait des imitations, dit-il à Sonja. Tu veux voir comment il fait le Français ? »

Sonja a l'air sceptique.

« Peut-être plus tard, je fais. Et si vous alliez à côté tous les deux, que je parle à Sonja. »

Wyatt s'incline de nouveau puis va au salon, suivi d'Ernest.

« Il est mignon, dit Sonja.

– Très mignon.

– J'ai échangé avec Edgar par texto, m'annonce-t-elle d'une voix basse et grave.

– Il vient ?

– Je ne sais pas. Il répond pas.

– Pas du tout ? »

Elle pose la cuillère en bois et s'appuie sur la paillasse. Elle prend une grande inspiration. « J'en sais rien. Mais quelque chose me dit qu'il viendra. J'ai d'autres soucis en tête.

– Comme quoi ?

– Rien, peu importe. »

Nous nous taisons et j'attends qu'elle parle, mais en vain. Elle se retourne pour se remettre à touiller les mûres, alors je vais dans ma chambre chercher le linge sale. Je le descends au sous-sol et je lance une machine. À mon retour dans la cuisine, Sonja est partie.

Après le déjeuner, Ernest et moi regardons un film policier que nous avons enregistré en VHS. Sonja nous dit souvent que nous sommes les seules personnes au monde à continuer de regarder des films sur un magnétoscope, mais c'est facile à utiliser pour nous, et ça nous plaît de regarder la télé le soir.

« Demain, il y a l'audience de Wyatt », je dis à Ernest.

Il mange des cacahuètes dans un petit bol sur le plateau télé. « Déjà ? »

« Il n'est plus parmi nous, dit la télé. Il est mort. »

Ernest me regarde, attendant une réponse.

« On devait juste l'accueillir temporairement, tu te souviens ? » je précise. À la télé, deux policiers discutent dans un véhicule de patrouille. L'un des deux secoue la tête, déçu.

« Toutes ces dates, dis-je. Pense un peu aux dates. L'audience a lieu demain. Mais on sera aussi le 6, le jour de notre feu de joie.

– Les dates », dit Ernest, posant sa fourchette sur son assiette. Il s'adosse contre le fauteuil, les yeux rivés sur la télé. On reste comme ça en silence pendant quelques minutes, puis je pointe la télécommande vers le poste et l'éteins. On ne quitte pas l'écran des yeux, bien qu'il soit tout noir.

« Je vais mettre mes baskets pour aller faire un jogging, dit Ernest.

– Un jogging ? Comment ça, un jogging ?

– À ton avis ? Je vais courir. Faire un jogging. Sortir dans la nuit, faire l'aller-retour jusqu'au lac, comme avant. Ça fait longtemps que je ne l'ai pas fait.

– Personne ne va courir à cette heure », dis-je.

Il regarde ses mains et serre les poings, fait craquer ses phalanges. Il se frotte les genoux. Un peu plus tard, Wyatt entre dans la pièce. Il me fait presque sursauter.

« Ça vous dit, de regarder une cassette vidéo ? nous demande-t-il. Genre un vieux film de famille. »

Ernest et moi l'observons. Je sais qu'il faut que je lui parle de l'audience, mais je n'arrive pas à me lancer. « Bah, je fais. On n'en regarde pas souvent, mais pourquoi pas, si tu veux.

– Mets celle où Edgar suit Ray-Ray à la parade, dit Ernest. Celle avec le vélo. »

Je ne veux pas regarder des films de famille. Ernest le sait, mais il insiste.

« Ce n'est qu'une vidéo », dit-il.

Je cherche dans un placard où nous gardons toutes nos vieilles cassettes. J'en trouve une sur l'étiquette de laquelle est écrit JEUX D'ENFANTS/ANNIVERSAIRES sans savoir de quelle année elle date ni ce qu'elle contient. Je l'introduis dans le magnétoscope et j'appuie sur « Play », puis je laisse Wyatt et Ernest seuls sur le canapé. Je vais à la cuisine me remplir un verre d'eau. Je reste un moment à la fenêtre. Je peux voir mon reflet dans la porte du micro-ondes, mon visage méconnaissable, flou. Mes cheveux sont attachés mais mon reflet a quelque chose d'étrange, comme si une inconnue me retournait mon regard. Une sorte de présence sans visage qui m'observe.

Je sais ce qu'ils regardent, mais je ne peux pas, c'est au-dessus de mes forces. Il s'agit d'une vieille cassette, pleine de parasites. Une vidéo de Ray-Ray à sa fête d'anniversaire. Edgar tape dans un ballon dans le jardin. Sonja fait du vélo, actionne la sonnette. Des vacances en camping dans les parcs du Grand Ouest.

«Je ne reconnais pas ma voix, j'entends Ernest dire au salon. C'est ma voix ?» Wyatt rit.

Je reste assise un moment à la table à manger, tout en pensant à Edgar. Je l'imagine faire son sac pour rentrer à la maison, prendre un bus pour l'Oklahoma. Demain matin, peut-être, il appellera pour me demander de passer le prendre à la gare routière. Ou bien il rentrera sans même frapper à la porte, comme il l'a toujours fait, le sourire aux lèvres, et il me demandera de lui préparer quelque chose à manger. Oui, je veux de nouveau lui faire la cuisine, lui servir une assiette de spaghettis ou un bol de soupe et m'asseoir en face de lui pour le regarder manger. Il me parlera de ses amis, de tout ce qu'il a fait pendant sa journée de travail. Peut-être que je lui demanderai des nouvelles d'une fille qui lui plaît, ou s'il compte rentrer sa chemise dans son pantalon. C'est facile de le faire rougir. Je l'imagine rire dans son verre, qu'il tient à sa façon particulière.

Quand j'entends que c'est la fin du film, je retourne au salon. Ernest et Wyatt me semblent plus approchables, du moins à ce moment-là, peut-être parce qu'ils ont l'air heureux. Je ne veux pas troubler leur bien-être mais il faut que je parle de l'audience, alors autant le faire maintenant. Je le mets au courant. «Wyatt, aujourd'hui, Bernice m'a dit que tu allais probablement partir habiter chez tes grands-parents.»

Je ne mesure pas tout de suite l'impact de ce que je viens de dire. Toute son attitude s'affaisse, il baisse les yeux, hochant la tête. Je ne l'ai jamais vu aussi triste.

«Tu veux aller habiter chez eux ? je lui demande.

– J'imagine.

– Nous, on aimerait que tu restes ici. »

Il me regarde, et j'ai l'impression que ses yeux reflètent la douleur de mes mots.

« Il faut que je te raconte une histoire, lui dis-je. Celle d'une fille qui s'appelait Maria, et qui a rencontré un jeune Cherokee. Le garçon était très pauvre, et comme il bégayait, il avait honte de parler, mais la fille le trouvait très mignon. Sa mère et son beau-père craignaient qu'il ne soit pas capable de lui offrir une vie confortable, alors il fit en sorte de leur donner tort.

– Ernest avait des problèmes d'élocution ? il me demande.

– Je bégayais comme un fou, fait Ernest.

– Et moi, dis-je, j'ai eu une jeunesse difficile. J'avais un beau-père qui n'était pas très gentil. Mon père est mort et ma mère s'est remariée avec un homme plus âgé qu'elle quand j'étais adolescente. Mes sœurs et moi ne l'aimions pas. Il n'était pas gentil avec nous, et encore moins avec ma mère. Mais ce que je veux te dire, c'est que j'ai rencontré Ernest à un moment où je croyais que les choses ne s'arrangeraient jamais. J'ai rencontré Ernest, et j'ai compris que les garçons pouvaient être gentils, et plus j'apprenais à le connaître, plus je voyais qu'il était attentionné.

– Tout finit toujours par s'arranger », dit Ernest.

Wyatt sourit et me remercie pour l'histoire. « Je ferais mieux d'aller ranger mes disques », dit-il.

J'attends qu'il soit dans sa chambre pour tenter de parler de l'audience avec mon mari, mais il garde le silence. Son attitude aussi a changé. « Ernest, dis-je, rappelle-toi que c'était un placement temporaire. »

Ses mains tremblent. Quelque chose ne va pas, et ça m'effraie. Je le vois à son visage. Le cours de la journée vient de changer. Il va à la cuisine, et j'entends l'eau couler. Juste après, la porte de derrière s'ouvre, et il s'installe sur la terrasse, seul. Je sais qu'il ne veut pas en parler. Ce merveilleux garçon, qui ressemble tant à Ray-Ray, est entré dans nos vies. Et demain il nous quittera aussi soudainement que notre fils nous a quittés. Fini, les imitations. Fini, les blagues, les chansons ou les discussions sur la musique entraînante de l'Âge d'or. C'est drôle comme tout change vite, je me dis, avant de me sentir coupable de vouloir passer à autre chose si facilement. C'est encore un adolescent. Un adolescent sans foyer. Peut-être que je devrais me battre pour qu'il reste avec nous.

Avant le dîner, Wyatt entre au salon pour formuler une requête : raconter une dernière histoire aux gamins du foyer. « Je ne reverrai peut-être jamais certains d'entre eux, me dit-il. Ce soir, on s'allongera dans l'herbe pour regarder les étoiles. On observera le ciel comme si c'était notre dernière nuit sur terre. C'est possible ? Une dernière histoire ? »

Je vois à quel point c'est important pour lui, alors j'appelle Bernice, qui appelle le foyer, et ils décident tous que, tant que je suis là pour les chaperonner, ça ira. Ça fait plaisir à Wyatt. Quand je demande à Ernest s'il veut nous accompagner, il secoue la tête.

« C'est la dernière soirée que Wyatt passe avec nous, dis-je. Je pense que ça lui ferait plaisir. »

Mais il reste sur sa décision. Il est du genre têtu. Quand je lui demande d'être plus attentif aux sentiments d'autrui, cela ne fait qu'aggraver la situation, il perd son sang-froid et quitte la maison, comme c'est souvent arrivé. Je le laisse donc tranquille sur la terrasse.

« Très bien, je dis. Tu peux rester là, mais on va au foyer écouter l'histoire de Wyatt. C'est important pour lui, et je veux que sa dernière soirée avec nous soit unique. Si on s'arrête pour s'acheter une glace, je te prends une boule au chocolat en cornet.

« De la Rocky Road, dit-il.

– Entendu. »

Ça ne dérange pas Wyatt qu'Ernest ne vienne pas. Dans la voiture, je lui dis qu'il est un merveilleux conteur et que tous les jeunes du foyer vont le regretter.

« J'ai envie d'accomplir mon devoir, me dit-il.

– Quel devoir ?

– Celui de conteur d'histoires. Pour aider les gens.

– Tu as tout compris, mon petit. Comment tu as fait pour comprendre tant de choses si jeune ?

– J'ai appris à suivre mon instinct », précise-t-il d'une voix posée.

À notre arrivée au foyer, après avoir signalé ma présence au personnel et signé pour chaque résident l'autorisation de sortie sur le tableau, Wyatt réunit tout un tas de gamins autour de lui à l'extérieur, sous les arbres du jardin. Ils sont allongés sur le dos, mains derrière la tête, et dispersés sur la pelouse, bâillant sous la lueur bleutée de la lune. Il y a peu de nuages dans le ciel. Quand le silence se fait, on entend les criquets et les cigales alentour.

Je reste à l'écart pour les surveiller, et j'envoie un texto à Bernice : On dirait une meute de louveteaux. La nuit est étoilée et silencieuse, c'est parfait pour raconter une histoire.

« Quelles sont nos chances de survie ? demande un certain Lewis.

– Je dirais quatre-vingt-dix-huit, quatre-vingt-dix-neuf pour cent, répond Wyatt.

– Pas cent ?

– Ce n'est jamais cent pour personne. Mais réfléchis. On est à la périphérie de la ville, loin des commerces, en bordure de la forêt. Y a des bestioles partout. C'est un terrain ouvert et exposé, sous un grand ciel plein d'étoiles. Regarde le ciel, là-haut, tout cet espace plongé dans une obscurité complète.

– Je trouve cette probabilité raisonnable, dit un autre. Ça va passer au JT de vingt-deux heures ?

– Qui sait ? Fermez les yeux. »

La soirée s'étire. Le vent se lève, faisant bruisser les arbres tout autour de nous. Au bout d'un moment, à leur tour les jeunes se lèvent et se rassemblent autour des jeux à grimper, s'asseyant sur les balançoires et le tourniquet. Wyatt commence son histoire :

C'est l'histoire d'un jeune orphelin qui venait de loin, et qui avait très peur. On le fit venir et on l'installa dans notre chambre, où il dormit longtemps. Il était plus jeune que nous, et beaucoup plus triste. À son réveil, la nuit était tombée et nous étions dans l'obscurité. Il faisait froid dans la chambre. La seule lumière dont nous disposions venait d'une petite lampe. Chaque soir, elle était allumée quand on nous servait le dîner. Elle tremblotait et projetait notre ombre sur le mur, lui donnant des airs d'images de crucifixion. Presque tous les soirs, les plus grands murmuraient des prières en une langue qui nous était inconnue. Une fois réveillé, le garçon se mit presque immédiatement à pleurer.

Les plus grands se mirent en colère. «Arrête, lui dit l'un d'eux. Ils vont te tuer !

– Ils vont te couper la langue, lui dit un autre. Tu veux mourir ?»

Mais il ne se tut pas. Il continua de gémir et pleurer jusqu'à ce qu'ils descendent, ouvrent la porte et le regardent. Ils regardèrent chacun d'entre nous, se frottant leur gros ventre comme des diables.

Tout le monde se tait, attendant la suite.

«C'est bizarre», dit une fille.

Je regarde Wyatt parler, un demi-sourire sur le visage. J'observe ses manières, sa gestuelle quand il s'exprime. Et puis je le vois tourner les yeux vers moi, et je le reconnais, ce regard. Il m'est si familier.

Il pose un index sur ses lèvres pour que tout le monde se taise. Il incline la tête, comme pour tenter d'écouter un bruit très lointain, et tout le monde a l'air perdu. Puis il court vers moi et me demande, «Je peux les emmener dans la forêt une minute ? Il faut que je vérifie quelque chose. On revient tout de suite, promis. Attendez-nous ici.»

J'hésite, mais l'intonation de sa voix emporte mon adhésion. «Soyez prudents et revenez tout de suite», lui dis-je pendant qu'il fait signe aux autres de le suivre. «Vous tous.»

Que se passe-t-il ? Il a prévu son coup. Je prends mon téléphone dans mon sac et découvre un texto de ma sœur, Irene : L'esprit de Ray-Ray est fort, ma sœur. Tout à l'heure, j'ai eu une vision des montagnes et me suis souvenue qu'il adorait les histoires de *Yunwi Tsunsdi*.

Je réponds : Tu as senti son esprit aujourd'hui ?

Je le sens en ce moment même, écrit-elle en retour. Comme s'il était tout près de moi.

Presque aussitôt, je lève les yeux de mon téléphone et vois de la fumée monter au loin – un feu brûle quelque part dans la forêt. La fumée s'élève d'entre les arbres, visible même dans le noir, et je suis prise de panique. Je cours vers la forêt, criant le nom de Wyatt. Ils ont dû aller droit sur l'incendie, et j'ai tellement peur que je ressens une douleur dans la poitrine. Affolée, je les appelle mais n'obtiens pas de réponse – ils ont disparu dans les bois. Et la culpabilité s'empare soudain de moi : qu'est-ce qui m'a pris de les laisser partir seuls dans la forêt ? Je sors mon téléphone pour appeler la police, mon cœur battant la chamade. Les flammes bondissent, jaillissent férocement, le panache de fumée grossit. Des cendres tombent du ciel. J'entends des voix crier au loin.

Soudain ils apparaissent, tels des fantômes : ils sortent des bois tous ensemble, tenant une chose blanche au-dessus de leur tête. Un hibou dont les yeux brillent dans le noir. Je n'arrive pas à comprendre ce que je vois – l'oiseau les a-t-il attaqués ? Et puis je les entends rire. Ils s'amusent. Et le hibou ? Il est perché haut dans les mains des gamins, cet oiseau sauvé des flammes, et c'est justement ce qu'ils me crient : « On a sauvé le hibou ! Le bébé hibou ! Vous avez vu ? Il est vivant ! »

Ils courent en meute, avec Wyatt à leur tête – au cœur de la nuit, sous le clair de lune. J'entends les sirènes des camions de pompiers au loin, et je vois le panache de fumée qui monte des arbres continuer de s'étendre. Les gamins s'arrêtent, tout essoufflés, puis se retournent pour regarder les flammes, criant et parlant tous en même temps, surexcités. Le hibou est maintenant entre les mains d'une petite fille, et je le vois commencer à s'agiter, les yeux flamboyants. Puis il déploie ses ailes et s'envole, fuyant la forêt, sous les vivats des jeunes.

« Les sauveurs ! scandent-ils, s'adressant les uns aux autres. Vive le hibou ! On a sauvé le hibou ! »

Ils sont fous de joie sur le chemin du retour, examinant leurs mains à la recherche d'écorchures faites par les serres de l'oiseau. Je marche derrière eux, tâchant de reprendre mon souffle, le cœur toujours battant. Des pompiers courent vers la forêt, les flammes diminuent lentement. Il y a de la fumée partout. Nous arrivons au foyer, où les gamins sont encore tout étourdis après tant d'émotions. Ils parlent avec excitation du hibou et de l'incendie.

Nous nous rassemblons dans la salle commune, et le personnel parvient à calmer tout le monde. Un éducateur sert des cookies et de la limonade. Peu après, le chef des pompiers nous explique que l'incendie a été déclenché par quelqu'un qui a brûlé des ordures, et que le vent l'a rendu incontrôlable. Les pompiers ont réussi à l'éteindre avant qu'il se propage. Quelques gamins saignent des mains et ont besoin de pommade et de pansements, mais tous affirment qu'ils n'ont pas mal. Nicholas, un garçon qui a une profonde entaille au pouce droit, dit qu'il ne sent absolument rien.

« Ça, c'est dû à l'adrénaline, dit un des bénévoles du refuge. La montée, les endorphines.

– Parle anglais, lance un des garçons.

– On se calme. »

Un autre : « Vous ne comprenez pas qu'il vient de se

passer quelque chose de majestueux ? On a sauvé un bébé hibou. On a trouvé son nid dans la forêt, et le bébé hibou ne bougeait pas ! Il avait trop peur, et on l'a sauvé.

– Tout le monde se calme. Tout va bien.

– Personne n'est blessé ! Le hibou serait mort si on l'avait pas sauvé. Le feu s'attaquait à lui. C'était magique. Tout ça c'est grâce à notre chef, Wyatt. »

Wyatt est loin d'être aussi excité que les autres. Je sens que quelque chose ne va pas, alors je m'installe à côté de lui sur le canapé et lui passe le bras autour des épaules. « Ça va ? je demande. Quelle soirée. Qu'est-ce qui t'a poussé à sauver ce hibou ? »

Mais il ne réagit pas. J'ai fini par comprendre que son silence est une façon de me répondre. Il doit partir demain, après l'audience, et tout sera différent.

SONJA

5 septembre

Je me suis enfermée dans ma chambre toute la matinée. Moins par peur que par désir de m'extirper du bruit, ne serait-ce que pour un temps. Je me suis déshabillée et mise au lit, puis j'ai tenté de lire Colette. J'étais trop tendue pour dormir. Et comme j'avais soif, je suis allée à la cuisine me chercher un verre d'eau à laquelle j'ai ajouté des rondelles de citron. J'ai coupé des carottes et du brocoli et les ai mis dans une assiette. Vin a dû m'entendre marcher, parce qu'il a recommencé à gueuler pendant que j'étais à la cuisine. J'ai regardé si j'avais des messages.

Une pluie légère s'est mise à tomber. J'ai éteint mon téléphone. Je tâche de ne penser à rien, mais je ne peux m'empêcher de songer au feu de joie, et de me demander si Edgar viendra. Je nous imagine assis autour du feu avec lui. Je suis impatiente de lui dire que son sens de l'humour m'a manqué, comme son rire, et jusqu'à sa façon de frapper à la porte à trois heures du matin pour discuter de tout et n'importe quoi. Au lit, mon corps est tout frais sous les draps. Je m'imagine descendre l'escalier pour aller voir Vin et m'adonner aux délices de la cruauté, le regarder sangloter, blotti dans un coin. Ce n'est qu'une pensée, rien de plus, et je m'autorise à y prendre plaisir.

Un lourd silence s'est abattu sur la maison. Poussera-t-il à nouveau des cris ? Jettera-t-il et cassera-t-il des choses ? Je regarde sa voiture par la fenêtre de devant. Plus loin, j'aperçois le ciel jaune et les nuages de pluie, par-delà Indian Hill Road et le pont, où la fumée de cheminée des maisons s'échappe dans le vent comme autant de fantômes. Je vois le magasin d'articles de pêche au loin, son air abandonné et vide. La journée semble très calme, comme quand on regarde le visage d'un amant endormi.

Le téléphone de Vin se remet à sonner, mais je n'y prête pas attention. J'entends un raclement au sous-sol, comme si on déplaçait un matelas. Je prends mon téléphone et fais le tour de la maison, allumant toutes les lampes. Il n'y a aucune raison d'avoir peur, me dis-je. Je me défendrai s'il le faut. Mais je commence quand même à paniquer. Je sens monter lentement en moi une peur rampante liée à Vin, même si elle est ancrée plus profondément. Papa m'a toujours dit d'affronter mes peurs, et c'est ce que je fais. Quel genre de personne suis-je pour le retenir au sous-sol comme ça ? Il m'a frappée, certes, mais ce n'est pas une raison pour le garder en otage, non ? Je me mets à réfléchir à ce que j'ai fait. Je me pose des questions sur ce qui est légal et ce qui outrepasse la notion de légitime défense, surtout après tout le temps qui s'est déjà écoulé. Je commence à me sentir parano. On va peut-être me jeter en prison pour avoir fait ça. Était-ce moralement répréhensible de me protéger d'une agression ? Pouvait-on encore considérer que je me protégeais ? Pendant un moment, mes pensées oscillent entre ce qui est moral et immoral, et je me sens soudain nerveuse à l'idée de ce que je dois faire. Quoi que je me dise, je ne suis pas rassurée par la situation.

Je bats lentement en retraite dans ma chambre, où je me mets à chercher du Valium, du Xanax, quelque chose à avaler, n'importe quoi. Je me remets à lire, gardant un œil sur le couloir de temps à autre. Un jour, j'aimerais être le genre de femme qui lit dans la solitude tandis que son amant fait des travaux dehors et rentre lui demander un coup de main. Le genre de femme dont l'amant attend patiemment tandis qu'elle lève l'index pour signaler qu'elle termine sa lecture. Mon amant idéal serait un homme plein de patience et de courage, ce qui n'est pas le cas de Vin.

Son téléphone sonne à nouveau. La batterie n'est pas encore à plat. Il a dû l'entendre d'en bas, parce qu'il se remet à crier : « Hé, laisse-moi sortir, espèce de folle ! » Je vais chercher son téléphone dans la cuisine et retourne dans ma chambre en fermant derrière moi. Quand je décroche, j'entends la voix de Luka, qui pleure. « Tu rentres à la maison, papa ? Où est-ce que t'es ? Tu viens me chercher ? » Il pleure vraiment fort, c'en est insoutenable. Ses pleurs me brisent le cœur.

« Luka, dis-je. Luka, calme-toi. C'est Colette, l'amie de papa.

– Je suis chez ma tante », dit-il, et je suis submergée de tristesse. Il n'arrête pas de me demander où est son papa, de façon quasi hystérique, et j'ai du mal à faire en sorte qu'il m'écoute. « Luka, je répète. Luka, papa sera bientôt là. Papa va passer te chercher, d'accord ? » Je suis moi-même au bord des larmes, et très contrariée. Je me sens perdue, telle une mère qui tente de rassurer son enfant. Parler comme une mère, voilà ce que j'essaie de faire. Montrer de l'empathie, de la compréhension. Le réconforter comme l'aurait fait une mère.

En raccrochant, je sens mon cœur s'emballer. Je pense à ce pauvre Luka, ce gentil Luka. Pourquoi devrait-il souffrir à cause de la faiblesse de son père ? Submergée par un sentiment de culpabilité, je me dis que je dois laisser Vin repartir. Luka a besoin de son père immédiatement. Le priver de ça ne fait qu'accentuer mon mal-être. Je prends donc avec moi une bombe lacrymo, que je garde toujours à côté de mon lit au cas où.

J'attends un moment dans le couloir. Je réfléchis à ce que je vais faire avec Vin. Je veux lui donner l'image d'une femme forte, pas d'une personne dont il peut profiter. Qu'il peut gifler. Il faut qu'il comprenne bien ça, et je vais m'en assurer. Je suis plus âgée que lui, j'ai davantage d'expérience, et je suis rancunière. Je suis une femme en colère qui n'a jamais appris à pardonner. Je me venge quand il le faut. J'ai appris à me défendre.

Quand je frappe à la porte, il ne répond pas. Je l'appelle. Je déverrouille la porte, je l'ouvre lentement, et le découvre assis en tailleur au pied de l'escalier. Il y a quelques bouteilles d'eau vides dispersées sur le sol. La couverture est roulée en boule dans un coin. Lorsqu'il voit que la porte est ouverte, il se démène pour se redresser. Je n'entre pas, j'attends qu'il parle. Il parvient à se lever. « T'es malade ou quoi ? dit-il. Pourquoi tu m'as enfermé comme ça ? »

Je lui lance un regard furieux et une pensée surgit dans ma tête. Il est porteur de quelque autre présence. Il aurait pu me tuer. J'aurais pu le tuer. Mais j'ai vu où me mènerait cette colère : à une situation où Luka n'aurait plus de père, où une douleur nouvelle ne pourrait pas effacer une douleur ancienne.

« Tu te souviens que tu m'as frappée, la nuit dernière ? » je lui demande.

Il baisse les yeux sur sa main, et je me demande s'il éprouve du remords. Il secoue la tête d'incrédulité. Je n'aurais jamais cru qu'il puisse être aussi cruel, mais désormais je le sais, et je veux qu'il le sache. J'ai l'impression de regarder un autre homme, quelqu'un que je n'ai encore jamais vu. Il a l'air exténué, négligé, pitoyable, comme quelqu'un qui a vécu l'enfer, la tourmente, et le fait de m'en rendre compte, même brièvement, me procure une certaine satisfaction.

« Je saigne », dit-il, docile et soumis. « Je suis blessé.

– Je t'emmerde. »

Il remue les doigts, et je découvre un peu de sang sur ses phalanges.

« Tu te souviens que ton flic de père a tué un jeune Indien ? je lui balance. C'était il y a quinze ans. Tu t'en souviens ? »

Il lève la tête vers moi, essayant de ne pas cligner des yeux. Il ressemble à un soldat en position de faiblesse, et moi, en face de lui, à un esprit plein de rage pour ce qu'il a fait.

« C'est quoi le rapport ?

– Ce jeune, c'était mon frère, Ray-Ray. Le garçon que ton père a abattu. C'était mon frère.

– Mon père a tué ton frère, dit-il, comme s'il réfléchissait à haute voix.

– Ton imbécile et raciste de père a abattu mon frère.» J'entends ma voix faiblir.

«Je saigne», répète-t-il à nouveau. Il n'arrête pas de remuer les doigts.

«Merde, Vin, tu me donnes envie de gerber. Tu mérites de pisser le sang. Tu mérites de souffrir pour le meurtre que ton père a commis.»

Son visage est grave, mais je n'arrive pas à savoir à quoi il pense. «Écoute, je regrette, dit-il. J'ignorais qu'il avait fait ça. Il doit y avoir une explication. Mon père n'est pas un assassin. Il était policier, et il a eu affaire à pas mal de cas compliqués pendant toutes ces années. Beaucoup de gens ont perdu la vie.

– Pitié.

– Je ne suis pas au courant de tout ce qu'il a fait en service. J'étais un gamin à l'époque.

– Va te faire foutre.»

Il commence à paniquer. «Eh, j'étais pas au courant, je te dis. Pourquoi tu me parles de ça? Tu attendais le bon moment?

– Mais merde, Vin, c'est un meurtrier et il s'en est tiré! Ton père aurait dû être jugé. Il a vu un jeune Indien et lui a tiré dessus sans sommation. Ray-Ray n'a jamais eu de pistolet à air comprimé, encore moins un vrai pistolet. C'est un autre qui a tiré, pas lui. Il n'y a jamais eu de procès. On s'est bien foutu de ma famille.»

Il se passe les mains sur le visage, puis serre les mâchoires. Ses mains sont devenues des poings. Je vois une veine de son cou saillir. «Calme-toi, Sonja, me dit-il. Mon père souffre d'un cancer du poumon. Il est sous chimio. Il est affaibli et mourant.

– On s'est bien foutu de nous, je répète. Cette douleur qu'on a éprouvée. Chaque membre de ma famille en est encore détruit. Mon père fait de son mieux pour qu'on reste unis, mais il souffre d'Alzheimer et parfois n'arrive même plus à nous reconnaître. Mon autre frère est un junkie, et ma mère est en dépression depuis des années à cause de ça. Où est-ce qu'on obtiendra justice ? Tu peux me le dire ? »

Il secoue la tête.

Je ne dis rien de plus, rien du tout. Je pose son téléphone par terre et je pars en laissant la porte ouverte. Je sors marcher le long de la rue en direction de chez mes parents. Peu après, je me retourne et le vois regagner sa voiture. Il démarre et s'éloigne.

En fin de compte, rien de ce que je croyais n'avait d'importance. Calvin Hoff est un vieil homme rongé par le cancer, et qui mourra bientôt. C'est la seule justice que je pouvais espérer.

Le reste de l'après-midi, je pense à Luka. Si j'avais pu l'arracher à Vin, je l'aurais fait. Il aurait été plus en sécurité avec moi, de toute façon. Il adorerait vivre avec moi. Je le pousserais sur une balançoire et il me regarderait, ses cheveux balayés par le vent. On irait lui acheter des vêtements et je l'emmènerais chez le coiffeur au centre-ville. Je l'emmènerais à la piscine, comme je faisais avec Ray-Ray.

Penser à Ray-Ray me rappelle qu'il faut que j'aille sur sa tombe avant le feu de joie. Il est déjà tellement tard que je prends mon vélo pour me rendre au cimetière. C'est loin, et l'ascension de la colline me tire sur les jambes. J'éprouve une sensation de densité en arrivant, comme si l'air avait quitté mon corps en chemin. En m'approchant de la tombe de Ray-Ray, mon vélo à la main, j'aperçois une petite fille qui se baisse pour ramasser des cailloux au bord de l'allée. Elle est seule et se parle à elle-même, je crois, mais je n'arrive pas à entendre ce qu'elle dit. Elle porte une robe blanche et un long collier. Ses cheveux longs et noirs lui tombent à la taille. Je m'approche d'elle pour mieux la voir. Elle est d'une beauté classique, elle a les pommettes saillantes et affiche une moue rêveuse. Quand elle lève les yeux, elle se redresse et me sourit.

« Je ramasse des cailloux, dit-elle en riant.

– Avec qui es-tu venue ? je lui demande. Ta maman est là ? »

Elle tient les cailloux à la main, sans prêter attention à ce que j'ai dit. « Ce sont des bijoux, dit-elle. Regardez, il y en a partout autour de nous. Vous avez vu comme ils sont jolis ?

– Oui, je dis à mon tour, posant les yeux dessus. Mais tu es venue avec ta maman ou ton papa ?

– Je suis venue voir ma sœur qui est morte sur la Piste des larmes.

– Ta sœur ? Tu veux dire ton ancêtre ?

– Non, ma sœur. Je m'appelle Clara.

– Où est ta maman ?

– Là-bas », dit-elle, le doigt tendu, mais quand je me retourne, je ne vois personne.

« Regardez ceux-là », dit-elle montrant de nouveau les cailloux. Elle les caresse dans le creux de sa main. Ils brillent sous le soleil couchant. Je m'agenouille pour les regarder de plus près, mais elle se retourne et part en courant. Je pense à la suivre, et puis je remarque une femme au bout de la route. Elle est âgée et porte un manteau rouge.

« Elle est avec vous ? je crie à son intention. J'avais peur qu'elle soit seule.

– Merci », me répond la femme.

Clara court vers elle, la prend par la main, et elles s'éloignent.

Je vais sur la tombe de Ray-Ray, et en chemin j'aperçois un homme, plus loin, qui porte un masque de loup orné de plumes. À ses côtés il y a une femme et un enfant. « Nous venons de finir la Danse du Masque-Serpent », crie l'homme. Sa femme et son enfant me font signe. La petite fille montre le ciel et me crie de lever la tête. Papa m'a raconté l'histoire des sept petites danseuses qui se transforment en étoiles, et quand je regarde le ciel gris, je les vois danser, même en plein jour.

« Les sept petites danseuses ! » je m'exclame, mais lorsque je veux reposer les yeux sur les étrangers, ils ne sont plus là. Je marche, je cherche autour de moi. Ils ont disparu en un clin d'œil. Je me souviens que papa m'a dit un jour que tous les cimetières sont reliés les uns aux autres, et une vague de tristesse me traverse à l'idée de tous ces corps qui se trouvent sous terre. La mort est partout autour de moi.

Les moustiques bourdonnent dans l'air. Le cimetière est terne et sombre, comme tous les cimetières, et il sent le bois pourri et l'herbe humide. En arrivant devant la tombe de Ray-Ray, j'aperçois son nom gravé sur la pierre grise. La gravure est toujours intacte, même après tant d'années. Elle est si profonde. Je m'agenouille pour la toucher, passant les doigts sur les lettres de son nom.

En baissant les yeux, je peux le voir sous terre, mon frère Ray-Ray, allongé sur le dos. Je vois son corps broyé. Il est défiguré, on ne le reconnaît pas, ses orbites sont vides. Je suis frappée par l'horreur de cette image, de découvrir mon frère changé à ce point. Ça me remplit d'angoisse, de voir une apparition si perturbante. Mais lui aussi me trouverait changée – à moins qu'il ne m'ait vue grandir ? M'a-t-il observée durant tout ce temps comme le faisaient nos ancêtres, à savoir déguisé en animal ou en oiseau ?

C'est seulement alors que je vois sa beauté s'épanouir. La mort s'ouvre comme une grotte dans son corps, un passage vers un ailleurs ; et j'y entre, je tombe en lui, j'entre dans mon petit frère, et nous regardons tous deux un oiseau tourner en rond dans un ciel bleu clair, dépourvu de nuages.

TSALA

Résurrection

Bien-aimé : pour ce qui est de ma mort, je ne comprends pas la raison de mon réveil. Le soldat avait pris ma vie et la tienne, à nous et notre famille. Nous n'étions plus de ce monde.

J'ai vu seulement du rouge foncé, la couleur du sang. Dans la mort, quand nous dormions sous terre avec les vers, la boue froide et les pierres, écoutant le hurlement pathétique des coyotes et les tambours de notre peuple, quand nous dormions sous les pieds de ceux qui piétinaient le sol et secouaient les cieux, j'ai éprouvé la douleur de ta mère.

J'ai éprouvé sa souffrance comme si elle était mienne, une souffrance si grande que j'ai senti mon esprit se débattre fébrilement dans d'insondables ténèbres. Depuis combien de temps étais-je mort ? Guère de temps, sans aucun doute !

J'ai rampé hors de terre comme une bête dans la nuit, des colliers de griffes d'ours et d'or autour du cou, de la boue humide et des vers collés aux cheveux, qui me tombaient sur la poitrine. J'ai rampé hors de la tombe et me suis senti aussi fort et puissant qu'un cheval, même si je savais que j'étais mort. Je me suis souvenu de cette histoire à propos de la tribu des mangeurs de racines et de glands dont les femmes avaient été enterrées avec leurs époux, et j'ai eu peur de regarder à l'intérieur de ma tombe et d'y découvrir ma compagne. D'après ce vieux conte, une femme aurait reçu un nœud de bois de pin enflammé dans la main avant d'être inhumée dans la tombe de son mari, où elle mourait juste après que le bois fut calciné. J'ai eu peur de trouver le corps de ma femme dans la tombe, brûlée et morte, et la peur m'a consumé comme un grand feu.

Quand j'ai regardé à l'intérieur, j'ai été heureux de voir que la sépulture était vide.

Je me tenais debout, non fait de chair mais d'esprit, non fait d'os ou de peau comme je le fus jadis. Dans le monde qui m'entourait, j'ai vu un grand feu, là, dans ce même monde où j'avais vécu. Un grand feu qui s'étendait à travers le ciel, chargé de flammes, ardent et aveuglant, et j'ai vu des animaux courir vers les arbres et des oiseaux voler dans le ciel. Bientôt, les oiseaux se transformèrent en enfants et disparurent dans les flammes. J'ai vu des colonnes de fumée monter jusqu'aux cieux. J'ai vu des serpents à la tête coupée ; leurs crochets mordaient encore. Leur corps rampait et se changeait en poussière. La poussière s'élevait en de nouvelles colonnes de fumée. J'y ai vu des silhouettes – dont je ne reconnaissais pas le visage mais dont le corps était fort – qui s'élevaient en poussière et se laissaient emporter. Elles s'élevaient en poussière et se laissaient emporter, tombant dans le grand feu, et cette vision a dépassé tout ce que j'avais jamais rêvé. J'ai vu des corps ailés entraînés de force dans un tourbillon de vent et de fumée disparaître dans le grand feu. Mais je n'ai pas eu peur.

Je voyais à des kilomètres à la ronde. J'ai vu des amis

d'enfance retirer la dépouille de leur mère pour faire pousser du maïs. Ils gémissaient de peur. Je les ai appelés, mais ils ne m'entendaient pas. La plupart des nôtres avaient été faits prisonniers, attendant leur déplacement vers l'ouest. Notre peuple était forcé de quitter sa terre, cela je le savais, mais je ne comprenais pas pourquoi. Mes pensées étaient troubles et confuses comme elles le sont parfois dans notre sommeil. J'ai tenté de me rappeler comment je m'appelais, mais j'ai été pris d'une étrange amnésie. Pour quelle raison m'étais-je réveillé ? Pourquoi avais-je ces visions dans la nuit ? J'ai vu des chars à bœufs et des soldats armés de fusils. J'ai entendu des enfants pleurer et vu de frêles anciens transportés dans les chariots des autorités. J'ai vu un éclair de lumière traverser le ciel. Une morne brume a tourbillonné sous mes yeux telle une petite tornade, porteuse de l'image d'un être que j'ai reconnu : toi, bien-aimé, étrange vision ne ressemblant à rien de ce que j'avais pu voir jusque-là. J'ai été incapable de parler ou de t'appeler, et un instant plus tard, ton image s'est dissipée. Sur la terre, j'ai entendu un gémissement de douleur.

« Nous sommes *Ani-yun' wiya* ! » ai-je crié.

Mais quand j'ai parlé, je n'ai reconnu aucune langue, aucun son fait de mots. Rien qu'une plainte lasse. Les soldats ne m'ont sans doute pas entendu, car j'étais très loin. J'ai de nouveau crié : « *Ani-yun' wiya* ! », et une fois de plus n'ai entendu qu'une plainte brisée. Personne ne semblait m'entendre. J'ai commencé à avoir peur de moi-même, et me suis demandé l'espace d'un instant si j'avais changé de forme ou d'identité. En m'examinant, je me suis aperçu que je portais une peau de cerf, et que je ne sentais pas ma propre peau. J'étais visiblement devenu un esprit. Je sentais la terre sous mes pieds, mais n'entendais rien quand je tapais du pied. J'ai tenté de m'adapter aux éléments, de respirer profondément. Je n'avais ni faim ni soif. J'ai crié en cherokee comme un chien blessé.

Je me faisais l'effet d'une présence forte et féroce. L'air accentuait la sensation de picotement dans mes yeux. Je me suis agenouillé et j'ai palpé la terre, puis j'en ai pris un morceau que j'ai frotté entre mes mains pour générer de la chaleur. J'ai posé ces dernières sur mes yeux, et en les rouvrant, j'ai vu les esprits de ceux qui étaient morts avant moi, par centaines. J'ai vu leur visage lisse, leurs cheveux bruns et un épais tourbillon de poussière grossir derrière eux. Ils brandissaient des bâtons noirs et rouges, les couleurs du courage et du sang. Ils me regardaient de loin – pour quelle raison, je l'ignore. Et je les ai entendus crier :

Ayanuli hanigi ! Ayanuli hanigi !

« Marche vite ! Marche vite ! »

Au loin j'ai vu des flammes monter de charbons ardents. Je suis resté seul dans la nuit, tout seul, près d'un cours d'eau qui reflétait l'éclat frémissant de la lune. Je me suis approché et me suis penché pour observer mon reflet. Le visage qui me regardait n'était pas celui que j'avais lorsque j'étais vivant, mais une forme floue dont je ne distinguais pas les yeux.

Je me suis redressé et j'ai regardé le ciel, où j'ai vu deux points scintiller dans le noir. Les étoiles me disaient que notre peuple était retenu prisonnier dans un camp voisin, et qu'il fallait que je lui porte secours. J'ai entendu le hurlement d'un loup sur l'autre rive du ruisseau et vu qu'il souffrait, allongé sur le flanc. J'ai traversé à gué, mais n'ai pas senti le fond du cours d'eau. Je me suis approché du loup, qui continuait de hurler sa douleur, et j'ai vu que la peau de son cou avait été arrachée, que le sang et les os étaient apparents. Je me suis mis à genoux et j'ai posé ma main sur sa blessure, ce qui a fait cesser ses hurlements. Puis il m'a examiné. Il a soutenu mon regard. Il m'a parlé avec les yeux.

Une grande tristesse s'abat sur le peuple et cette terre, m'a-t-il dit. *Ton peuple est forcé de partir, d'aller vers l'ouest, beaucoup souffriront et mourront.*

Je n'ai rien répondu, et le loup a compris que je ne lui faisais pas confiance.

Il ne me quittait pas des yeux : *Si tu veux la preuve que je dis la vérité, tu dois d'abord me jeter à l'eau.*

Je l'ai soulevé et l'ai déposé dans le ruisseau, et j'ai vu que sa blessure avait guéri. Quand je me suis relevé, le loup est sorti de l'eau et a secoué son corps pour le sécher.

Pour cela, je protégerai ta famille. Pour cela, parce que tu es un esprit, tu dois savoir que tu peux te changer en créature pour l'éternité.

Il m'a tourné le dos, s'est éloigné, et je lui ai crié : « Loup, comment puis-je changer de forme ? »

Il s'est retourné et m'a regardé : *Crois que tu as des ailes, et tu voleras. Crois que tu es un animal, et tu rugiras. Crois que tu es mort dans la boue, et tu dormiras parmi les vers. Quoi que tu décides, donne conseil à ton peuple que l'on déplace de force.*

Et j'ai suivi la piste qui menait au campement sur la route vers l'ouest. À aucun moment je n'ai senti la fatigue. J'ai marché, encore et encore. En chemin, je me suis arrêté pour me laver les cheveux dans un ruisseau. Mon reflet était trop sombre pour que je le voie, même au clair de lune. La surface de l'eau ondulait. J'ai pris de l'eau dans la coupe de mes mains et je l'ai bue ainsi que je le faisais quand j'étais en vie. Malgré l'hiver, je n'ai pas trouvé froide l'eau qui s'écoulait le long de ma poitrine et de mon dos.

Sur le sol, j'ai vu des empreintes de cheval. J'ai vu des empreintes de pieds, de mains, toutes menant vers la montagne, et j'ai compris que les soldats étaient à la recherche de ceux qui se cachaient dans les grottes. Je me suis penché pour lisser la terre, effacer les traces à la main. Je n'avais de cesse de les lisser et, bizarrement, mon dos ne m'a pas fait souffrir comme quand j'étais en vie. Le temps m'était inconnu, et j'ai continué de ramper et de lisser la terre pendant des heures sans douleur ni fatigue. Au bout d'un moment, je me suis relevé, et le soleil apparaissait à l'horizon.

Devant moi, j'ai vu la longue colonne de chariots et de chevaux et notre peuple qui marchait. J'ai vu tous les gardiens, ceux qui dormaient avec leur horrible bouche ouverte et leur ventre blanc découvert, leur pichet vide, leur corps ivre et taché de rousseur, leurs cheveux clairs, empestant la sueur et la mauvaiseté. Leur déplacement avait commencé.

J'ai aussi vu les manifestations de mes semblables : l'ours qui rugit dans les bois; le coyote au hurlement pathétique; l'aigle qui tourne en rond dans le ciel infini; et j'ai compris que je n'étais pas seul. Une sorte de satisfaction m'a alors envahi, et pendant un moment j'ai senti ma colère se dissiper dans le silence de la nuit. Les sons et les visions m'ont apaisé au fil de mon avancée. J'ai pensé à ce que je t'avais appris, bien-aimé : l'harmonie et la paix. La colère est pareille à une inondation, elle provoque une lente destruction.

J'ai regardé le ciel, là-bas, comme Dragging Canoë me l'avait appris quand j'étais petit, et j'ai eu des visions de la

Piste des larmes. Cela m'a été révélé, mon fils : j'ai vu que la maladie, et non l'épuisement, était l'ennemi de beaucoup. La dysenterie et les vomissements, les rhumes de cerveau. Il y avait très peu de docteurs blancs au cours de la marche. Nos hommes-médecine s'occupaient des enfants et des nourrissons qui souffraient de crampes intestinales. J'ai vu des campements souillés, des bols essuyés avec des chiffons, la maladie se répandre rapidement. J'ai vu des gens atteints de tuberculose et de pneumonie. Chaque heure passant, la marche les affaiblissait toujours plus, jusqu'à ce qu'ils doivent monter à bord des chariots. La chaleur du soleil les torturait, surtout ceux qui n'étaient pas abrités. J'ai vu les soldats forcer des hommes à creuser une tranchée pour y déposer les ordures, afin que les rats, les coyotes et autres animaux ne rôdent pas près du campement pendant la nuit. La brutalité de leur marche s'est poursuivie, leurs mocassins élimés, certains marchant pieds nus. J'ai vu des mères qui ne pouvaient plus nourrir leur nourrisson parce que leurs seins ne donnaient plus de lait.

Après avoir eu ces visions, plein de tristesse et de colère, j'ai pris la piste en direction de l'ouest avec mon peuple.

Et désormais, fils bien-aimé, tu émerges tel un vent âpre qui souffle en bourrasques tourbillonnantes, non plus en messager mais en esprit. Tu émerges bras écartés, prenant ton essor dans le ciel, descendant en piqué comme un aigle. Écoute ! Voici la fin :

En chemin vers les enclos où était retenu prisonnier notre peuple, j'ai vu des soldats remplir les chariots. C'étaient ceux qui nous avaient tués. Ceux qui t'avaient exécuté, t'avaient arraché à moi. J'ai été submergé de colère. Je me suis approché d'eux en silence, mais j'ai su qu'ils m'entendaient, que mon bruit les menaçait, du moins les effrayait, car l'un d'eux fut troublé à mon approche.

Écoute, a-t-il dit à un autre.

Je n'entends rien.

Vraiment, tu es sûr ?

L'autre n'a jamais répondu. Il s'est éloigné du chariot et a laissé son camarade tout seul. Je me suis approché. Le soldat a bu au goulot de son pichet et s'est essuyé la bouche avec un chiffon. Il a regardé un instant autour de lui pour vérifier que personne ne l'épiait. Même si je voulais l'attaquer, je savais que ce n'était pas le bon moment ; mais je suis tout de même sorti de l'obscurité pour m'avancer vers lui jusqu'à ce qu'il se retourne et me voie.

Je lui ai dit : « *Adahnawa asgwali !* » – « Une guerre est en cours ! »

Il n'a pas semblé comprendre, puis a fait un pas de côté en serrant son chiffon.

« Votre objectif est de nous faire du mal », lui ai-je dit en m'avançant.

Le soldat a secoué la tête, sans comprendre ce qui se passait. J'ai eu l'envie soudaine d'attaquer et de déchirer son corps à mains nues pour le tuer sur le coup. Une rage m'avait pris de le voir ainsi me regarder.

Bien-aimé : je n'en fis rien.

Le soldat a plissé les yeux dans ma direction, et j'ai murmuré, « Regarde autour de toi ! »

Il a reculé d'un pas et invoqué son dieu. Quand je me suis approché, il s'est retourné et s'est enfui.

La nuit s'est emplie de l'odeur de viande cuite, et j'ai repensé aux nombreuses fois où j'avais pris un lapin au collet et l'avais dépiauté pour en faire un ragoût, mais cela ne m'a guère ouvert l'appétit, malgré la forte odeur. Je me suis souvenu d'avoir débité du bois non loin de là en plein hiver. Penser à ma famille n'a fait que nourrir ma colère. Je trépignais. Je suis allé d'un chariot à l'autre, à la recherche de l'homme qui m'avait fui. Des voix ont résonné, et j'ai entendu le bruit d'une foule de gens, mon peuple, marcher devant moi. J'ai vu des chariots et des soldats armés de fusils. J'ai vu des femmes et des hommes, jeunes et vieux, marcher. Ils gardaient la tête haute, c'était évident. La nuit était si noire que j'ignore comment ils pouvaient voir devant eux, mais la lune brillait dans le ciel. J'ai levé les yeux sur elle, sachant que mon peuple la voyait aussi. La lune brillait comme une fleur blanche. La lune, offrande d'espoir du Grand Esprit, car qu'y avait-il d'autre à voir dans une obscurité si totale ?

Les nuits étaient glaciales. Ils sont arrivés au bord d'une rivière, qu'il leur fallait traverser. Les soldats y ont fait entrer quelqu'un pour jauger la profondeur, et l'homme a hurlé de froid quand l'eau lui est arrivée à hauteur de poitrine. Il s'est hâté d'atteindre l'autre rive, où il s'est étreint pour se réchauffer. Des hommes et des femmes sont entrés dans l'eau glaciale, tenant leurs enfants au-dessus de leur tête.

La brise était fraîche à mesure que la nuit avançait, et je les ai suivis, plein de colère et de tristesse. Les chariots étaient tirés par des bœufs, des mules ou des chevaux. J'ai marché avec les nôtres. J'ai marché à leurs côtés jusqu'à ce que les enfants ne commencent à pleurer de fatigue. J'ai marché à leurs côtés jusqu'à ce qu'un vieillard ne tombe.

Puis un autre est tombé, suivi de beaucoup d'autres. Certains restaient derrière pour aider les plus faibles, mais les soldats leur criaient de reprendre la marche. Ceux de notre peuple rampaient, criaient. On ne veut pas entendre la voix de ceux qui crient. Leur voix reste en nous.

Bientôt le soleil s'est levé, et ils marchaient encore. *Aniyosgi ana'i.* Et j'ai marché à leurs côtés, suivant les enfants, les aidant du mieux possible. C'était comme si chaque heure était plus froide que la précédente, et bientôt j'ai oublié depuis combien de temps ils marchaient. J'ai regardé les collines et vu, dans la lumière matinale, qu'il y avait plus de six cents chariots.

J'entendais les rires des soldats. Leurs rires ! Ils n'avaient que faire de notre peuple. Comme ils le maltraitaient. Je le constatais jour après jour. J'entendais leurs rires couvrir les cris de douleur et me demandais comment leur âme pouvait être si dépravée et dépourvue d'empathie. Où était leur sens de l'humanité ?

J'ai pensé aux triomphes et aux luttes dont les nôtres avaient fait l'expérience de leur vivant, et du vivant de mes ancêtres, à toute la douleur que nous avions endurée dans le froid de l'hiver. Mon esprit s'est empli de colère une fois de plus, mais je ne pouvais plus rester la proie de ces affres. Ma rage ne devait pas affecter mes pensées.

Je savais que mon peuple continuerait de se conduire avec dignité et bonté. Les actes inhumains des soldats les hanteraient pour le restant de leurs jours.

Enfant bien-aimé : notre peuple survivrait et prospérerait, et je resterais à ses côtés, malgré les rudesses de l'hiver, pour l'aider à marcher quand il ne s'en croirait plus capable.

EDGAR

6 septembre

Je suis effrayé en repensant au jeu Sauvage, je me demande si je vais me faire capturer, ou tirer dessus et tuer. Je me demande combien d'autres personnes sont mortes. Jackson et Lyle veulent ma mort, j'en suis convaincu. C'est là que je commence à paniquer. Je suis affolé à l'idée de devoir esquiver les balles, m'enfuir dans des allées, tapi entre deux maisons. Bombes, explosions, coups de feu. Je me vois près du pont du Diable, exposé aux radiations et couvert de boue pendant que des types avec des masques à gaz m'interrogent pour obtenir des informations.

Pendant un moment, comme j'ai envie de vomir, je reste penché au-dessus d'une corbeille à papier, un doigt dans la gorge pour me faire dégobiller. Mais je n'y parviens pas, j'ai simplement des haut-le-cœur qui me font monter les larmes aux yeux. Je tâche de me détendre dans mon lit. Je me dis de garder mon calme. Il a plu toute la nuit, une pluie régulière. Par la fenêtre je vois des branches de chêne osciller dans le vent. Le tonnerre m'a réveillé quelques fois, accompagné d'éclairs. Comme je tousse, j'ai peur de tomber malade et je ne dors pas bien. Je repense à cette projection de Ray-Ray. Je regarde par la fenêtre et j'aperçois des flaques autour de l'arbre et sur la chaussée. Je vois des arbres aux branches pendantes, plus loin, des maisons de bois blanches derrière des palissades branlantes. Tout est morne, comme d'habitude, le monde est gris-bleu sur fond de terre sombre. Il pleut à verse, et puis ça se calme.

Le temps commence à devenir lourd. Toujours allongé, je me mets à penser à ma mère et au poids de ses responsabilités, elle qui doit s'occuper de mon père. Mes pensées se changent en images. Un souvenir de mes six ou sept ans, quand elle avait fait semblant de pleurer parce que j'avais décidé de quitter la maison, sans aller plus loin que la clôture de derrière. Je ne me souviens pas pourquoi j'avais menacé de faire ça, ni de l'endroit où j'avais dit vouloir aller, seulement que je quittais la maison, que je la quittais. J'ai attendu longtemps, l'écoutant renifler, pleurer pour de faux. Je me suis senti très mal. Bien des années plus tard, je me sens toujours coupable d'avoir menacé de la quitter, même si je sais qu'elle faisait semblant de pleurer. Je suis resté dans le jardin et j'ai joué avec notre chien Jack, me roulant dans l'herbe avec lui. On a joué au tir à la corde avec une brindille jusqu'à ce qu'elle casse. Il m'a couru après dans le jardin, et finalement, j'ai oublié que je voulais me barrer. Ma mère avait dû observer toute la scène depuis la porte de derrière, parce que lorsque je me suis approché de la véranda, elle faisait encore semblant de pleurer. «Je ne veux pas que tu me quittes», m'a-t-elle dit, le visage enfoui dans ses mains.

Jackson entre dans la chambre et me dit que mes jours sont comptés. Je me redresse dans le lit, et il sort. Puis je me lève et le suis dans la cuisine.

« Comment ça, "mes jours sont comptés" ? »

Il me tourne le dos. Il touille son café avec une cuillère. « J'essaie de créer des réalités augmentées, dit-il. L'endroit même où on se trouve à présent est une réalité augmentée. Regarde la consommation de cachetons. Les gens toussent et leurs poumons sont malades, ils rêvent d'un autre état d'esprit. On en fait trop, tous.

– De quoi tu parles ? »

Il se tourne vers moi et boit une gorgée de café. « On se sert de toi pour développer notre jeu. Désormais, tes jours sont comptés. C'est une expression.

– Je la connais.

– On a des images de toi partout dans la ville, Chef. Des gens t'ont filmé hier soir à l'entrepôt. C'est un jeu de tir en direct.

– Va te faire foutre. »

Il écarquille les yeux, mais ne dit rien. Ça me fait du bien de me lâcher. J'ai envie de continuer, encore et encore. Je ne peux plus le sacquer.

« Autre chose, dis-je. J'ai vu l'image de Ray-Ray hier soir dans le projecteur du sous-sol. Qu'est-ce que tu fous, putain ? »

Il garde un instant le silence, l'air de réfléchir. « L'image de qui ?

– Me prends pas pour un con.

– Ah », il fait. Il me regarde et cligne lentement des yeux. « La machine projette les images que je lui donne. C'est-à-dire ce que je trouve sur Internet. J'utilise des photos de Facebook, sans distinction, et j'y inclus des photos de toi, de Ray-Ray et de ta sœur.

– T'es pitoyable, Jackson. Tu mérites d'être seul. Je me casse.

– J'éviterais à ta place, Chef. Tu es la star d'un autre jeu auquel je travaille. Ça s'appelle Sauvage.

– Je les ai lues, les règles de ton jeu, espèce d'ordure. Encore un ratage intégral.

– Ça, c'est ce que tu crois. On est en phase de test. Les gens utilisent de vraies armes à feu pour tirer sur des Indiens. C'est pour ça qu'ils ont un comportement si bizarre en ta présence. C'est pour ça que j'ai fait une vidéo de toi.

– T'es vraiment qu'un pauvre taré. J'arrive pas à croire que j'aie pu avoir pitié de toi.

– Tu ferais peut-être mieux de partir. Quand les gens te verront en ville, ils te prendront peut-être pour un hologramme et ouvriront le feu. Mais tu peux toujours tenter le coup, si tu veux. Je crois bien que je vais te foutre dehors.

– Je t'emmerde. Je préfère crever dans la rue que rester ici avec toi. »

Il pose sa tasse et me regarde droit dans les yeux. C'est un regard qui prend son temps, une tentative d'intimidation, mais ça ne marche pas. Jackson est trompeusement costaud, mais ce n'est pas un vrai dur. Depuis que je le connais, il n'a jamais été un dur, il fait juste semblant de l'être. Quand on était gosses, il était toujours en train de se battre mais ne gagnait jamais. Je m'éloigne, mais il me pousse. Je me tourne et le frappe en pleine poitrine du plat de la main, et il m'attrape par le bras. On commence à se battre, là, dans la cuisine. Un corps-à-corps, comme deux adolescents. Aucun de nous deux ne donne de coup, mais on s'injurie, on se débat. Finalement, je le frappe à la tempe, et il s'accroupit en poussant un cri. Je vois qu'il a mal. Il se tient la tête d'une main et frappe dans le vide de l'autre, mais je me recule et vais dans ma chambre où je ferme la porte.

Il ne me suit pas et ne tente pas d'entrer. J'essaie de reprendre mon souffle. J'ai la bouche sèche, du mal à déglutir. Peu après, je l'entends sortir, alors je gagne le salon pour regarder à travers la fenêtre. Je le vois partir en voiture. Je retourne dans la chambre faire mon sac. Tout a changé si vite. J'ai décidé que je haïssais Jackson Andrews, haïssais la Terre sombre et tout ce qui la concerne. Je vais droit à la salle de bain et j'ouvre les placards à la recherche de quelque chose, j'ignore quoi, tout ce qu'il peut avoir caché. Il y a des boîtes de médicaments, du laxatif, du bain de bouche. Il y a des cotons-tiges et des crèmes, du gel.

Je sors dans le couloir, j'ouvre la porte de sa chambre d'un coup de pied, et je fouille les tiroirs de sa commode, sa penderie, regarde sous son lit. Je fouille toute la maison, vérifiant tout ce sur quoi je tombe. Puis je descends au sous-sol et grimpe sur l'escabeau pour atteindre le projecteur. J'arrache le couvercle et le jette par terre. En toussant, je l'envoie valser contre le mur d'un coup de pied, et je me mets à le piétiner, mais rien de tout ça ne me soulage vraiment.

Vingt minutes après, je prends mon sac et quitte pour de bon cette maison pourrie, me disant que Jackson y passera sans doute toute sa vie, pris au piège de ces ténèbres, sans aucune intention de changer. Je m'éloigne, toujours en colère, nourri par un désir intense d'affronter toute personne qui me regarderait de travers ou mentionnerait le fait que je suis indien. J'accélère le pas à mesure que je m'éloigne. Je veux aller à la gare. Je devrais sans doute faire du stop. Je repense à l'apparition de la femme avec son panier que j'avais vue au beau milieu de la nuit. Elle avait parlé d'un sentier longé de cerisiers en fleur.

Des nuages bulbeux prennent d'étranges formes. La brume suspendue au-dessus de l'herbe est dense. Je me souviens de la fois où, quand j'étais petit, ma famille avait fait une promenade autour de la maison. On en faisait beaucoup, c'était une façon pour moi de rassembler mes pensées, une sorte de méditation. Ce jour-là, mon père nous a raconté, à Sonja et moi, que nos ancêtres ne chassaient que pour la nourriture, pas pour le plaisir, et qu'après avoir tué un animal, il fallait demander pardon de lui avoir ôté la vie pour se nourrir. Il ne fallait pas exploiter les animaux, nous a expliqué mon père. Ni les humains. Cela tenait à notre souci fondamental d'harmonie, et devait toujours guider nos actes. En entrant dans la Terre sombre, j'ai repensé à ma colère et à l'importance de rester en paix avec moi-même. J'ai repensé à la mort de Ray-Ray et à la façon dont j'avais évité de parler de lui avec Rae et ma famille. Toutes les occasions étaient bonnes pour parler de lui de son vivant, et pour une raison que j'ignore, je l'avais vaguement méprisé d'être toujours au centre de l'attention. Ça ne me met plus en colère désormais, je m'en rends compte, et je me sens mieux en me faisant cette remarque. J'ai l'impression que passer du temps loin de ma famille m'a fait du bien.

La route que j'ai prise semble s'ouvrir sur un nouveau monde, où la lumière éclatante du soleil apparaît derrière un nuage. Pour la première fois depuis mon arrivée, le ciel est très bleu, l'humidité étouffante me fait transpirer. J'entends des coups de feu, ce qui m'effraie. Je suis la route qui serpente et descend la colline. Je marche jusqu'au moment où je vois que la route se termine juste après un parc équipé de balançoires, d'un carrousel et de jeux à grimper, sur lesquels des enfants s'amusent. En regardant plus loin, au-delà de l'endroit où finit la route, je vois de grands arbres se dresser à l'horizon. Je passe devant des pruniers, des pêchers et des cerisiers en fleurs. C'est une terre enchanteresse. Un garçon file à bicyclette, jouant de sa sonnette, et je le regarde descendre la colline en direction de l'aire de jeux. Il met pied à terre et court rejoindre les autres. Il y a un petit étang et une vieille maison au bout de la route.

En m'approchant, j'aperçois un vieil homme qui travaille à son jardin. Il porte une salopette et a de longs cheveux blancs. Il est à genoux, en train de fouiller dans un sac-poubelle. Quand je passe devant lui, il se lève et me regarde.

«*Siyo*», dit-il.

Je lui fais bonjour de la main sans m'arrêter.

«Attends une minute, me dit-il. Viens par là.»

Je me retourne et le regarde. Il me fait signe d'approcher. Il tient des feuilles de cahier. «C'est ce que j'ai écrit», précise-t-il.

Je m'approche de lui, et il me les tend. «Je crois que c'est pour toi», me dit-il.

Ce sont des gribouillages à l'encre bleue et noire. «C'est du cherokee, je constate. Je reconnais les symboles, mais je ne sais pas les lire.

– Je m'appelle Tsala», dit le vieil homme. Il y a de

l'intensité dans son regard plein de douleur et d'abandon. Je suis frappé par cette intensité et le mystère de son apparition. « Peut-être devrais-tu lire ce que j'ai écrit ?

– Pourquoi ?

– Pour m'aider. Il y a la route aux cerisiers en fleur, là-bas. » Il montre la forêt du doigt, et je vois une abondance d'arbres à fleurs roses, au loin. Ça m'emplit de joie. Dans ce monde bleu-gris, c'est la couleur la plus vive que j'aie vue.

« Il faut que je m'en aille, dis-je. Où mène cette route ? »

Il s'interrompt un instant, puis me demande s'il peut m'offrir du café. Il est trop âgé et trop frêle pour être dangereux, alors j'accepte, et il remonte une petite allée jusqu'à l'arrière de sa maison. Il m'invite dans sa cuisine. Les murs sont couverts de papier peint à fleurs, et on peut y voir de sombres traces ovales et rectangulaires là où étaient jadis accrochés des cadres. Je vois des assiettes entassées dans l'évier, des auréoles de café, des flacons et des boîtes de médicaments sur la paillasse. Il y a une petite table de cuisine avec deux chaises. Il s'installe sur l'une d'elles et me fait signe de m'asseoir en face de lui.

Il nous sert du café. Je le bois noir dans un mug rouge. Il n'est pas mauvais. J'imagine qu'il vit seul et qu'il va se coucher le soir sans personne à qui parler ni à côté de qui s'allonger. Je me dis qu'il n'y a personne pour lui préparer ses repas ou laver son linge. Tsala, ce pauvre vieux, endure la douleur et la solitude de son grand âge. Il n'empêche, je sens chez lui une certaine tranquillité d'esprit.

Il mâche une tige de canne à sucre et parle à voix basse, avec sérieux. « Il y a longtemps, j'ai bâti cette maison pour y loger du monde. J'ai porté le bois de charpente et hissé la poutre maîtresse. J'ai construit un toit solide et posé un bon plancher. Je l'ai bâtie pour héberger tous les voyageurs. J'ai consacré ma vie à cette maison. Quand ma femme a emprunté la route bordée de cerisiers, j'ai gardé mes écrits avec moi tout le temps, pour que les gens puissent lire notre histoire lors de leur séjour. Tu peux rester ici, mais tu ferais mieux de partir. Ton cœur est au bon endroit, mon bien-aimé. »

Il apporte sa pipe traditionnelle et nous la fumons ensemble pendant que je lui parle de ma famille. Bizarrement, la fumée ne me fait pas tousser, et quand je lui dis, il esquisse un sourire. Je lui parle de la mort de Ray-Ray. Je lui dis que Rae m'a quitté. Et je lui dis que mon père perd de plus en plus la mémoire, qu'il est au premier stade d'Alzheimer. Tout cela sort de moi en même temps que la fumée, et Tsala m'écoute en silence avec une grande attention. Je remarque que l'un de ses yeux est bleu et l'autre gris.

« Continue de parler, me dit-il, portant la pipe à ses lèvres.

– Je me sens coupable de ne pas rentrer à la maison. Ma famille organise un feu de joie. Je ne les ai pas vus depuis qu'ils ont tenté de faire quelque chose contre mon addiction à la drogue. »

Il se penche tout près et me regarde. « Ton addiction à la drogue ?

– Oui, mon addiction à la drogue. » Ça me fait bizarre de le dire, mais peut-être n'ai-je encore jamais été capable d'admettre que je souffre de ça. Mon déni me submerge sous un sentiment de culpabilité. « Ma famille est venue à

Albuquerque pour en parler avec moi, mais je ne les ai pas écoutés. »

Il me regarde avec intensité. Il est doué pour écouter, je m'en aperçois, et je me rends compte que j'en ai les larmes aux yeux.

« Je me sens très mal à cause de ça », je lui avoue.

Il se lève et quitte la pièce quelques minutes. À son retour, il pose une poignée de pierres sur la table devant moi. Il prend un stylo et trace un triangle dans lequel il place les pierres. « Elles représentent le feu de la sagesse qui est en toi, me dit-il. Cherche le feu. »

Je me penche en avant pour examiner le triangle et plus particulièrement une pierre. « C'est un quartz rose, dit Tsala. Elle permet de surmonter le deuil. Je veux que tu la prennes et que tu la gardes. Vas-y, prends-la. »

Je prends la pierre. Je l'observe au creux de ma main. Elle est rose et lisse.

« Souviens-toi de tes ancêtres, me dit-il. Souviens-toi qu'ils ont été déplacés de leur terre, et qu'ils se sont retrouvés sans foyer. Ils ont parcouru la Piste des larmes, y ont rampé, y sont morts. Ils ont souffert. Mais cela, tu le sais déjà. Viens avec moi, je veux te montrer quelque chose. »

Je le suis dehors, et c'est là que je vois le coq sauvage se pavaner dans le jardin. « Le coq », dis-je, m'arrêtant net. Je réalise que je ne l'ai pas vu depuis longtemps – je l'avais presque oublié. Le coq nous voit, et Tsala s'approche de lui. Il se baisse pour le prendre dans ses mains. Le coq tente de le piquer du bec, ses ailes battent follement. Tsala le tient fermement et lutte avec lui jusqu'à ce qu'il cesse de remuer et devienne tout mou. Le coq est mort. Puis il l'emporte à côté du jardin, à un endroit où gît une hache par terre. Il pose l'oiseau, lève la hache, avant de l'abattre brusquement, lui coupant la tête. J'ai du mal à garder les yeux ouverts.

Quand je m'approche, il me montre la carcasse sanguinolente. « Pour toi, me dit-il. Le coq est mort à présent. Tu comprends ?

– Quoi ?

– Nous allons l'enterrer. »

Il pose la dépouille pour aller chercher une pelle au garage. Je me retrouve seul devant le coq mort. Je vois l'œil noir de sa tête coupée me fixer. Je vois sa carcasse dans le sang et la terre. Malgré tous mes efforts, je ne peux détourner le regard. Puis Tsala revient avec une pelle et creuse un petit trou dans la terre à l'endroit où nous nous trouvons. Il se sert de la pelle pour y jeter le corps et la tête. Je croise les bras et regarde la scène de bout en bout. Chaque pelletée de terre émet un grand bruit en atteignant le coq, et Tsala finit par l'ensevelir complètement.

Je suis épuisé, mais j'ai l'impression qu'on m'a libéré d'un lourd fardeau. Je regarde les cerisiers autour de moi et me sens connecté à chacun d'eux. Je me demande combien de personnes Tsala a déjà aidées avant moi – peut-être autant qu'il y a d'arbres. Il m'emmène ensuite sur la route aux cerisiers. Nous entendons des voix approcher et, en nous retournant, nous découvrons un groupe d'hommes en train de se diriger vers sa maison. Ils portent des masques et des casques audio, parlent fort. Ils ont des bâtons à la main, longs comme des manches à balai. Ils nous voient et s'arrêtent net.

Tsala leur crie de partir. « Partez ! hurle-t-il. Allez-vous-en, bande de lâches ! Fichez-nous la paix ! »

Il mime un tir d'arme à feu avec les mains pour les faire déguerpir et, comme par miracle, c'est ce qu'ils font. Je m'étais préparé mentalement à la bagarre, et je reste un instant abasourdi, sidéré qu'ils aient obéi à Tsala.

« Suis le chemin bordé de cerisiers, me dit-il. Ce n'est pas une "piste des larmes", mon petit. C'est une piste en direction de l'ouest, sans tristesse, maladie ou mort. C'est une piste qui mène chez toi. »

Il me serre la main, et je lui dis au revoir. Après m'être mis en marche, je me retourne et lui demande, « Qu'est-ce que vous écrivez ? Je ne vous l'ai jamais demandé. »

Il me crie, « J'écris des histoires cherokees, mon fils. Des histoires de vengeance et de pardon. »

Je vois son corps se déformer et se changer en phénix. Il déploie ses ailes et prend son essor dans le ciel gris.

Puis je quitte enfin la Terre sombre. Je suis la piste bordée de cerisiers, les yeux dans le lointain, à l'écoute des hiboux et des grenouilles alentour. Je suis la piste sans peur. Je sais que je me dirige vers l'ouest parce que je vois le soleil se coucher à l'horizon. Le ciel est rose et jaune, et un tapis de fleurs de cerisiers recouvre le sol. Des plumes tombent bientôt tout autour de moi, jonchant la piste aussi blanche et fraîche que la neige en hiver. Ses sinuosités sont belles. J'aperçois mes ancêtres devant moi, mais ils ne rampent pas, ils ne gémissent pas, ils sont debout. Leurs corps emplissent le lointain. Je marche vers eux sans éprouver de fatigue. La piste devant moi scintille de lumière.

MARIA

6 septembre

Je me réveille tôt, à l'aube, alors qu'Ernest ronfle à côté de moi. Je prépare du café à la cuisine et m'installe à table, où je réfléchis au déroulement de la journée. Je ne suis pas bien réveillée, et je regarde fixement la texture du mur, imaginant de minuscules formes, de petits corps et de petits visages. Je vois comme un œil, un oiseau. Puis j'ouvre mon cahier où j'écris :

L'esprit de Ray-Ray a guidé Wyatt. J'en ai presque le souffle coupé, quand j'y pense.

Je pose mon stylo et referme le cahier. À la fenêtre, une volée de moineaux se rassemble dans l'herbe du petit matin. Je suis angoissée. D'habitude, je suis toujours impatiente d'assister aux retrouvailles d'un enfant placé avec sa famille, mais là c'est différent. Voir Wyatt partir avec ses grands-parents, d'autres que nous, me fait mal.

Une heure plus tard, le gamin a déjà fait son sac et il est prêt à partir. Je lui fais des gaufres et du jus d'orange, qu'il mange en silence. Je ne veux pas parler de l'audience.

Ernest entre dans la pièce, et je suis étonnée qu'il refuse de prendre son petit-déjeuner. Il boit son café et s'assied face à Wyatt. Ils baissent tous deux la tête, et je les regarde. Je suis mal à l'aise.

Cela ne s'arrange guère lorsque nous prenons la route pour le tribunal. Personne ne dit le moindre mot pendant le trajet. Dans un accès de pensée irrationnelle, je m'imagine enlever Wyatt et l'emmener très loin. Quitter cet endroit, prendre l'autoroute sans se poser de questions. Nous passons devant les lieux où Ray-Ray aimait aller : Tastee Freez, Smokey's BBQ. Nous passons devant El Rancho, de vieilles boutiques. Muskogee Avenue tourne plus loin au nord, et nous arrivons à un feu rouge. Dans le rétro je vois Wyatt sur la banquette arrière, qui regarde par la fenêtre. Je vois son regard rêveur, ses yeux brillants, ensommeillés. Un éclat de soleil illumine son visage. À cet instant précis, je retrouve les yeux de Ray-Ray comme je les ai vus tant d'années auparavant sur cette même banquette, quand nous roulions sur Muskogee en direction du nord, et quelque chose tressaille dans mon cœur. Le véhicule derrière moi klaxonne, et je réalise que le feu est passé au vert. La voiture cahote quand j'appuie sur l'accélérateur, mais ni Wyatt ni Ernest ne réagissent. Mon cœur bat la chamade. Je conduis en silence, les deux mains sur le volant.

Bernice nous retrouve au tribunal, de bonne humeur, même si je constate qu'Ernest est contrarié quand il s'assied dans le hall, les bras croisés. Wyatt, Bernice et moi attendons debout devant la porte d'entrée l'arrivée des grands-parents de Wyatt. Ernest regarde droit devant lui, l'air mécontent. Le hall du tribunal est vide et terne, trop silencieux, avec ses plafonds hauts et ses photos de vieux Blancs au mur.

« Il me faut un magazine ou la télé pour passer le temps, dit Ernest.

– On n'est pas chez le dentiste, je lui réponds. Essaie de te détendre.

– J'y arrive pas.

– Essaie quand même. Tout va bien se passer. »

Je le dis davantage pour moi-même que pour rassurer Ernest. J'essaie de tenir le coup, mais je sens bien que tout s'effondre un peu plus à chaque minute. J'espérais que les grands-parents de Wyatt ne viendraient pas – pour la santé mentale d'Ernest, en plus de mon propre bonheur. Je vais aux toilettes au bout du couloir, où je m'asperge le visage d'eau froide. Je n'ai pas bien dormi, inquiète à cause de l'audience. Nous n'avions encore jamais accueilli d'enfant placé. Quel effet étrange et profond Wyatt a eu sur nous. Je n'ai jamais rien éprouvé de tel. Dans le miroir je fais face à mon reflet, un visage marqué par les rides et l'âge. Un visage marqué par la persistance de l'espoir, de la tragédie, de l'abandon et du chagrin. Mais je me rappelle que je suis une femme qui reste forte en toutes circonstances.

Aux toilettes, devant le miroir, j'attends. Je convoque les souvenirs de mes années de jeune mère : ils affluent, comme un diaporama aux images tremblotantes, celles de Sonja, Ray-Ray et Edgar remplissant le silence de la pièce. Je les revois à table, riant et mangeant. Je les revois dormir dans leur lit. Je les revois s'amuser au soleil avec leurs jouets. En pensant au soleil et au ciel ouvert sur une vaste étendue bleue, j'imagine des champs à perte de vue autour des enfants, l'herbe immobile et paisible. En y regardant de plus près, il y a des papillons jaunes, des essaims de moucherons, des grouillements d'insectes, toute une vie prenant forme dans la nature, que j'envie brièvement – toutes ces formes de vie éphémères, vides de logique ou de pensée, vides d'émotion, de culpabilité ou de douleur.

À mon retour dans le hall, je découvre que les grands-parents sont arrivés et qu'ils discutent avec Bernice. Ils doivent être un peu plus jeunes qu'Ernest et moi, dans la soixantaine. Le grand-père porte ses cheveux blancs attachés en queue-de-cheval. Il a l'air joyeux, souriant, et acquiesce à ce que dit Bernice. Les cheveux de la grand-mère sont noir de jais, et striés de mèches grises. Ils sont grands tous les deux, bien bâtis.

Quand je m'approche, Bernice fait les présentations. Ils s'appellent Thomas et Viv.

« Comment s'est-il conduit ? » me demande Viv.

Je la regarde, puis je regarde son mari. Je lis dans leurs yeux qu'ils s'inquiètent.

« C'est une perle. Ç'a été un vrai plaisir, je leur dis en regardant Wyatt.

– Parfois c'est un ange, confirme Viv. Nous sommes ravis d'avoir pu venir.

– Six heures de route, dit Bernice. Vous repartez tout de suite ?

– Thomas n'aime plus trop voyager, dit Viv, alors on va d'abord manger quelque part, et ensuite on rentrera. »

Je regarde Ernest, lui fais signe de venir, et nous attendons tous qu'il nous rejoigne. Bernice lui présente les grands-parents, et il semble vexé, presque en colère, tout en restant poli. Il y a un moment de gêne. Bernice parle des vêtements de Wyatt. Il est bien habillé, porte une chemise et un joli pantalon. Le garçon reste silencieux, mais n'a pas l'air chagriné ni contrarié, ce qui me fait plaisir. Et ses grands-parents sont affectueux et gentils avec lui. Il est probable que le juge leur confiera la garde de Wyatt.

Vite, trop vite, nous sommes appelés dans la salle d'audience. On nous conduit au premier rang. Le juge arrive dans sa robe noire et consulte les documents en silence. C'est un petit homme trapu affublé d'une épaisse moustache. Il affiche une expression de sérieux qui donne le sentiment de ne jamais varier, pas même quand il parle ou regarde quelqu'un, y compris Wyatt. Bernice l'informe du parcours du garçon et de son placement temporaire chez nous.

Le juge hoche la tête, se touche le menton, lit sans dire un mot. Puis il lève les yeux de ses documents et regarde Wyatt. « Tout ça me semble parfait, jeune homme, dit-il. Ça se passe bien, à l'école ?

– Oui, répond Wyatt.

– Tu es content de tes professeurs ?

– Oui, monsieur le juge.

– Quelle est ta matière préférée ?

– Sans doute les langues. Non, plutôt les sciences. »

Le juge regarde Ernest, puis moi ensuite. « Il s'est bien comporté ?

– Je ne sais pas quoi dire, je lui réponds. Il a suivi les règles. »

Je comprends que le juge s'attendait à ce que j'en dise davantage. Pour une raison que j'ignore, je suis tendue.

« Il est très bien élevé. Ç'a été une grande joie de l'avoir chez nous. »

Le magistrat sourit à Wyatt. Moi qui ai passé tant d'années dans les salles d'audience avec d'autres enfants, tant de jours à rendre des rapports, je retrouve cette même ambiance, et pourtant c'est différent d'y être en tant que parent d'accueil. Tout se fige, comme la nuit guettant le lever du soleil, l'éclat d'un espoir perdu à l'horizon. Certains moments restent préservés dans le temps, tels des souvenirs parfaits, et j'espère que ce sera le cas de ceux que j'ai passés avec ce garçon.

L'audience est brève, évidemment. Le magistrat félicite Wyatt de ses bons résultats scolaires et d'avoir été respectueux envers sa famille d'accueil. Il le place sous la garde de ses grands-parents et fixe un nouvel examen de son dossier dans trois mois.

« Merci, monsieur le juge », dit le garçon, aussi poliment que s'il avait répété son texte, même si je comprends, de même sans doute que le magistrat, qu'il est sincère.

Nous sortons dans le hall. Thomas nous remercie, Bernice et nous, de nous être occupés de son petit-fils pendant quelques jours. Je regarde Wyatt, qui vient me prendre dans ses bras. Je le serre fort, les yeux fermés. Puis il va faire pareil avec Ernest.

« *Ave atque vale*, nous dit-il.

– Qu'est-ce que tu as dit ? je lui demande.

– C'est du latin, ça veut dire "salut et adieu". »

Plus tard, je me souviens que Ray-Ray a prononcé cette phrase le soir de sa mort. Sur le moment, je suis un peu trop étourdie pour le relever. Quand Wyatt et ses grands-parents s'en vont, je mets mes lunettes de soleil et me sens presque sur le point de défaillir. Il faut que je prenne Ernest par le bras pour tenir bon, en descendant les marches.

Sur le parking, Wyatt se retourne et me regarde une dernière fois, comme sur une photo figée, intemporelle. C'est un instantané de l'esprit de Ray-Ray, qui se retourne vers moi, dans le soleil. Il me fait signe. Je ferme les yeux un instant, et quand je les rouvre, Wyatt et ses grands-parents sont à l'intérieur de la voiture. J'entends une rafale de vent. J'entends le grondement d'un avion au-dessus de nos têtes.

À ce moment-là, je me souviens de Ray-Ray dormant par terre quand il était petit. Je l'avais pris dans mes bras et porté jusqu'à son lit. Un autre souvenir me revient : Ray-Ray malade un jour de pluie, allongé avec un linge mouillé sur le front. Je retire le thermomètre de sa bouche et me penche pour l'embrasser sur le front. Ray-Ray en pyjama. Désirant être pris dans les bras. Désirant que je le berce et lui chante une comptine pour l'aider à s'endormir. Désirant s'asseoir sur mes genoux pour lire un album. Sortant de son lit et se glissant dans le couloir pour venir se coucher avec Ernest et moi. Je faisais parfois semblant de dormir, le laissais se glisser sous les couvertures. Ces souvenirs m'assaillent un instant, et je lui fais adieu de la main.

La voiture quitte le parking. Mon cœur bat la chamade. « Attendez », dis-je en inspirant, et Ernest me prend dans ses bras. Il sait ce qui est en train de se passer.

« Attendez », dis-je à nouveau tout bas.

Un an plus tôt, j'avais pris seule la voiture pour aller chez Calvin Hoff. Je ne voulais en parler à personne, pas même à Ernest. J'ignorais à quoi m'attendre. J'imagine que je cherchais une forme de paix intérieure, de guérison, mais surtout, je voulais tourner la page. J'avais besoin de lui dire qui j'étais, lui rappeler ce qu'il avait fait. Ce matin-là, j'avais appelé la sœur de Calvin, Madelyn Cheney, infirmière à la retraite qui fréquentait l'église près de chez nous. Nous nous étions rencontrées une fois, brièvement, à un souper organisé par la paroisse auquel j'avais participé des années plus tôt. « Il a un cancer du poumon, m'a-t-elle dit au téléphone. C'est vraiment dur pour nous, en ce moment. Heureusement il a une aide à domicile.

– C'est plus pour moi que pour lui. Pour ma propre guérison. Cela fait presque quinze ans que nous avons perdu Ray-Ray.

– Je comprends ». Elle était hésitante. « Il n'est pas vraiment capable d'avoir une conversation. Il n'a plus toute sa tête.

– C'est plus pour moi », ai-je répété.

Elle a gardé le silence un instant, puis m'a donné l'adresse.

La maison se trouvait au nord de la ville sur une route de graviers sinueuse qui tournait en haut de la colline. Une fois devant, j'ai vu deux chiens allongés dans le jardin. La maison était en brique, avait une véranda mais pas de garage. Je me suis garée dans l'allée et j'ai vu une femme venir à la porte. Quand je suis descendue, les chiens étaient à la clôture, ils aboyaient.

« Ils ne vous feront rien », a crié la femme depuis la véranda.

Je suis entrée par le portail et les chiens se sont collés à mes pieds, remuant fort la queue. À aucun moment ils ne m'ont sauté dessus. Ils m'ont suivie jusqu'à la véranda, où la femme s'est présentée comme étant Ellen, l'aide à domicile.

« Entrez, m'a-t-elle dit. Madelyn m'a dit que vous alliez passer. Il se repose dans la chambre du fond. Par contre, il faut que vous sachiez qu'il n'est pas en grande forme. Il n'a presque rien dit de la journée.

– Je comprends », j'ai répondu, commençant à regretter d'être venue. Chaque pièce était plongée dans la pénombre, et il faisait une chaleur étouffante. On entendait de la musique country venir du fond. Il régnait une atmosphère de maladie, comme dans les maisons de retraite, comme si la mort guettait, tapie dans les coins sombres, attendant son heure.

Quand nous sommes arrivés dans la chambre, j'ai vu Calvin Hoff assis au bord d'un lit de fer, regardant fixement le sol. Il portait un t-shirt blanc et un pantalon de pyjama à carreaux. Il ne ressemblait plus du tout au souvenir que j'avais gardé de lui au tribunal, il y a si longtemps. Il était désormais maigre et chauve, son visage livide creusé par la chimiothérapie.

Ellen a arrêté le tourne-disque. « Il aime écouter les disques de Charlie Rich, m'a-t-elle dit. C'est la seule chose qu'il demande. » Elle est allée à la fenêtre ouvrir les stores, pour éclairer la pièce. J'ai vu des feuilles de journal éparpillées par terre. De la poussière flottait dans les rais obliques du soleil.

« Calvin, cette dame voudrait parler avec vous quelques minutes », lui a dit Ellen. J'ai attendu qu'elle quitte la pièce avant de m'approcher pour lui parler.

« Je m'appelle Maria Echota. Mon fils s'appelait Ray-Ray. »

J'ai attendu un moment, mais il n'a pas réagi.

« Je m'appelle Maria Echota, j'ai répété. Vous avez tué mon fils dans un centre commercial il y a quinze ans. Vous vous souvenez ? J'imagine. Vous vous souvenez avoir tiré sur lui. »

Il continuait de fixer le sol. Il s'est gratté la lèvre supérieure, mais n'a pas levé les yeux sur moi.

« Ce que j'ai besoin de vous dire, c'est que je veux apprendre à vous pardonner. C'est ce que je veux depuis longtemps, apprendre à vous pardonner d'avoir fait ça. J'y pense depuis longtemps.

– Charlie Rich », a-t-il dit d'une voix faible. Il a cligné des yeux, l'air perdu. « Pas le détecteur de mensonges.

– Je tiens à vous dire que même si j'aimerais plus que tout vous pardonner, je n'y arrive pas. Je n'y arrive pas. Vous avez tiré sur mon fils. Vous l'avez tué par ignorance et intolérance. Je ne pourrai jamais vous pardonner. »

Il a secoué la tête, perdu. Il n'arrêtait pas de se gratter la lèvre supérieure. Sur la commode près de son lit étaient posés des boîtes de médicaments et des flacons. Des revues y étaient aussi entassées – revues de chasse, d'armement. J'ai observé la chambre tandis qu'il restait assis, silencieux. Il plissait les yeux vers quelque chose au sol.

J'avais imaginé ce moment tout autrement, moi lui criant dessus. Je m'étais toujours vue le frapper plusieurs fois à mains nues. Le moment était enfin arrivé, et j'étais là, face à lui, prête à déverser toute ma colère. Mais j'en ai été incapable. Je n'étais pas aussi en colère que je l'avais cru. Malgré la raison pour laquelle j'étais là, malgré tout, je ne pouvais m'empêcher d'être triste pour lui.

« Le pistolet », a-t-il dit d'une voix faible, sans quitter le sol des yeux.

Peut-être l'empathie marquait-elle le début de la guérison, je me souviens de m'être dit. Ou peut-être n'avais-je pas conscience que le temps m'avait déjà guérie.

Le 6 septembre, l'après-midi plein de mélancolie et de lassitude s'étire dans le silence jusqu'au feu de joie, en soirée. De retour à la maison, à l'heure du déjeuner, je fais cuire de la viande sans un mot, et nous mangeons pendant que les rayons du soleil se glissent à l'intérieur par la fenêtre. Je passe le pain à Ernest qui le dévore jusqu'à la dernière miette. J'ignore comment il fait pour trouver la force de manger. Je n'ai presque pas touché à mon assiette.

Ensuite, je tâche de m'occuper en faisant le ménage. Tout l'espoir que j'ai pu éprouver s'est perdu. En nettoyant la cuisine, je ressasse la situation dans mon esprit : que va-t-il se passer avec Wyatt ? Vais-je le revoir, sentir de nouveau la présence de l'esprit de Ray-Ray ? Je me dis que tout rentrera dans l'ordre. Je ne veux plus penser à rien de tout ça, ni à Wyatt ni à Edgar, qui occupent beaucoup mes pensées, entre autres choses. J'imagine la tombée du soir, je vois les flammes du feu éclairer les visages d'Ernest et de Sonja, pendant que nous célébrons l'anniversaire de la mort de Ray-Ray. Puis, assise à la belle étoile dans la fraîcheur de la brise nocturne, je me dirai qu'il est là, avec moi. Que tout le monde est là avec moi, y compris Edgar.

Pour moi, pour nous tous, le 6 septembre sera toujours porteur d'un étrange mélange de tristesse et de célébration.

Dehors, Sonja aide son père à ramasser du bois derrière la maison pour préparer le feu, au bord de l'eau. Le vent nous souffle dessus, et le soleil a disparu derrière les nuages, donnant à l'après-midi une tonalité grise et oppressante. Je somnole un moment sur le canapé. À mon réveil, je regarde mes mains tremblantes.

À cause du vent, Ernest a du mal à faire partir le feu, mais ça a toujours été un expert en la matière, ça fait des années qu'il en allume. Je sors la nourriture, le maïs multicolore et les mûres que Ray-Ray a toujours adorés, et le pain que j'ai fait cuire, tandis que Sonja étend les couvertures par terre. Nous nous y installons et mangeons tous les trois sans un mot. On a tout le dîner pour penser en silence à Ray-Ray, à notre famille, à ce que nous allons partager. Aux dernières lueurs du jour, Ernest rajoute des bûches dans le feu.

« Ça m'a l'air bien, dit calmement Sonja.

– Il fera bientôt nuit », j'ajoute.

Un éclat brille à l'horizon, et nous entendons l'appel lointain d'un hibou. Le feu est chaud et lumineux, et j'ai le souffle court. Nous restons assis en silence sous un ciel de plus en plus marqué par la nuit. Je vois les yeux de ma fille, durs et brillants.

« C'est l'occasion de penser à Ray-Ray, dit Ernest. C'est aussi l'occasion de penser à notre famille. »

Sonja est agenouillée devant le feu, tête inclinée. Elle semble mystérieusement immobile, à l'image d'une statue dans un jardin. Lentement, elle se met à fredonner. Quand je regarde Ernest, je remarque qu'il a les yeux humides, et je suis reconnaissante de voir qu'il va bien. Je voudrais que ce moment dure éternellement. Je voudrais m'allonger et me rouler dans l'herbe, me laisser entraîner dans un tunnel. Je m'imagine y ramper, suivie de près par Ernest, Sonja et Edgar. Ce tunnel serait un long couloir éclairé à la bougie, menant dans un lieu lointain qui déboucherait sur des retrouvailles avec Ray-Ray.

Une nuée de sauterelles stridule dans les arbres et disparaît dans le ciel obscur. Au loin, j'aperçois quelqu'un qui marche dans notre direction. Je distingue une silhouette, celle d'un homme. Ernest aussi la remarque, puis il me prend la main et la serre fort. Cet individu est difficile à voir clairement dans la seule lumière du feu, mais je découvre qu'il est beau et rayonnant.

« Regardez », dit Ernest en le montrant du doigt.

Sonja ouvre les yeux, cesse de fredonner et porte les mains à son visage. Dans le silence de la nuit, nous entendons le son de voix lointaines. Nous voyons la silhouette émerger de l'obscurité et s'approcher de nous. *Écoutez ! Vous entendez ? Écoutez.* Nous entendons le craquement des chênes, le bruissement des arbres prenant vie dans la bourrasque. Nous entendons des voix lancinantes tout autour de nous, celles de notre peuple, de nos ancêtres, et toutes murmurent : *Notre terre.*

« Terres d'Amérique »

Collection dirigée par Francis Geffard
(Extrait du catalogue)

NANA KWAME ADJEI-BRENYAH
Friday Black, nouvelles

CHRIS ADRIAN
Un ange meilleur, nouvelles

SHERMAN ALEXIE
Indian Blues, roman
Indian Killer, roman
Phoenix, Arizona, nouvelles
La Vie aux trousses, nouvelles
Dix Petits Indiens, nouvelles
Red Blues, poèmes
Flight, roman
Danses de guerre, nouvelles

TOM BARBASH
Les Lumières de Central Park, nouvelles
Beautiful Boy, roman

TOM BISSELL
Dieu vit à Saint-Pétersbourg, nouvelles

AMANDA BOYDEN
En attendant Babylone, roman

JOSEPH BOYDEN
Le Chemin des âmes, roman
Là-haut vers le nord, nouvelles
Les Saisons de la solitude, roman
Dans le grand cercle du monde, roman

TAYLOR BROWN
Les Dieux de Howl Mountain, roman
Le Fleuve des rois, roman

KEVIN CANTY
Une vraie lune de miel, nouvelles
Toutes les choses de la vie, roman
De l'autre côté des montagnes, roman

DAN CHAON
Parmi les disparus, nouvelles
Le Livre de Jonas, roman
Cette vie ou une autre, roman
Surtout rester éveillé, nouvelles
Une douce lueur de malveillance, roman
Somnambule, roman

MICHAEL CHRISTIE
Le Jardin du mendiant, nouvelles
Lorsque le dernier arbre, roman

TOM COOPER
Les Maraudeurs, roman

CHARLES D'AMBROSIO
Le Musée des poissons morts, nouvelles
Orphelins, récits

CRAIG DAVIDSON

Un goût de rouille et d'os, nouvelles
Juste être un homme, roman
Cataract city, roman
Les Bonnes Âmes de Sarah Court, roman
Cascade, nouvelles

ANTHONY DOERR

Le Nom des coquillages, nouvelles
À propos de Grace, roman
Le Mur de mémoire, nouvelles
La Cité des nuages et des oiseaux, roman

LOUISE ERDRICH

L'Épouse Antilope, roman
Dernier rapport sur les miracles à Little No Horse, roman
La Chorale des maîtres bouchers, roman
Ce qui a dévoré nos cœurs, roman
Love Medicine, roman
La Malédiction des colombes, roman
Le jeu des ombres, roman
La Décapotable rouge, nouvelles
Dans le silence du vent, roman
Femme nue jouant Chopin, nouvelles
Le Pique-nique des orphelins, roman
LaRose, roman
L'Enfant de la prochaine aurore, roman,
Celui qui veille, roman
La Sentence, roman

BEN FOUNTAIN

Brèves rencontres avec Che Guevara, nouvelles
Fin de mi-temps pour le soldat Billy Lynn, roman

TOM FRANKLIN
Le Retour de Silas Jones, roman
Braconniers, nouvelles

JOCELYN NICOLE JOHNSON
Mon nom dans le noir, roman

CHRISTIAN KIEFER
Les Animaux, roman
Fantômes, roman

THOMAS KING
Medicine River, roman
L'Herbe verte, l'eau vive, roman

BARBARA KINGSOLVER
On m'appelle Demon Copperhead, roman

SANA KRASIKOV
L'An prochain à Tbilissi, nouvelles
Les Patriotes, roman

RICHARD LANGE
Dead Boys, nouvelles
Ce monde cruel, roman
Angel Baby, roman
La Dernière Chance de Rowan Petty, roman

MATT LENNOX
Rédemption, roman

BRIAN LEUNG
Les Hommes perdus, roman
Seuls le ciel et la terre, roman

MAXIM LOSKUTOFF
Viens voir dans l'Ouest, nouvelles

OBIN MACARTHUR
Le Cœur sauvage, nouvelles
Les Femmes de Heart Spring Mountain, roman

STEPHEN MARKLEY
Ohio, roman

LESLIE MARMON SILKO
Cérémonie, roman

DINAW MENGESTU
Les Belles Choses que porte le ciel, roman
Ce qu'on peut lire dans l'air, roman
Tous nos noms, roman

STEFAN MERRILL BLOCK
Le Noir entre les étoiles, roman

PHILIPP MEYER
Le Fils, roman
American Rust, roman

LEILA MOTTLEY
Arpenter la nuit, roman

MATTHEW NEILL NULL
Le Miel du lion, roman
Allegheny River, nouvelles

ERIC NGUYEN
La Solitude des tempêtes, roman

TOMMY ORANGE
Ici n'est plus ici, roman

KEVIN PATTERSON
Dans la lumière du Nord, roman

BENJAMIN PERCY
Sous la bannière étoilée, nouvelles
Le Canyon, roman

DONALD RAY POLLOCK
Le Diable, tout le temps, roman
Une mort qui en vaut la peine, roman

DAVID JAMES POISSANT
Le Paradis des animaux, nouvelles
Un bel esprit de famille, roman

ERIC PUCHNER
La Musique des autres, nouvelles
Famille modèle, roman
Dernière journée sur terre, nouvelles

SHANNON PUFAHL
Et nous nous enfuirons sur des chevaux ardents, roman

JON RAYMOND
Wendy & Lucy, nouvelles
La Vie idéale, roman

ELWOOD REID
Ce que savent les saumons, nouvelles
Midnight Sun, roman
La Seconde Vie de D.B. Cooper, roman

KAREN RUSSELL
Swamplandia, roman
Foyer Sainte-Lucie pour jeunes filles élevées par les loups, nouvelles
Des vampires dans la citronneraie, nouvelles
Le Lévrier de Madame Bovary et autres histoires, nouvelles

ANJALI SACHDEVA
Tous les noms qu'ils donnaient à Dieu, nouvelles

JON SEALY
Un seul parmi les vivants, roman

HUGH SHEEHY
Les Invisibles, Nouvelles

WELLS TOWER
Tout piller, tout brûler, nouvelles

DAVID TREUER
Little, roman
Comme un frère, roman
Le Manuscrit du Dr Apelle, roman
Indian Roads, récit
Et la vie nous emportera, roman

BRADY UDALL
Lâchons les chiens, nouvelles
Le Destin miraculeux d'Edgar Mint, roman
Le Polygame solitaire, roman

GUY VANDERHAEGHE
La Dernière Traversée, roman
Comme des loups, roman
Comme des feux dans la plaine, roman

CLAIRE VAYE WATKINS
Les Sables de l'Amargosa, roman

ANTHONY VEASNA SO
Nous aurions pu être des princes, nouvelles

KATHERENA VERMETTE
Les Femmes du North End, roman

SHAWN VESTAL
Goodbye, Loretta, roman

VENDELA VIDA
Se souvenir des jours heureux, roman
Les Habits du plongeur abandonnés sur le rivage, roman

JOHN VIGNA
Loin de la violence des hommes, nouvelles

WILLY VLAUTIN
Motel Life, roman

Plein nord, roman
Ballade pour Leroy, roman
La Route sauvage, roman
Devenir quelqu'un, roman

JAMES WELCH
L'Hiver dans le sang, roman
La Mort de Jim Loney, roman
Comme des ombres sur la terre, roman
L'Avocat indien, roman
À la grâce de Marseille, roman
Il y a des légendes silencieuses, poèmes

COLSON WHITEHEAD
Underground Railroad, roman
Nickel Boys, roman
Harlem Shuffle, roman
L'Intuitionniste, roman

CALLAN WINK
Courir au clair de lune avec un chien volé, nouvelles
August, roman

SCOTT WOLVEN
La Vie en flammes, nouvelles

JOHN WOODS
Lady Chevy, roman

Composition IGS-CP
Impression CPI Firmin Didot en mars 2024
Éditions Albin Michel
22, rue Huyghens, 75014 Paris
www.albin-michel.fr
ISBN : 978-2-226-46892-5
N° d'édition : 24709/01 – N° d'impression : 179211
Dépôt légal : avril 2024
Imprimé en France